2017年度国家社科基金重大项目
"海外藏宝卷整理与研究"（17ZDA266）阶段性成果

2017年度甘肃省教育厅创新团队项目
"丝绸之路文化传播研究"（部门号/项目号：5003/2093）阶段性成果

河西宝卷原型研究

李妍 著

The Study of
Archetype in Hexibaojuan

中国社会科学出版社

图书在版编目（CIP）数据

河西宝卷原型研究／李妍著． —北京：中国社会科学出版社，2020.8
ISBN 978-7-5203-6878-0

Ⅰ.①河⋯　Ⅱ.①李⋯　Ⅲ.①宝卷(文学)—文学研究—武威
Ⅳ.①I207.76

中国版本图书馆CIP数据核字（2020）第132207号

出 版 人	赵剑英
责任编辑	周晓慧
责任校对	刘　念
责任印制	戴　宽

出　　版	中国社会科学出版社
社　　址	北京鼓楼西大街甲158号
邮　　编	100720
网　　址	http://www.csspw.cn
发 行 部	010-84083685
门 市 部	010-84029450
经　　销	新华书店及其他书店
印　　刷	北京明恒达印务有限公司
装　　订	廊坊市广阳区广增装订厂
版　　次	2020年8月第1版
印　　次	2020年8月第1次印刷
开　　本	710×1000　1/16
印　　张	16
插　　页	2
字　　数	231千字
定　　价	96.00元

凡购买中国社会科学出版社图书，如有质量问题请与本社营销中心联系调换
电话：010-84083683
版权所有　侵权必究

摘　　要

　　河西宝卷原型是连接文本和初始语境的精神红线，原型是初始语境中人们的深层心理机制，原型在文本中以母题、意象、故事等形态体现出来，成为可以认知可以把握的具体对象。本书致力于深度解析初始语境中神圣的河西宝卷，并以语境中的价值观为核心问题。其中的价值观具体体现在河西宝卷典型原型建构类比、神谕和魔怪三维世界的运作机制中。将初始语境中的价值观具象化后进行深入研究，并以此反观当今社会主流文化所体现的价值观是本书的目的所在。

　　本书由三大部分组成，共五章。

　　第一部分是本书的第一章——河西宝卷语境分析，这部分讨论了河西宝卷历经的五个语境。第一语境为初始语境，既是河西宝卷的诞生语境也是河西宝卷的流传语境，其后的四个语境为河西宝卷的流传语境。通过对这五个语境基本特征的总结，以及对河西宝卷和五个语境交流关系的分析得出结论：河西宝卷和初始语境是一种同质同构的关系，它和其余的四个语境是一种异质性的关系，河西宝卷在这四个语境中被异化，河西宝卷只有在初始语境中才具备神圣的本质特征。所以原型批评视角下乃至文学人类学的研究对象是初始语境中具有神圣特质的河西宝卷。

　　第二部分是河西宝卷原型类型研究，包括第二章——类比原型、第三章——神谕原型和第四章——魔怪原型。这三章是对河西宝卷原型分类的结果，在对每一类原型的生成机制、叙事特征、美学形态的分析中发现：河西宝卷原型以象征的方式映射出了初始语境的三维空间，类比世界是和初始语境相平行的世界，体现了初始语境中的思维模式和情感特征；神谕世界是初始语境高级形式的隐喻，神谕世界的有效存在认证了精神世界褒义内涵的价值；魔怪世界是初始语境低级形式的隐喻，魔怪世界的有效存在让人们的负面情绪得以发泄，魔怪世界藏污纳垢的能力让初始语境更加健康而理性。

类比世界所体现的苦难表征是初始语境中河西民间整体的精神面貌和文化气质，这一部分还分析了神话思维下的出生原型和民间场域中性欲的妖魔化，民间关于出生的神性认知，其实质是对生命的敬畏，生活在最初就具有了难以穷尽的意义。民间场域产生了强大的力量，将性欲妖魔化。民间从未公正、自然地看待性欲——人之本性，民众对待性欲的态度是厌恶、禁忌、排斥、丑化、压抑。

第三部分即第五章——河西宝卷原型文化因素分析，这部分主要分析了儒释道文化对河西宝卷原型的影响，佛教文化的因果报应、人生是苦的思想影响了河西宝卷原型的深层结构、审美特征；道教文化影响了神谕世界的建构；儒家文化沟通了类比、神谕、魔怪三界。

本书研究结论如下：河西宝卷原型映射出的三维世界，其实质是初始语境中民众对此生幸福和永生意义的追求，也就是初始语境中的价值观。河西宝卷初始语境中民众以单纯的思维方式、程式化的表现手法建立了意义表达的三维空间即类比世界、神谕世界和魔怪世界，生命的神性意义得以延展。以此反观当今社会，多元文化、海量信息压缩了生存的空间，生命蜷缩在一维的现实生活中得不到多层次的精神舒展。

关键词：河西宝卷　民间文学　原型　语境　价值观

Abstract

The archetype of Hexibaojuan is the spirit line connecting text and initial context, the deep psychological mechanism in the context of people's initial archetype. The archetype appears in the Baojuan text as the motif, image, story type, which becomes the specific object which can be cognized and grasped. The research on Hexibaojuan archetype devotes to the in-depth analysis of the initial context which restores the divine nature of Hexibaojuan, and considers values in initial context as the core problem. Values in the context of initial values embodies in construction of working mechanisms of 3D world of analogy, the oracle and monster in Hexibaojuan archetype. This dissertation aims at the specific and in-depth study of values in initial context and the reflection of values of mainstream culture today.

The thesis consists of three parts, including five chapters:

The first part is the first chapter, which introduces contextual world of Hexibaojuan and discusses five context worlds of Hexibaojuan. The first is the initial context, which is also the birth and spread context of Hexibaojuan, the following four contexts are the spread context. Based on the five basic characteristics of these five context worlds and the analysis of the relationship between Hexibaojuan and these five context worlds, this dissertation draws the following conclusion: Hexibaojuan and initial context are homogeneous, while Hexibaojuan and the rest four world contexts are heterogeneous, because Hexibaojuan is heterizated in these four world contexts. Hexibaojuan keeps its essential sacred features only in the initial context. So Hexibaojuan appears with sacred features in initial context from the perspectives of archetypal criticism, literature or even anthropology.

The second part is the study of Hexibaojuan archetype types, including analogy archetype in chapter two, oracle archetype in chapter three and monster archetype in chapter four. The formation of these three chapters is the result of classification of Hexibaojuan archetype. Based on the analysis of formation mechanism, narrative characteristic and aesthetic form, this dissertation founds that: Hexibaojuan archetype maps a three-dimensional initial context by means of symbols, which is, analogy world is paralleled to initial context world, and the mode of thinking and emotional characteristics in initial context are metaphorized; the Oracle world is the extreme manifestation of the advanced form in initial context world, and a sound certification of concision and promotion of connotation in positive spiritual world; monster world is sinking space of lower forms in initial context. It enables people to vent their negative emotions, and its ability to shelter evil people and practices makes initial context more healthy and rational.

The suffering of analogy world is characterized by Hexi people's overall spirit and cultural temperament in initial context world. This part also analyzes birth archetype under mythology thinking and demonization of sexuality in field of folk. The devine cognition of birth by folks is in essence the fear of life, and means a lot from the beginning of life. Civil society has produced a powerful force to demonize sexual desire. People have never looked at the nature of human nature in a fair and natural way, which is the nature of human, and people's attitude towards the sexual desire is disgust, taboo, exclusion, smear and suppress.

The third part, which is the fifth chapter, is the analysis of hexibaojuan archetypal cultural factors. It mainly analyzes the influences of Confucianism culture on the Hexibaojuan prototype, Buddhist culture karma, whether that

Abstract

life is bitter influences the deep structure and aesthetic characteristics of the archetype in hexibaojuan; Taoism culture influences the building of the oracle world; common analogy, Confucian culture bridges the analogy, Oracle, and monster world.

The conclusions are as follows: the essence of 3D world Hexibaojuan archetype reflects is the people's pursuit of life happiness and immortal significance in initial context, which is also the value reflected in initial context. People's pure way of thinking and simple stylized expression in the initial context of Hexibaojuan establishes three – dimensional space to express the meaning of the world, which are analogy world, Oracle world and monster world, thus the divine meaning of life can be extended. In view of today's society, multi-culture and massive information have compressed our living space, life which curled up in one dimensional real life can not get the multi-level spirit stretch.

Key words: Hexibaojuan   Folk literature   Archetype   Context   Values

目　录

绪　论 ………………………………………………………（1）
　　一　研究缘起与意义 ……………………………………（1）
　　二　河西宝卷研究述评 …………………………………（2）
　　三　研究对象 …………………………………………（10）
　　四　研究思路 …………………………………………（12）

第一章　河西宝卷语境分析 ………………………………（15）
　　一　第一语境 …………………………………………（16）
　　二　第二语境 …………………………………………（22）
　　三　第三语境 …………………………………………（24）
　　四　第四语境 …………………………………………（27）
　　五　第五语境 …………………………………………（30）

第二章　类比原型 …………………………………………（33）
　　一　类比原型的建构 …………………………………（33）
　　二　类比原型的苦难表征 ……………………………（44）

第三章　神谕原型 …………………………………………（67）
　　一　神谕原型的建构 …………………………………（67）
　　二　神话思维中的出生原型 …………………………（80）

1

第四章 魔怪原型 ·· (98)
  一 魔怪原型的建构 ······································ (98)
  二 民间场域中性欲的妖魔化 ····························· (114)

第五章 河西宝卷原型文化因素分析 ····························· (129)
  一 佛教文化因素 ·· (132)
  二 道教文化因素 ·· (144)
  三 儒家文化因素 ·· (158)

附　录 ·· (171)
  一 酒泉地区宝卷调查 ···································· (171)
  二 张掖地区宝卷调查 ···································· (176)
  三 金昌地区宝卷调查 ···································· (204)
  四 武威地区宝卷调查 ···································· (208)
  五 河西宝卷其他方面的调查 ····························· (224)

参考文献 ··· (234)

致　谢 ·· (244)

绪　论

一　研究缘起与意义

就中国宝卷研究而言，其重要组成部分河西宝卷研究还处于起步阶段。车锡伦在其所著的《中国宝卷研究》中谈到了明清时期及近代甘肃宝卷的流传发展状况，附录了甘肃河西地区流传抄本——民间宝卷卷目。车锡伦对河西宝卷的研究重在其源流问题，认为河西民间宝卷与内地宝卷有同源同流的关系。车锡伦的研究乃中国宝卷研究的奠基之作，以宏观的视野总结了全国宝卷的历史发展状况，对河西宝卷的总体情况做了介绍。刘永红的《西北宝卷研究》将河西宝卷、洮岷宝卷、河湟宝卷纳入同一地域文化体系中进行研究。尚新丽的《北方民间宝卷研究》涉及了河西宝卷的源流、形式、功能、现状、传承与保护等问题。学者们从侧面或对比的角度涉及了河西宝卷研究。郇芳、吴玉堂、申娟、周兴婧的硕士论文是从河西宝卷的音乐价值、田野调查或就酒泉、永昌某一地区宝卷展开的个案研究。迄今为止还没有一部论著对河西宝卷做出全面系统的研究。本书顺应了宝卷研究从早期文献搜集整理编目、田野调查及文体分析之后，朝着文化深层价值探究发展的趋势。

对河西宝卷的研究工作从20世纪80年代一直持续到现在，相关研究涉及了河西宝卷的源流、形式、功能、保护传承等诸多方面，在这些研究的基础之上，研究者一直注重河西宝卷文化价值的研究，近年来，刘永红注重河西宝卷中的女性人类学研究，哈建军关注河西宝卷中的当代文化价值研究，这些都体现了河西宝卷文学人类学研究的新动向。河西宝卷所具有的旧时代、非主流、边缘性的文化特征无疑使其成为反思主流文化的珍贵材料。已有的河西宝卷关于文学人类学的研究只是初现端倪，本书的目的在于推进河西宝卷文学人类学研究的进一步发展。

河西宝卷原型隐喻了民间乡土社会独有的思维模式和潜在的社会运行机制。二者的形成和运作影响着乡间的政治、法律、伦理、文化等诸方面，从原型的角度追本溯源，本书解析了河西宝卷中出生的奥秘、地狱的恐怖、诸神的功能、英雄的价值、生活的苦难——这些架构起了民间基本的价值观。对河西宝卷中民间价值观的追寻、研究、审美无疑是对当今社会主流文化所体现的价值观念的一种强烈反思。

本书选题的现实意义在于促进河西宝卷的保护传承工作。近年来，河西宝卷保护传承的外在方式变得越来越丰富多样，各地文化馆都从事了田野调查、整理出书、确立非物质文化遗产传承人等方面的大量工作。凉州区文化馆把很多宝卷的念唱过程录制成影像资料；张掖市文化馆在各县区建立了四个河西宝卷非物质文化遗产传习所；肃州区文化馆以民俗馆的形式展示河西宝卷。但河西宝卷保护传承的核心目的是挖掘那些具有恒久艺术魅力的瑰宝，因而河西宝卷原型研究的实质是对河西宝卷去粗取精，取其精华，弃其糟粕的过程。河西宝卷能够传承下去的必是那些具有恒久魅力，以宝卷念唱独有的艺术方式打动不同时代人心的情感和故事。原型以隐喻和象征的方式体现了人性的共通性，原型从过去指向现在，也必将从现在走向未来，本书就是要挖掘具有恒久艺术魅力的宝卷精髓，因此原型批评的现实价值是为河西宝卷的保护传承找到内核，提供理论支持。

二 河西宝卷研究述评

从明朝初年到民国末年，中国宝卷已有800多年的历史，宝卷宣卷

（念卷）这一民间文化现象曾活跃于华北、西北、江南的农村和城市，甚至在民国初年宝卷宣卷曾在上海风靡一时，但随着社会的变革、时代的变迁，全国的宝卷念唱逐渐式微乃至消失。中国学者对于宝卷的研究肇端于20世纪80年代，取得了丰硕的成果。特别是21世纪以来，宝卷研究呈现出了异常活跃的局面，出现了大量论文及专著。许多硕博论文及专著都从不同的方面对宝卷的研究现状做了综述，其中张灵的博士论文《民间宝卷与中国古代小说》从宝卷的文体视域、宝卷文献与编目、宝卷的宗教视域及宝卷的文学视域对中国宝卷研究状况进行了综述，其文分类合理、资料翔实全面。

新世纪以来关于宝卷研究的一系列论著不断问世：《中国宝卷研究》《吴方言区宝卷研究》《山西介休宝卷说唱文学调查报告》《青海宝卷研究》《西北宝卷研究》《北方民间宝卷研究》《河西宝卷与敦煌文学研究》等。从这些论著的名称就不难看出宝卷研究的地域性特征。这一方面显示了宝卷研究尚处在起步阶段，以地方性研究为根据地正在逐步形成攻略全国的研究势头；另一方面也显示了宝卷研究的地域性、草根性特色。与早已入驻大雅之堂，为历代文人奉为经典的经史子集、诗词曲赋等官定典籍不同，各地宝卷都与本地方言、民俗、思维、审美特征等融为一体。各地宝卷的产生、发展、繁荣到如今的衰微都经历了一个民本的自足自息的过程，未经官方、文人的削饰、点缀，保留了其淳朴、憨厚的自然本性。

河西宝卷的搜集整理研究工作始于20世纪80年代，当时形成了三大研究阵营，分别是以段平老师为代表的兰州大学，以方步和老师为代表的张掖师专；以谭蝉雪、高正刚、谢生保等为代表的肃州区文化馆。他们搜集整理的研究成果于20世纪90年代初陆续成书。方步和的《河西宝卷真本校注研究》，段平的《河西宝卷选》《河西宝卷续选》《河西宝卷调查研究》等，肃州区文化馆组织编著的《酒泉宝卷》（第一辑）都已成为河西宝卷研究的奠基之作。

这一时期的研究工作草根性、综合性很强，他们的工作主要有两个方面：一是民间宝卷卷本的搜集整理编纂；二是河西宝卷的调查研究。

当时河西宝卷的念唱还十分流行，前辈们的搜集工作及时有效，整理编纂出了许多现在已经遗失的宝卷。他们的研究是在进行了大量田野调查的基础上展开的，资料充分，态度严谨。2004年肃州区文化馆接续了《酒泉宝卷》的搜集整理工作，编纂了《酒泉宝卷》后四辑（共五辑），肃州区文化馆当年的主要工作人员谭蝉雪女士于2014年将大部分研究资料捐给了甘肃省图书馆。遗憾的是段平与方步和的宝卷研究可谓后继无人，据王学斌先生介绍，段平原打算出版系列"三选""四选"本，稿件也已准备好，可段平先生不幸于1995年辞世，此事便被束之高阁了。[1] 笔者在河西学院（原张掖师专）了解到，河西学院的相关研究人员在方步和老师去世后多次与他的家人联系，想见到方步和生前的研究资料，但未果。在今后的研究中应当努力接续方步和及段平河西宝卷研究的后继工作。

21世纪以来，河西宝卷在入围国家级非物质文化遗产的前后，得到了政府的高度重视。河西宝卷的研究者出现了分化，一方面是地方文化精英，另一方面是高校研究者。地方文化精英熟悉宝卷念唱，参与了宝卷编辑工作，他们的研究主要涉及宝卷念唱的区域分布、念卷形式、宝卷分类、演唱曲调、宝卷的功能等基础性问题，代表人物有何登焕、魏延全、宋进林、赵旭峰等。在高校研究者中，河西宝卷音乐价值研究的代表人物有王文仁，河西宝卷编目研究的代表人物有朱瑜章，河西宝卷文体研究的代表人物有程国君，河西宝卷文学人类学研究的代表人物有刘永红，河西宝卷当代文化价值研究的代表人物有哈建军。接下来本书将对具体的研究成果进行述评。

关于河西宝卷的起源问题，郑振铎先生认为，"宝卷，实则'变文'的嫡派子孙"[2]；李世谕在《宝卷新研》中指出，宝卷是从"变文""说经"等演变而成的，是变文、说经的"子孙"。段平将宝卷的

---

[1] 王学斌：《拂尘增彩，推陈出新——河西宝卷研究浅论》，见王学斌纂集《河西宝卷集萃》上册，中国人民大学出版社2010年版，第12页。
[2] 郑振铎：《中国俗文学史》，商务印书馆2005年版，第538页。

起源概括为"佛经—俗讲—变文—宝卷"①。方步和将河西宝卷分为三类：佛教宝卷、神话传说、历史民间故事和寓言宝卷。认为佛教宝卷的源头是俗讲（含佛变文），神话传说、历史民间故事宝卷的源头是俗变文。寓言宝卷的源头是《燕子赋》一类的寓言故事。②谢生保从变文与宝卷的问题比较，依据宝卷音乐对变文音乐的探讨，依据宝卷讲唱仪式、方法对变文讲唱仪式方法的探讨，变文与宝卷宗教思想的比较四个方面做了细致的分析，认为"宝卷与变文相比较，虽有变异，但从文体形式、讲唱方法、宗教思想上，基本继承了变文的衣钵，确为变文的'嫡系子孙'"③。持类似观点的还有伏俊琏。

扬州大学的车锡伦在《明清民间宗教与甘肃的念卷和宝卷》中提出"大约在明末清初，宣卷随着民间宗教传入甘肃"的不同看法，但也不否认河西宝卷的独特之处。④车锡伦最终在《中国宝卷研究》中进一步论述了这个问题，得出结论认为，河西宝卷和内地宝卷有同源同流的关系。⑤尚新丽在《北方民间宝卷研究》中支持车锡伦的观点，她认为："河西宝卷绝不是在河西一地孤立存在的。而且，不仅是卷目、故事内容的相同或相似，部分河西宝卷与其他北方民间宝卷还存在着文辞上的高度相似。"并举例证明河西宝卷和北方民间宝卷同根同源的关系。⑥

总体来看，一派是以郑振铎、李世瑜、方步和、段平、谢生保、伏俊琏等人为代表，他们认为，中国宝卷包括河西宝卷与敦煌变文有着密切的关系；另一派以车锡伦、尚新丽为代表，他们认为，河西宝卷和内地宝卷或北方宝卷同根同源。其实他们的观点并不相互矛盾，他们的研究只是存在地域的界限，打破了这种界限，可以说中国宝卷是一个共同体，各地宝卷之间相互联系、相互影响。拙文《河西宝卷最早卷本新发

---

① 段平：《河西宝卷选·前言》，兰州大学出版社1988年版，第4页。
② 方步和：《河西宝卷真本校注研究》，兰州大学出版社1992年版，第387页。
③ 谢生保：《河西宝卷与敦煌变文的比较》，《敦煌研究》1987年第4期。
④ 车锡伦：《明清民间宗教与甘肃的念卷和宝卷》，《敦煌研究》1999年第4期。
⑤ 车锡伦：《中国宝卷研究》，广西师范大学出版社2009年版，第275页。
⑥ 尚新丽：《北方民间宝卷研究》，商务印书馆2015年版，第160页。

现》通过《敕封平天仙姑》同版两本宝卷分别落户北京大学图书馆和张掖市临泽县板桥镇的事实证明，河西地区有自己独创的宝卷，而且从这本宝卷向外流传的事实可以得出结论：河西宝卷并非单方面受到外来宝卷的影响，河西宝卷也有过向外流传的经历，虽然它的影响力有待进一步考证，但是可初步推测出河西宝卷与其他地区的宝卷有一种双向互动的影响效果。①

全国各地的宝卷同为一个体系，彼此之间相互影响，在此基础上可以说宝卷的渊源是比较复杂的，《酒泉宝卷》编选者的观点较为妥帖："它（宝卷）由唐代的变文、讲经文演变而来，受俗讲的孕育，历经谈经、说参请、说诨经、讲史等，并受到话本、小说、诸宫调及戏曲等的影响……"②陆永峰等人的观点与《酒泉宝卷》编者的观点基本一致，是关于宝卷起源的一种较为严谨的说法："在有关宝卷与变文的关系问题上，说宝卷是变文的嫡系子孙，或者否认其关系者，都是可以商榷的。宝卷与变文之间确实存在着亲密的关系，但这种关系并不说明宝卷一定是从变文直接发展而来的。宝卷浓厚的宗教信仰属性，它的仪式性，以及早期独特的韵文格式，都说明它与佛教中以科仪、忏仪为主的法事活动存在继承关系。所以，作为主要流行于民间的一种说唱形式，宝卷的产生并不是某一种活动所能衍生的，它应该是吸取、综合了多方面的有利因素融合、演化而成的。这种渊源上的多元性、兼具各家所长，正是宝卷得以流行的重要原因，也是学术界围绕着宝卷的产生问题聚讼纷纭的原因所在。"③

关于河西宝卷的编目研究，朱瑜章在《河西宝卷存目辑考》中介绍了河西宝卷的五个编目，分别是车锡伦编目，段平编目，王学斌编目，王文仁编目，宋进林、唐国增编目。在此基础上朱瑜章做了进一步

---

① 李妍：《河西宝卷最早卷本新发现》，《中国社会科学报》2016年12月12日。
② 郭仪、高正刚、谢生保、谭蝉雪：《酒泉宝卷·前言》，人民文学出版社1991年版，第1页。
③ 陆永峰、车锡伦：《吴方言区宝卷研究》，社会科学文献出版社2012年版，第32—33页。

的工作，为河西宝卷汇辑刊本和河西宝卷编目各做表格进行对比统计，指出："上面表一所列11个（套）河西宝卷汇辑刊本所收卷目共计361部，除去其中同名卷和同卷异名的251部，实有110种；表二所列5个河西宝卷编目共列未刊卷目189部，除去其中同名卷和同卷异名的89部，实有100种。二表合计收录河西宝卷卷目210种。已刊和未刊卷目列入车锡伦《中国宝卷总目》的共162部，占该总目全部著录1585种的10%，有48部未列入《中国宝卷总目》。"①

关于河西宝卷语言学方面的研究，张爱民从音素、变音、有音三个方面简要介绍了河西宝卷所反映的张掖方言的语音问题；程瑶在《河西民间宗教宝卷方俗语词的文化蕴藉》中通过对几则具有代表性的方俗语词的考释，以及对造词理据的分析，揭示出其所包含的文化信息；马月亮在其硕士论文《河西宝卷的音韵研究》中认为："以河西宝卷为研究对象，通过对搜集到的51种宝卷中的韵文和别字的分析研究，归纳明清西北方音的声、韵、调特点，揭示明清时西北方音的概貌；并在前人研究的基础上，探求西北方音从唐五代经宋、明清至于现代的发展演变。"②

河西宝卷的音乐价值研究始于20世纪80年代"中国民间歌曲集"和"曲艺音乐集成"大潮的影响，在张掖地区搜集调查的结果显示，张掖地区流传的曲艺音乐，基本上可以被分为三类：宝卷、小曲子和民间小戏。宝卷音乐占整理曲调的近1/2，而且宝卷是曲艺音乐的母体，很多小曲子、民间小戏只是宝卷中某段故事的唱述，同时宝卷的唱腔往往又受到了小曲子、民间小戏的影响。这方面的研究成果，期刊论文有张爱民的《河西宝卷——我国民间曲艺艺术瑰宝》，硕士论文有郇芳的《河西宝卷音乐历史形态与现状》、周兴婧的《永昌"宝卷"的三重历史与文化抉择》、吴玉堂的《河西宝卷调查研究》、申娟的《酒泉宝卷调查研究》，王文仁申请到了国家社会科学基金艺术学项目"河西曲艺

---

① 陆永峰、车锡伦：《吴方言区宝卷研究》，社会科学文献出版社2012年版，第32—33页。

② 马月亮：《河西宝卷的音韵研究》，硕士学位论文，南京师范大学，2011年。

研究",发表了《河西宝卷的曲牌曲调特点》《河西宝卷总目调查》《河西宝卷内容分类及结构特点》《河西宝卷的传承方式探析》《河西宝卷学科属性之辨》等一系列文章。上述作者都是音乐专业出身,他们的文章从音乐学的视角透视、研究了宝卷,但他们的研究又都不完全拘泥于音乐学,而是涉及了语言、内容、信仰、历史语境等一系列问题,这也恰恰表明了宝卷艺术的多层立体文化价值。

河西宝卷研究的论文集有《河西宝卷与敦煌文学研究》,其中收入了关于河西宝卷研究的学术论文19篇,分别是庆振轩、张馨心的《河西宝卷著述提要》,庆振轩的《读河西〈方四姐宝卷〉札记》《图文并茂,借图述事——河西宝卷与敦煌变文渊源探论》,张同胜的《〈唐王游地狱宝卷〉的历史解读》,魏宏远的《论〈赵五娘卖发宝卷〉对〈琵琶记〉的接受》,李凤英的《探论河西宝卷中的儿童文学及儿童形象》,吴清的《敦煌〈五更转〉与河西宝卷〈哭五更〉之关系研究》,孙小霞的《酒泉宝卷与话本小说的文体共性初探》,张瑞芳的《酒泉宝卷的文本叙事学解读》,刘维维的《从〈沉香宝卷〉探析二郎神形象嬗变的原因》,李杰的《河西〈二度梅宝卷〉与小说〈二度梅全传〉之比较》,马志华的《观世音菩萨在民间伦理形象的传播、转化、构建过程》,张瑞芳的《河西昭君宝卷与昭君故事比较研究》《河西宝卷中承祧继产型故事研究》,田多瑞的《河西宝卷中的包公形象分析》,周丹的《〈天仙配宝卷〉的河西民俗性探微》,靳梓培的《浅析〈紫荆宝卷〉中的民间精神》,牛思仁的《河西宝卷中的继母形象探析》,杨许波的《河西宝卷用韵考》,这些论文体现了河西宝卷的著述提要、人物形象、宝卷与其他文体类型的比较,宝卷的故事类型学、叙事学、传播学、民俗学等方面的初步研究成果。①

另外,刘永红在《西北宝卷研究》中将河西宝卷、洮岷宝卷、河湟宝卷纳入同一文化圈进行比较研究,彰显了宝卷这一民间艺术的共性

---

① 庆振轩主编:《河西宝卷与敦煌文学研究》,人民出版社2012年版。

和个性。[①]他将河西宝卷、洮岷宝卷、河湟宝卷统称为西北宝卷,该著从西北宝卷的传承语境、内容、仪式、叙事特征、文化特点方面做出全面细致的分析。《北方民间宝卷研究》是一部全面系统地研究北方民间宝卷的专著,"北方民间宝卷的地域特色"是关于河西民间宝卷的专章,讨论了河西宝卷的源流,河西宝卷的形式,河西宝卷的功能,河西宝卷的现状、传承与保护四个方面的问题。车锡伦在其所著的《中国宝卷研究》中谈到了明清时期及近代甘肃宝卷的流传发展状况,附录了甘肃河西地区流传抄本——民间宝卷卷目,车锡伦对河西宝卷的研究重在其源流问题,认为河西民间宝卷与内地宝卷有同源同流的关系。车锡伦的研究乃中国宝卷研究的奠基之作,他以宏观的视野总结了全国宝卷的历史发展状况,对河西宝卷的总体情况做了介绍。

近来,哈建军等人研究了河西宝卷的当代文化价值,主要文章有张有道、哈建军的《家园文化调适与河西宝卷的当代文化价值》,哈建军的《民间生态智慧的传承与"非遗"的价值新估——兼论河西宝卷的当代文化价值》和《河西宝卷中生存智慧和民间生态的建构与传播》,哈建军、张有道、李奕婷的《河西宝卷对走廊文化的注解及其当代价值》;程国君研究了河西宝卷的叙事特征和文体特征,已发表的文章有《论丝路河西宝卷的文化形态、文体特征与文化价值》;李贵生、王明博研究了河西宝卷的说唱结构,相关文章有《河西宝卷说唱结构嬗变的历史层次及其特征》;还有刘永红关于河西宝卷文学人类学研究的《二元对立与狂欢——河西宝卷中的女性人类学解读》;鲍玥如、敖运梅关于人物形象研究的《河西宝卷中传统人物形象的颠覆及其演变》等。

综上所述,关于河西宝卷主要涉及了渊源研究、音乐研究、语言学研究、文化价值研究等方面。本书是对刘永红等研究者开启的河西宝卷文学人类学研究工作的推进。本书使我们回到当年宝卷盛行的语境当中,设身处地地回到"热炕头"文化氛围中聆听念卷先生乡语乡言的浑然之音,通过民间苦难、民间欲望、民间信仰、民俗等问题的研究理

[①] 刘永红:《西北宝卷研究》,民族出版社2013年版,第5页。

解封建社会末期穷乡僻壤民众的思维、情感、信仰、社会建构，以文学人类学的视野对河西宝卷进行文化解码。在宝卷盛传的那个时代，民众未经"文化大革命"的政治浩劫，也没有被改革开放的浪潮激发出强烈的物质欲望和个体生命意识。如今的人们虽然在物质上富裕了，却处在道德沦丧、乡音消亡，传统的乡村文化和价值观念消失殆尽的尴尬境地。乡民曾经过着闭塞、宁静、质朴的生活，他们纯洁的心灵为我们所留恋，从他们的生活、思维、情感中汲取力量以反拨物质欲望无限扩大、社会资源过度消耗的生存方式。人的心灵如此丰富，被激发的不应只是物质欲望，在世界文化多元化时代，本书将带给我们新的启示。

王一川就曾经直言不讳地宣称：追问原型，就决不是单纯出于理论兴趣，而是有更深的意向所在：弄清艺术体验的本根，弄清人的存在的本根。原型作为体验的原型，归根到底，是人的原型，存在的原型。[①] 原型具有很强的稳定性和恒久性，人类社会在不断向前发展的过程中存在的问题是，文明社会的各种文化、伦理、道德、法律、宗教等结成了厚厚的外壳，把原型包裹得越来越紧，或者说在非理性的集体无意识王国中，原型沉积得越来越深。原型批评是在碎片化的、解构的世界之中发起的一场集结运动，反拨人类远离本真存在的脚步，在原型的回归中找回自我，找到同伴，在彼此共同性的认可中消除心中的焦虑、孤独，存在的虚无。

三 研究对象

本书的研究对象是河西宝卷原型，接下来将从河西宝卷原型的形成、内涵及作用三方面对研究对象做出界定。

宝卷的创作过程本身就是集体无意识沉淀的过程，"宝卷的创作也

[①] 王一川：《原型美学概览》，《当代电影》1989年第4期，第101页。

是一种冲动,这种冲动不是来自个体的生命体验,而是一个区域中丰富多彩的生活、一个族群民俗信仰的欲望而激发出的创作的灵感和冲动,它所承载的不是写作者个人的内心体验和审美情趣,而是生活在底层的百姓的宗教、信仰、伦理、民俗等心理体验和经验积淀,而且,这种集体的创作冲动贯穿于整个活态传承的历史中"[1]。

  河西宝卷的念唱、流传过程大致如下:一开始有人抄写或改编了敦煌变文或来源于全国其他地区的宝卷,抄好以后念唱给大家听。在念卷的过程中有接卷的互动活动,念卷、听卷就是最好的甄选过程,那些受人们喜欢的宝卷会被广泛传抄,多次念唱,而人们不感兴趣的宝卷自然会被淘汰。绝大多数人喜欢的,正是那些触及了人们集体无意识内容、心灵深层结构,符合了先天的领悟模式和行为模式的那些宝卷,而那些能够打动人心的内容恰恰表达了人性的共通性。这些宝卷广泛流传,在一次次的传唱中拨动人们的心弦。

  河西宝卷在念唱的过程中,有的地方有挂画、摆供品、上香等简单仪式,许多宝卷开卷都会念到"某某宝卷才打开,诸佛菩萨降临来"。在念卷过程中部分掌握了基本技巧的群众会接卷"阿弥陀佛",在念卷结束后还有送神的仪式。河西地区偏安一隅、经济落后,这些都制约了宝卷的仪式,比如很多人家摆不起贡品,在田野调查的过程中了解到,当年,晚上能点得起油灯的人家都不多,点得起油灯的人家往往就是富人家,村民们聚在他家念卷、听卷,因此河西宝卷的仪式较为简单。

  但是经过和全国念卷仪式的对比,我们可以从简单的程序中复原念卷的完整仪式,念唱的仪式对宝卷原型的再现起到了重要作用。每次念唱过程中特定的仪式、无形的曲调、独特的声音,念卷人和听卷人的生活经历,当时的心境都会形成一种特殊氛围和意境,在这样一种既紧贴生活,又摆脱现实的艺术情境之中,黑暗的集体无意识世界最容易灵光闪现,许多本能、原始意象、情感内容都能进入理性的意识世界,得到

---

[1] 黄靖:《宝卷笔记》,江苏人民出版社2011年版,第223页。

短暂的再现和释放。

河西宝卷原型是一种关系,是心灵世界的集体无意识和河西地域文化之间相互作用的关系。河西宝卷曾在民间广泛流传,人们在一次次的念唱之中,将内心深处的集体无意识激活、再现,在再现的过程中与河西地区的儒释道文化相互作用,固定可见的仪式、母题、故事类型、民俗、意象等民间说唱艺术的基本要素得以保存和流传。原型在文化中得以体现,文化塑造了原型的体现形式。

"原型"是河西民众的大灵魂,灵魂只有借着河西地区儒释道文化的形式才能幻化成形,灵魂只有借着文化的形式才能转世投胎,得见天日。河西人民对生命本原的思考,对生活现实的深切感受在他们内心积淀,以集体无意识的内容遗传下来,形成了先天的"领悟模式"和"行为模式"[1]。这些内在的、先天的、心理的、人性的形而上的存在,在河西宝卷的念唱中得以象征和隐喻式地显现,得到共鸣。让无形的心理体验、情感内容、审美取向以民间艺术基本元素为载体得以外化和具体化。河西宝卷原型在一次次的现身过程中帮助人们克服了精神的匮乏,认证了自我的存在,体验了生命共同感知模式,强化了民间审美特征,整合了民间文化。

四 研究思路

在田野调查的基础上,广泛聆听河西宝卷民间艺人的念唱,本书架构起对宝卷整体艺术效果的基本理解,通过大量走访调查,努力还原宝卷念唱的历史语境,在此基础上对11个(套)[2]河西宝卷汇辑刊印本

---

[1] 程金城:《原型批评与重释》,甘肃人民美术出版社2007年版,第131—152页。
[2] 这11个(套)宝卷指的是:《金张掖民间宝卷》(全五卷)、《酒泉宝卷》(共五辑)、《河西宝卷集萃》(上、下)、《甘州宝卷》《山丹宝卷》(上、下)、《民间宝卷精选》(上、下)、《临泽宝卷》《永昌宝卷》(上、下)、《凉州宝卷》(两本)、《河西宝卷真本校注研究》、《河西宝卷选》(上、下)和《河西宝卷续选》(上、中、下)。

中去其重复后的110个宝卷①进行文本细读，在河西宝卷文本的广泛研读中，发现作为一种民间说唱艺术的底本，河西宝卷文本存在着程式化、繁缛芜杂的特征。甄选河西宝卷原型作为研究对象，是一个去粗取精的过程，是将河西宝卷的深层含义从较粗糙的文学表现手法中提炼出来的一个过程，原型关乎集体心理无意识的内容，加强了探索、研究的深度。

  在研究中所要解决的问题是如何面对真正的河西宝卷，之所以这样说是因为河西宝卷在念唱流传的过程中存在被异化的现象，因此本书首先梳理河西宝卷历经的五个语境，通过对这五个语境特征的分析，得出结论：河西宝卷和第一语境（初始语境）的关系最为密切，有着同质同构的关系，河西宝卷是其他语境中的异化物。可是，初始语境具有一去不复返的基本特征，如何把握初始语境的这一基本特征？原型是连接宝卷文本和初始语境的精神红线。原型是初始语境中人们的集体无意识内容，原型在宝卷文本中以母题、意象、故事类型等载体现身，成为可

---

  ① 以朱瑜章发表于《文史哲》（2015年第4期）上的《河西宝卷存目辑考》中的110个宝卷为准，这110个宝卷是：《白长胜逃难宝卷》《白虎宝卷》《白马宝卷》《白蛇传》《包公错断颜查散》《朝山宝卷》《刺心宝卷》《达摩宝卷》《丁郎寻父宝卷》《洞宾买药宝卷》《二度梅宝卷》《方四姐宝卷》《放饭遇亲宝卷》《风雨会宝卷》《割肉奉亲宝卷》《观音宝卷》《闺阁录全卷》《何仙姑宝卷》《和家论宝卷》《红灯记》《红楼镜宝卷》《红匣记》《侯美英宝卷》《胡玉翠骗婚宝卷》《护国佑民伏魔宝卷》《沪城宝卷》《还乡宝卷》《黄马宝卷》《黄氏女宝卷》《回郎宝卷》《继母狠宝卷》《祭财神宝卷》《教子成名》《精忠宝卷》《救劫宝卷》《开宗宝卷》《康熙访江宁》《康熙私访宝卷》《苦节图宝卷》《葵花宝卷》《老鼠宝卷》《刘全进瓜宝卷》《刘金定受难宝卷》《刘香宝卷》《六月雪》《鲁和平骂灶》《罗通扫北宝卷》《落碗宝卷》《马乾龙游国宝卷》《卖妙郎宝卷》《卖身葬父宝卷》《孟姜女哭长城宝卷》《蜜蜂卷》《牡丹宝卷》《目连救母幽冥宝卷》《目连三世宝卷》《穆桂英大破天门阵宝卷》《劈山救母宝卷》《贫和尚出家宝卷》《乾隆宝卷》《乾隆私访白却寺宝卷》《如意宝卷》《三神姑下凡宝卷》《三搜索府宝卷》《生身宝卷》《十二圆觉》《手巾宝卷》《双受诰封》《双喜宝卷》《双玉杯》《唐王游地狱宝卷》《天仙配宝卷》《天眼难瞒》《土地宝卷》《乌鸦宝卷》《无生老母救血书宝卷》《无生老母临凡普度众生宝卷》《乌江渡宝卷》《吴彦能摔灯宝卷》《五女兴唐宝卷》《五子哭坟宝卷》《武松杀嫂宝卷》《仙姑宝卷》《湘子宝卷》《小儿祭财神宝卷》《新镌韩祖成仙宝卷》《新刻岳山宝卷》《秀女宝卷》《绣红灯宝卷》《绣红罗宝卷》《薛仁贵征东宝卷》《训教子孙》《闫小娃拉金笆》《燕山五桂》《杨金花夺印宝卷》《野猪林宝卷》《异方教子》《鹦鸽宝卷》《鸳鸯宝卷》《岳雷扫北宝卷》《灶君宝卷》《铡美案》《张浩求子宝卷》《张青救母》《张四姐大闹东京宝卷》《昭君和北番宝卷》《赵五娘卖发宝卷》《蜘蛛宝卷》《紫荆宝卷》《桂花桥》。

以认知可以把握的具体对象。初始语境中关乎心灵深层结构的原型通过宝卷文本记录保存了下来，因此本书反其道而行之，通过对宝卷文本中原型的归类，分析复现河西宝卷的初始语境。

本书总结出了三大类原型，即类比原型、神谕原型和魔怪原型，这三大类原型分别建构了类比世界、神谕世界和魔怪世界。这三个世界就是初始语境的三副面孔，这三副面孔之间存在着相似性与相异性、分裂性与联系性、真实性与虚假性、矛盾性与统一性等多重关系。本书将在这多重关系的弹性运动中努力再现一去不复返的初始语境。初始语境的再现过程其实是对出生的奥秘、地狱的存在、诸神的功能、英雄的价值、生活的苦难等基本问题的追寻、研究与审美——这些体现了民间基本的价值观。最后讨论儒释道文化对河西宝卷原型的影响，对这一论题进行补充说明。

本书试图探索、创新的关键点在于：第一，梳理宝卷文本和语境的关系，在此过程中提出了"初始语境"这一概念，"初始语境"和其后语境的最大区别在于初始语境是宝卷的诞生语境。宝卷文本在所有语境中流传，并和这些语境发生了各种关系，但只和初始语境是同质同构的，也只有在初始语境中，河西宝卷才保持着神圣的本质。第二，对原型研究即文学人类学研究对象的正本清源，当文学人类学面对文本研究的时候，必须明确研究对象是初始语境中的文本，而不是被异化了的文本。第三，对如何把握一去不复返的初始语境，本书探索了一条行之有效的路径，可以通过对文本中典型原型的归类、分析、建构，无限趋近一去不复返的初始语境的真实面目，以此进一步确立文学人类学研究的客观性和科学性。

第一章 河西宝卷语境分析

受文学人类学的影响，研究者将河西宝卷视为珍贵的材料，河西宝卷所具有的旧时代、非主流、边缘性的文化特征无疑使其成为反思主流文化的绝好材料，但是，当研究者以河西宝卷为对象反观现代文明的时候，往往忽略了河西宝卷文本和语境的密切联系，不深究二者的关系。语境的概念来自于人类学家马林诺夫斯基。马林诺夫斯基认为："文本固然是十分重要，但是离开了语境，故事就没有生命。"[①] 他最先提出了"情景语境"的概念，这个概念指语言行为发生时的具体情境；后来他又提出了"文化语境"的概念，指说话人生活的社会文化背景。本书语境指的是河西宝卷诞生、念唱、流传的社会文化背景。

河西宝卷文本和语境的确有着密切的联系，文本来源于语境，文本是语境的隐喻和反映，宝卷文本产生于初始语境，和初始语境的关系最为密切，文本的流传也离不开语境。但是，文本世界绝不等同于语境，文本自完成之日起就具备了一套自足体系，可以穿越不同的语境，并和不同的语境发生交际。本书分析了河西宝卷依次经历的五个语境，河西宝卷文本与不同的语境相互交流，彼此影响，河西宝卷在五个语境中的地位和意义决然不同。

笔者通过文献资料的分析和大量的田野调查工作，梳理出河西宝卷文本历经的五个语境，第一个语境具有中国乡土社会的基本特征，文本

---

① 马林诺夫斯基：《神话在生活中的作用》，阿兰·邓迪斯：《西方神话学读本》，朝戈金等译，广西师范大学出版社2006年版，第247页。

在这一语境中诞生，是文本的初始语境，初始语境和宝卷文本的关系最为密切，宝卷文本是生活在这个时代的人们的集体创作，凝聚了这个时代基本的思维模式和情感特征，宝卷文本同时也在这个语境中流传。宝卷文本与初始语境具有同质同构的特征，语境赋予了文本生命的活力，也塑造了文本的基本品格。

第二到第五个语境是河西宝卷的流传语境，社会性质的巨大变化，时代的变迁，语境与文本不再是同心圆，彼此相离相异。宝卷文本在其后的四个语境中以不同异化物的面目出现。第二个语境即"文化大革命"时期，政治暴力视河西宝卷为封建余孽，河西宝卷成为暴力打击的重要对象，此时的宝卷文本被妖魔化。第三个语境是"文化大革命"结束后，电子传播媒介尚未到来的短暂空隙，这时的人们又恢复了宝卷的念唱，可是念卷活动不再是与神交流，河西宝卷失去了其神圣品质，宝卷被视为娱乐的对象。

第四语境最主要的标志是电子传媒时代的到来，这种听觉艺术在视觉冲击的时代显得一无是处，电子娱乐时代让宝卷失去了被娱乐的价值，濒临灭亡，文本随之沉寂。第五语境是非物质文化遗产保护时期，具有明显的政治干预的特征，宝卷不再是神圣的，而是被娱乐的对象，宝卷变成了秀场道具，被表演、被展览，文本世界被片段化地展示，失去了与语境交际的能力。在宝卷文本和语境的各种关系中，不得不承认河西宝卷隶属于初始语境，河西宝卷历经政治蹂躏，电子传播媒介的冲击，惨遭各种语境的异化。只有回到初始语境里，我们才能理解真正的、具有神圣性质的河西宝卷。接下来，我们将全面分析河西宝卷每个语境的基本特征，考查每一阶段中文本和语境的交流关系。

一 第一语境

河西宝卷的第一语境是从明末清初直到"文化大革命"之前，这个阶段是宝卷的自然流传期，"家藏一部卷，平安又吉祥。"长久以来，河西人民把家藏宝卷视为镇宅之宝与神圣之物；把抄写、赠送、收藏、印刷宝卷当作积德之举，使宝卷能够代代流传。这一时期的宝卷是河西地区十分重要的民间说唱艺术，集娱乐、信仰和教化功能于一体，在河西地区广泛流传，究其原因，一方面是河西地区经济贫困，宝卷既经济又简约的方式最易被民众所接受；另一方面是河西地处边陲，一些民间秘密宗教在偏远的河西地区躲过了官方的镇压，在这里找到了生长的土壤。

河西宝卷在念唱形式上也有优势，比如临泽地区的各种文化活动是被这样描述的："旧时临泽群众文化生活主要是四季八节的庙会唱大戏、元宵节的闹社火（扭秧歌，自乐班的小曲艺，俗称闹小场儿），说书（讲故事）。唱大戏、闹社火都受时间限制不常有，说书又比较单调。总的来说，群众经常性的文化娱乐活动贫乏，唯有听宝卷这种'讲念唱文学'，比说书排场，比闹小场儿简单。因为他用声音表达感情，用手势和上身变动助其声音的表达，而不离开座位，无全身的动作表演，简便易行。不论是在家里，还是工地上，一人持卷，抑扬顿挫地引吭高歌，大众围听，众人接音，场面热烈，气氛活跃，消除疲劳，增加乐趣。对于整日辛劳的人们确实是一种精神享受。"[①]

此外，宝卷已渗透到了河西人民的民俗之中，在张掖地区人们将宝卷用于安宅镇坟，在当地民俗之中有这样的习惯，人们在修建房屋时把笔和用红布包裹的宝卷放在房梁上，驱鬼辟邪、保家庭和睦、出入平安。在墓穴中靠近棺材大头的那一面挖一个洞，洞里藏几本宝卷，意在广种书田，保佑子孙后代饱读诗书，高中状元。农村在红白喜事、搬家修房子、小孩留头、升学、家中来亲戚、家里有矛盾、家庭运势不顺之时都有请人念卷的习俗。

在田野调查中笔者发现一部《观音修行宝卷》后有这样的记录：

刘为兄张为弟兄弟们分君分臣异姓联成亲骨肉

[①] 魏延全：《临泽宝卷调查研究》，程耀禄、韩起祥主编：《临泽宝卷》，临泽政协委员会。

朝夕纳海矣

信士子弟　抄录人

李万斛　阎秉贤　戴登科　许珩　贾多财

这个记录显示抄写这部宝卷的原因是李万斛、阎秉贤、戴登科、许珩、贾多财五位抄录人结为异姓兄弟。这一信息充分说明河西宝卷渗透进河西民间生活的细枝末节，在河西民间有结拜异姓兄弟的习俗，结拜的仪式之一是抄写宝卷。他们五个人合力抄写了一部《观音修行宝卷》，从这部宝卷的内容看，他们希望兄弟间秉承善良、百折不挠、忠贞不渝的品质。在走访中了解到旧时听卷时的禁忌是，生完小孩月份浅的妇女、月经期的女性自觉回避不准参加。除此之外，听卷可谓是老少妇孺皆可。河西宝卷带给普通民众最基本的世界观和善恶观。善恶有报的佛教因果观念、忠于君王、孝敬父母等儒家伦理通过宝卷的传唱灌输进了人们的脑海之中。

宝卷是河西民间多元文化中的重要组成部分，笔者在走访中发现，念卷先生多是身兼数艺，会念宝卷、说评书、演地方戏、唱曲子戏、唱小曲子、画画等。河西小曲子和河西宝卷一样在民间十分流行，只不过小曲子演唱表现了抒发自我情怀的特征。河西宝卷是一种集体活动，集体文化在念唱宝卷的场域中形成，个体的欲望、价值观、审美观因此受到规约。小曲子和宝卷在演唱的曲调、故事情节等方面有相同性，但在其所表达的价值观念方面又有着相异性。接下来以具体事例介绍一下小曲子。永昌地区流行的《尼姑下山》唱道：

倒坐在尼姑儿庵（哎哟），倒坐在尼姑庵，
身穿上道袍，头带上道冠，
南无我说吃长斋（呀），口儿里把弥陀佛念。
双手儿取执单，十八的门上化一化善斋；
南无我说不知道，善人迁缘不迁缘。
化缘来到东间，东间里有个女裙钗；
头梳的是乌云鬓，脚穿的是花绣鞋。

观一观奴本身，奴本是出家人；
头不得乌云鬓，脚穿不得花绣鞋。
化缘来到西间，西间里有一个女娇孩；
年纪不过十七八，怀抱着个尕娃娃。
怨一声二老爹娘，你不该把奴许出家；
南无我说不出家，也抱上个尕娃娃。
来到了大佛殿，上伺候菩萨下伺候罗汉；
阿弥也说净水碗，不住儿在佛面前献。
来到了山门外，走路的君子有千万；
有一个俊俏男，他把奴的魂勾散。
保佑弟子下山岗，下山配一个俊俏男；
眼前只说眼前话，管他佛法不佛法。

这首小曲子从尼姑的视角把世俗的欲望和快乐表达得淋漓尽致，只有在得不到的时候才最美丽，以小尼姑的视角来看"乌云鬓""绣花鞋""尕娃娃"等老百姓日常生活的细枝末节都充满了无限的幸福，小尼姑最憧憬的是"下山配一个俊俏男"。世俗的幸福、爱情的欲望已远远超越了神佛的禁锢"眼前只说眼前话，管他佛法不佛法"。

《割韭菜》流行于整个河西地区：

爹也没有在呀妈也没有在，家里没有调饭菜。
（点点花儿开哟，哎哟点点花儿开）
哗啦啦推开门两扇，手提篮篮割韭菜。
一路春风杨柳摆，姐儿出门走得快。
扎一朵马莲花儿头上戴，姐儿出门走得快。
摘一朵马莲花儿头上戴，马莲花儿赛金钗。
手拿镰儿割韭菜，一位相公走过来。
年轻的相公真可爱，细声细语有文采。
相公帮咱割韭菜，姐儿羞得红了脸。

有心说句知心话，左思右想口难开。
相公拿镰使不来，哧啦一下手割烂。
姐儿无耐心急坏，撕下头巾当绷带。
谢谢相公好心怀，明日到家做客来。
（点点花儿开哟，哎哟点点花儿开）

韭菜意象象征了儿女，韭菜是一茬接一茬地长，割完了接着长。农村很多老人认为，这和生儿育女是一样的。在没有计划生育的年代里，很多女性一年接一年的生小孩，农民在日复一日的劳动中看到了韭菜和女性生育的相似方面，以此做比喻。小曲子《割韭菜》中反复出现的"点点花儿开"，在一片绿色的韭菜地里，哪来的"点点花儿"，其实这也是一种象征性的表达，隐喻了女子的初次欢爱。相公割破手的情节是对这一意象的一种附会。河西学院李惠芬老师搜集到的尚未公开发表的《割韭菜》中，唱到了这样的内容：一个女孩子独自去菜园摘菜，一个男青年隔墙跳进来和她欢爱。女孩子回家之后，母亲问女孩为什么回来迟了，不谙世事的女孩把发生的事情告诉了母亲，母亲听了笑吟吟地让女儿说一说自己的感受。女儿说完了，母亲责怪身边的丈夫，人家年轻人表现多棒、多有激情啊！这个故事明确地指出了"点点花儿开"的意义。此外，母亲的反应令人惊叹，在封建伦理道德根深蒂固的乡土社会里，她们完全摆脱了伦理的制约，三从四德、贞节观念在心中荡然无存，她们如希腊诸神般享受着欲望的狂欢。

这样的小曲子绝非个案，再如敦煌曲子戏中的《十八摸》，描写了赤裸裸的性爱。已刊出的《十八摸》略去了最直接的性爱表现。在走访中，酒泉市文化馆的工作人员告诉我们，他们在调研时找民间艺人演唱关于性爱描写的小曲子的时候，老艺人久久不愿唱，最后暗示在场的工作人员中有位女性，这位女同志必须回避。当这位女同志出去后，老艺人才开始为大家演唱。老艺人自始至终都遵循着基本的职业操守。小曲子、曲子戏内容丰富，表现了民俗生产生活各个方面，其中十分重要的一部分是对爱情的描写与讴歌。已整理出版的小曲子大多经过了删节，自然流传的小曲子是民间狂欢世界的反映。在正统儒家文化统治下的世界里，乡间农民有着自由的追求和快乐的生活。如今小曲子已有了大量的影像制品，在武威、永昌、张掖、酒泉等地还有很多爱好者。公开发行的小曲子经过了"净化"，但从字里行间及一些意象中还可以看到民间对爱情、欲望大胆而狂热的追求。小曲子更多的是个人感情的抒发，写的都是民间生活情感的"小事"，宝卷念唱是一种集体行为和活动，个人情感被规约在集体道德规范中。河西宝卷在关切个人命运的同时，歌唱因果报应、传颂儒家伦理、敬仰民间神灵、颂扬民族英雄，彰显了集体审美、集体价值观念的整合与取向。

第一语境中河西民间文化结构可以用弗洛伊德的人格机制三分法来做比喻。

本我　　　　小曲子等
自我　　　　宝卷
超我　　　　四书五经等

小曲子中的很大一部分内容是河西民间文化中的"本我"，体现了个体的本能欲望，河西地区一些小曲子的内容显示了希腊神话般的欲望狂欢，比如《十八摸》《割韭菜》《公鸡母鸡》等[1]。小曲子遵循了"为乐原则"，人们追求原始欲望而不受限制。宝卷是河西文化中的自我，河西宝卷的传抄是个体活动，念唱是集体活动，民间欲望在这里崭露头角，集体文化的特征又让个体的欲望受到正统文化的规约，只得含蓄地加以表达。宝卷作为民间文化中的调节机制也只是一个过渡，一方面欲望被合理化之后得到了含蓄的表达，另一方面民间欲望与儒家文化之间激烈对抗，在对抗之中互动协调。官方正统文化如四书五经等是河西民间文化中的超我，代表了官方的伦理、道德、法律等基本社会规则。官方文学的内容是儒家经典。也就是说，纯民间的小曲子和纯官方的儒家教化在宝卷中相遇，大传统和小传统的对立在河西宝卷中融合形成了巨大的张力。

---

[1] 公开发行的《十八摸》《割韭菜》《公鸡母鸡》等都进行了删节，据河西学院李惠芬和酒泉市文化馆提供的原始资料，这些小曲子都是赤裸裸的性爱描写。

二　第二语境

河西宝卷第二语境为"文化大革命"破坏时期，"文化大革命"中大量销毁宝卷，严格禁止念卷活动，批斗念卷先生，念唱宝卷活动被全面禁止；"在'左'的路线影响下，宝卷被视为反动文艺，念卷被看作迷信活动。在'文革'期间，宝卷被视为'封建迷信'，成为'牛鬼蛇神'，当作'四旧'被明令禁止，在此期间，大量的宝卷也成了革命对象，被集中收缴后焚烧、销毁，很多念卷者被打成了反革命。有的人家将宝卷当烧纸、裱风匣、剪鞋样，有的人家冒险藏下几本，不是叫老鼠嗑了，就是让虫蛀了。有的人家把宝卷埋于地下或放在地窖中，由于潮湿而腐坏。不论是从数量上还是种类上，损失都是无法估量的，使祖先留下的这一非物质文化遗产遭到了灭顶之灾。"[①]

笔者在田野调查中看到了一位念卷先生在"文化大革命"期间在印有毛主席头像的信纸上写给八一公社革命委员会和张掖县革命委员会的两份检查，这两份检查内容大致相似，现将其中一封摘抄如下：

最高指示
纠正错误思想
犯错误是难免的只要认真改正就行了
实事求是地公开向群众承认错误并立即改正
张掖县革命委员会：
关于第三生产队代进寿因在社教前担任保管员，管理队里的现金粮食，在社教中发票放在书中没有找到，给我算了242.50元，现在发票找到了。主要是在63年大野口煤矿，本队的社员开矿把煤卖给本队的社员（当时没收现金故记在名下秋后算），当时的证

---

① 宋进林、唐国增：《甘州宝卷》，中国书画出版社2008年版，第19页。

明人周存年、陈大纲。根据上述情况请公社负责同志研究给于①适当的处理为盼。(附发票一张)

敬祝毛主席万寿无疆!
八一大队四队代进寿
69年2月27日

20世纪60年代发起了社会主义教育运动,简称"社教运动",社教运动对于中国历史的向"左"走向产生了极大的影响。社教运动是毛泽东主持发起的,他认为:我们的绝大多数干部不懂什么是社会主义,我们要教育干部。教育群众,怎么搞社会主义。② 社教运动在加强干部联系群众、克服官僚主义、消除腐化现象方面是有很大的积极作用的。但它的负面影响也是相当大的。社教运动中的一系列文件,都是在以阶级斗争为纲的指导思想下出台的,当时采取的措施又是在全国范围内大张旗鼓的宣传,派工作队进厂进村进行系统的解说和实践。③

1964年10月,甘肃省委召开了城乡社教工作会议,具体布置农村"四清"运动的培训工作,提出训练的方针是"以双十条为纲,密切联系实际,反对右倾保守思想"。训练工作大体分为四个阶段,训练时间为20天至1个月。仅甘肃省张掖地区就集中了5200多名"准工作队员"进行培训。④ 这份检查就是社教中四清运动在甘肃偏远农村的一个记录,一个小小的生产队受到了八一公社革命委员会和张掖县革命委员会两个工作组的彻查。

这份检查是特殊时代的一个缩影,检查的开头引用了毛主席语录:"最高指示:纠正错误思想,犯错误是难免的只要认真改正就行了,实事求是地公开向群众承认错误并立即改正"。检查的末尾注明"敬祝毛

---

① 应为"予"。——笔者
② 1963年4月8日毛泽东在天津同河北同志的谈话,转引自张素华《60年代社会主义教育运动》,《当代中国史研究》2001年第8卷第1期。
③ 张素华:《60年代社会主义教育运动》,《当代中国史研究》2001年第8卷第1期。
④ 刘彦文:《"四清"工作队员研究——以甘肃省为中心的考察》,《中共党史研究》2010年第10期。

主席万寿无疆!"这样的写作格式深深地打上了时代的烙印。1969年2月27日是当年的大年十一,正月十五未完,农村的年还没过完,代进寿已经开始给两个工作组写检查交代问题了。从检查所交代的内容来看,可能是担任保管员的代进寿所记账目出现了漏洞。代进寿检查自身错误,找到了遗失的发票,找到了证明人。笔者在田野调查中从代进寿的儿子代兴卫(河西宝卷国家级非物质文化遗产传承人)的口中了解到:当时在对他父亲进行检查批斗的过程中,工作组对八一大队抱着没有问题也要找出问题的工作态度,最后保管员代进寿的账目一遍又一遍地被核查。终于找出了一些漏洞,代进寿不停地写检查、挨批斗,已经到了精神崩溃的边缘,白天挨批斗,晚上回家就要自杀,多亏他的两个女儿轮流一刻不离地守在他的身边,才让他死里逃生活了下来。①

从检查内容看虽不是直接针对念卷活动的,却是对念卷先生性命、人格的戕害,在"文化大革命"期间,一方面宝卷被当成"四旧""封建迷信"公开收缴、焚烧;另一方面和代进寿一样的许多断文识字的念卷先生因各种原因在"文化大革命"中惨遭蹂躏。在"左"的路线影响下,宝卷被视为反动文艺,念卷被看作迷信活动,听卷者都是牛鬼蛇神。很多人因念卷而成了反革命,很多宝卷也成了革命的对象而被烧毁。疯狂的"十年"间,真要把它斩尽杀绝。

三 第三语境

河西宝卷第三语境是在20世纪70年代末到80年代初,是"文化大革命"后宝卷的复苏繁荣时期,宝卷是一门说唱艺术,虽然销毁了很多宝卷卷本,可是一些人凭着记忆重写、重新创造宝卷,还有些人把"文化大革命"中冒着生命危险保存下来的宝卷拿了出来,使其重见天日,宝卷在民间有着深厚的基础,一旦环境宽松便很快传抄开来,再加

---

① 根据田野调查的音频资料整理而成。

上新中国成立后农村教育逐步普及，一些略通文字的村民也加入了抄写大军之中。这一时期抄写的宝卷质量不高，错字错句连篇，但是人们的传抄热情空前高涨，河西农村又一次兴起了宝卷抄写、念唱的热潮。

"1976年'文革'结束，特别是中共十一届三中全会以后，党的文艺政策进行了调整，人们喜爱宝卷的热情反弹，又掀起了抄卷藏卷的热潮。一些民办教师、退休干部、教师、离职的村干部、生产队的会计、信佛教的居士都不辞辛苦地抄写宝卷。"[1] 笔者在大量的田野调查中发现，这一阶段民间念卷的热情空前高涨，原因是念卷活动合法化，不再受政治的打击和禁锢，宝卷的念唱在河西民间本来就有着深厚广泛的群众基础，在新的政治语境下很快就恢复了元气。另外，当时的河西交通不发达、信息闭塞、经济落后、文化生活单调使得宝卷念唱成为老百姓的实际需要。宝卷故事情节动人，许多古典小说、民间传说、佛教故事、民间轶事都以念唱的形式被编入了宝卷之中，再加上宝卷念唱用的是方言土语、当地流传的民间小调等，很容易被人们接受。在这样的氛围之中，宝卷历经"文化大革命"的打击而不败，迅速恢复了顽强的生命力。

但是与"文化大革命"前相比，这一语境中宝卷传唱存在明显的"祛魅"特征，宝卷的宗教神圣性减弱，娱乐功能增强。宝卷的念唱人从之前的地方文化精英转变为社会中一般的识字人（这一阶段小学教育在农村得到普及），宝卷卷本也不再如"文化大革命"前的精美，"文化大革命"前人们用毛笔字抄写宝卷，字迹工整，在宝卷的扉页或末页写藏头诗、画画等（见图1-2和图1-3）。在这一语境中宝卷多数是用钢笔抄写，错字连篇，也没有了当年文人的雅致。新中国成立之前宝卷都抄在毛头纸上，看得出那时纸张十分昂贵，笔者在一本宝卷的末页看到了这样的记录："民国十九年十月二十六日，舍纸人李向义、抄经人戴天恩。"（见图1-1）把舍纸人的名字也写了下来足见那个时期纸

---

[1] 魏延全：《临泽宝卷调查研究》，《临泽宝卷》，中国人民政治协商会议临泽县委员会，2006年，第2页。

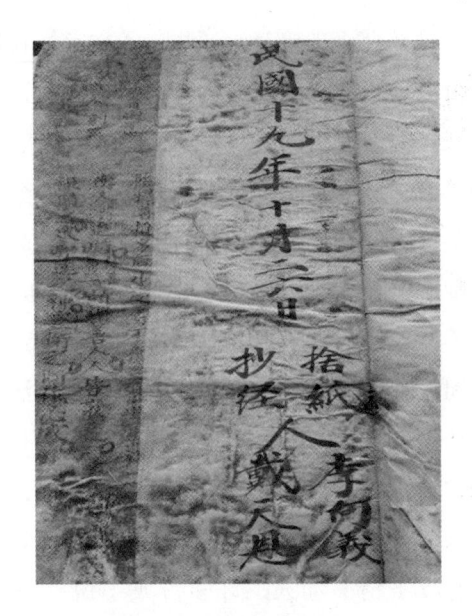

图1-1 宝卷末页的记录

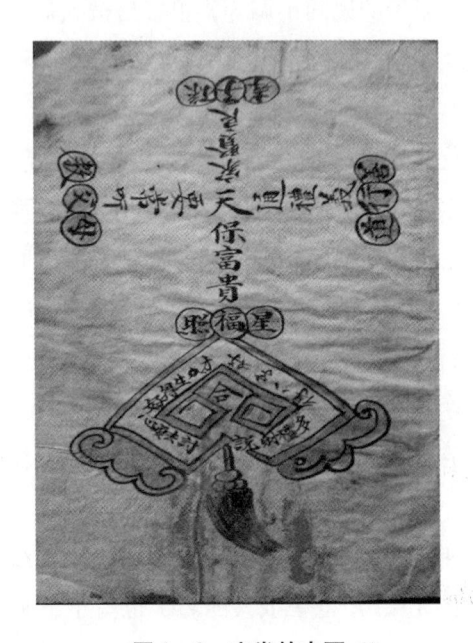

图1-2 宝卷的末页

图1-3 宝卷的扉页

张来之不易。而这一时期宝卷抄在各种纸张上,有的抄在账本子的背面,有的抄在装化肥的牛皮纸袋子上,有的抄在小学生的作业本上。从宝卷念唱人身份的大众化、抄本的随意化,我们看到民间生活中宝卷神圣意义的解构。曾经和神灵同在,保佑大众的宝卷,被从充满敬畏的神的世界拉回了娱乐化的人的世界。由此可以得出结论:"文化大革命"并没有扼杀掉宝卷的生命力,而是毁掉了宝卷的神圣性。真正将宝卷置于死地的是改革开放后,农村社会物质、文化建构的深刻变革,特别是电影、电视、电脑新媒介、新娱乐的巨大冲击。

四 第四语境

河西宝卷第四语境大致是在20世纪80年代末到21世纪初,改革开放的浪潮逐步影响到河西地区,随着商品经济的发展,农村生活水平不断提高,特别是电视普及之后人们依赖新的娱乐方式,宝卷的传唱走向衰微,甚至是奄奄一息。我们可以看出,让宝卷念唱走向衰微的不是"文化大革命","文化大革命"只是夺去了宝卷的神性,让宝卷走向大众化。第四语境中传播媒介的变化是宝卷走向衰微的真正原因。

拉斯韦尔在《传播在社会中的结构与功能》一文中提出传播中的一个知名命题，成为描述传播行为的一个便捷方法，后来拉斯韦尔使用其来揭示传播研究的五大领域，即控制研究、内容分析、媒介分析、受众分析和效果分析（具体见图1-4）。

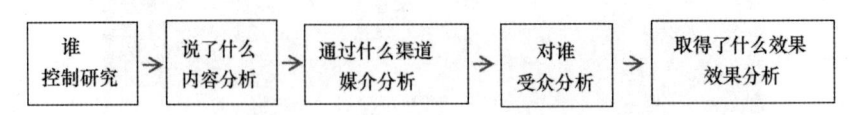

谁 控制研究 → 说了什么 内容分析 → 通过什么渠道 媒介分析 → 对谁 受众分析 → 取得了什么效果 效果分析

图1-4 拉斯韦尔公式及相应的传播研究领域

资料来源：[英] 麦奎尔《大众传播模式论》，祝建华译，上海译文出版社1987年版，第7页。

根据拉斯韦尔这个传播公式，我们可以看出，在媒介传播的过程中"通过什么渠道"是重要的环节，也就是对媒介的分析。人类信息传播方式发生了几次重大的变革，经过统计分析，迄今为止，人类在历史上运用了五种传播媒介：口语传播、文字传播、印刷传播、电子传播、网络数字传播。这五种传播方式基本上按照时间的先后顺序进入人类的社会生活。根据考古发现，距今4万至9万年前，现代人获得了说话的能力。口语使人与人之间的沟通更加有效，同时也提高了人类的思维能力，对语言规则的掌握极大地提高了人类推理、计划和概念化的能力。口头语言也为人类提供了一种传承文化的能力。

口语传播虽然有很强的针对性和感染力，但在穿越时空方面却显得不稳定、不可靠。自从文字发明和使用之后，人类进入了文字传播时代，文字传播削弱了在口语传播中人与人必须在有效距离内才能传播信息的情境要求，打破了口语传播的时空限制，帮助人们克服了大脑记忆的有限性。口语传播的瞬间性，促进了人类知识和经验的积累。从事文字传播的个人对信息内容叙述、接受、消化更加从容，进一步促进了人类思维能力的发展。印刷术的普及导致了印刷时代的来临。印刷传播加快了传播的速度，印刷术和出版业的持续发展导致了书面语言的标准化。电视是广播和电影两种媒介在技术上的结合，电视的普及标志着电子传播时代的到来。电视不仅改变了人们的生活方式和习惯,而且改变和影响了人们的思想观念、文化趣味乃至社会政治生活。网络数字传播指的是计算机及国际互联网等一切新发明的信息传播技术。这种传播最根本的特征是数字化。网络数字导致了信息的海量传播,这种传播方式也具有了互动性、社会参与性和虚拟性的特征。

宝卷在自然流传时期通过两种方式进行传播:口语传播和文字传播。口语传播是宝卷流传的基本方式,口语传播在河西地区被称为"念卷",即念一段,唱一段,宝卷是一种讲唱文学。"这种讲念唱,比讲故事排场,比演独角戏简单。因为他只用声音表达感情,用手势和上身的变动助其声音的表达,而不离开座位,无全身的动作表演。"[①] 文字传播,主要指河西民间的抄卷活动,河西地区的人们认为,抄卷是在做功德,这受到了佛教思想的影响。另外,宝卷比较长,最短的几千字、最长的几万字,不是口耳相传,而是由念卷先生照着宝卷进行念唱,当然也有念卷先生会将一两本宝卷内容熟记在心,绝大多数念卷先生则是在面前铺开一本宝卷进行念唱。刻印本的宝卷在全国其他地区,特别是经济发达的地区较流行,在河西地区也发现了少量的刻印本。以段平收集到的河西宝卷为例,20世纪80年代段平共收集到了河西农村流行的宝卷108种,其中印刻本13本,仅占12%[②],可见河西宝卷在文字传播中主要是抄写传播。

河西宝卷的这两种传播方式即口语传播和文字传播相互依存,互为基础,因为河西宝卷的念唱是"照本宣科",所以必须抄卷,而抄卷抄的是念唱时的内容,有时还可根据念唱效果进行改编。口语传播和文字传播与印刷传播、电子传播和数字媒介传播三种传播方式相比较,最显著的一个特点就是传播速度慢,宝卷至少经过了上百年才在山野乡村流行开来,而在电子传播和数字媒介传播时代,一个信息几分钟内就可以

---

① 方步和:《河西宝卷的调查研究》,方步和编著:《河西宝卷真本校注研究》,兰州大学出版社1992年版,第317页。

② 根据《附:河西宝卷集录》所提供的宝卷进行的统计。《附:河西宝卷集录》收于段平整理《孟姜女哭长城——河西宝卷选》(一),兰州大学出版社1988年版,第287—289页。

传遍全国。口语和文字传播的另一个特点就是稳定性强，海量信息使信息失去了恒久性，任何新闻很快就变成了旧闻，可是，在信息传播很慢的时代，一部分信息在很长时间之内会成为民众接受的主要内容，宝卷故事就是这样的内容，它们在几百年的时间里世代相传。这样受众接受的主要信息的一致性、稳定性强，民众思维、审美、情感等趋于一体化，加强了民间认同感，但同时也出现了社会发展固化现象。

除此之外，河西宝卷的口语传播不是个体与个体之间的交流，而是一种民间亲和力很强的集体行为，在听卷时，很多村民不约而同地聚在一起聆听，一起"接卷"或学习"接卷"。"接卷"看似一种互动行为，其实"接卷"接的要么是念卷先生唱的最后一句，要么接的是"阿弥陀佛"，程式性很强。在这种程式化的过程中一方面形成了一种仪式的威严感，另一方面通过各种语言、行为、思维的统一性，把个体纳入集体之中。

五　第五语境

第五语境是指河西宝卷非物质文化遗产保护时期。21 世纪以来，各个文化馆开始普查和保护河西宝卷，特别是自 2006 年 5 月 20 日以来，河西宝卷经国务院批准被列入第一批非物质文化遗产名录，宝卷的传承发展进入了新的阶段。

这一时期最显著的成就是个人和单位整理出版了一系列河西宝卷：2003 年，永昌县文化局内部出版了何登焕主编的《永昌宝卷》；2006 年，临泽县政协编选《临泽宝卷》；2007 年，甘肃省文化出版社出版了张旭主编的《山丹宝卷》；2007 年、2014 年，赵旭峰主编出版了两册本《凉州宝卷》；2009 年，民乐县政协主持编选《民乐宝卷精选》；2009 年，由宋进林与唐国增历时十年搜集、整理、编集，由中国书画出版社出版了《甘州宝卷》；2010 年，中国人民大学出版社出版了王学斌编辑的《河西宝卷集萃》；2006 年到 2012 年，酒泉市文化馆在 1991

年版本的基础上编辑出版了《酒泉宝卷》（全五册）；2007年到2009年，甘肃省文化出版社出版了徐永成主编的《金张掖宝卷》。

笔者于2016年夏天做了大量的田野调查工作，发现已初步形成了武威、张掖、酒泉三个各自为政的河西宝卷保护中心。这三个地区都形成了以县级文化馆为初级工作单位，在市级建立保护中心的基本架构。武威地区的保护中心建在凉州区图书馆，张掖地区的保护中心建在张掖市文化馆，酒泉地区的保护中心建在肃州区文化馆。各地文化馆都在寻找确立国家级、省级、市级河西宝卷非物质文化遗产传承人方面做了大量的工作，各地各有一个国家级传承人：酒泉的乔玉安、张掖的代兴卫、武威的李作柄，以及多位省市级文化传承人。各个文化馆都和传承人建立了密切的联系，通过多种方式促进河西宝卷的保护传承工作，另外各个文化馆都做了大量的普查收集、整理宝卷的工作，笔者在张掖市文化馆和凉州区图书馆见到了很多有价值的河西宝卷原始卷宗。各个保护中心还通过非遗文化宣传日等多种活动宣传保护宝卷。

除此之外，各个地区都有自己独特的保护措施，肃州区文化馆建立了民俗馆，在民俗馆里为河西宝卷建立了展示专区，专区以文字、图片、实物、影视资料等全方位立体地展示了河西宝卷的基本常识、艺术魅力以及传承人的基本资料。

张掖市文化馆做了如下工作：在甘州区、山丹县、高台县、民乐县建立了四个传习所，定期举办传习活动。组织专业人员召开河西宝卷研讨会，精选了与张掖有紧密联系的民间传说，编辑出版了《河西宝卷精品故事集》。创作并演出了以宝卷故事改编的剧目《仙姑传奇》，进一步提升了河西宝卷的影响力。举办全市非物质文化遗产保护暨免费开放工作培训班，邀请多名河西宝卷传承人参加。2014年11月，文化馆工作人员偕同宝卷传承人代兴卫、代继生在靖江参加了中国宝卷生态化保护与传承交流研讨会。笔者在走访中还看到甘州区图书馆组织的宝卷念唱活动，张掖市乌江镇农家乐老板高自兵有很高的宝卷、小曲子、快板说唱技艺，经常为消费者免费表演，很多人慕名而去，听他念唱宝卷。甘州区花寨乡花寨村村民代继生还在红白喜事、修新房、搬新家等活动中念唱宝卷。河西宝卷还有难得的活态存在。

从凉州区图书馆和贤孝馆保存的文字、图片、影像资料来看，武威地区多年来做了大量保护河西宝卷的工作，其中最有价值的是录制了大量宝卷念唱影像，有些是在田野调查时录制的，有些是专业录制的。河西宝卷的念唱依赖口语传播，形成了"一村一调"的特点，即相同的宝卷在不同的地方就有不同的念唱特点，甚至形成了一个村子一种风格特色，武威地区的影像录制工作，对河西宝卷的保护传承做出了重要贡献。

此外，武威天梯山石窟建立了河西宝卷研究中心，这个中心的主要负责人是赵旭峰，赵旭峰会念唱宝卷，搜集编辑过《凉州宝卷》，有一定的写作能力，能创作新的宝卷；又能以文字形式对宝卷传承工作做出汇报总结，而且组织当地农民念唱宝卷，他对宝卷艺术有着深刻的理解。宝卷传承中存在着这样的实际问题，即很多念卷人都是农民，文化程度较低。很多研究者文化程度较高，但是不会念唱宝卷。赵旭峰兼及了宝卷念唱和艺术领悟等多方面的能力。笔者在走访过程中发现，凉州区张义镇的宝卷传承通过出版书籍、拍摄纪录片、参加各级各类宝卷念唱表演，接受专家、学者、宝卷爱好者的访谈等形式进行宣传的力度较大，这在很大程度上有赖于赵旭峰全面的宝卷传承能力。赵旭峰的贡献让我们看到了新的历史语境中地方文化精英在宝卷传承中的重要作用。

虽然人们竭尽全力保护和传承河西宝卷，可是宝卷念唱失去了初始语境，失去了神圣性质，民众不再以一颗虔诚之心去念唱和聆听宝卷，不再觉得宝卷与神佛同在，人们采取了一系列貌似行之有效的保护措施：编辑出书、录制影响资料、以民俗馆的形式展览宝卷，非遗文化传承人带有表演性质的念唱等。这些保护措施让人们记住了宝卷的内容，却远离了念唱的神圣形式。我们可以清楚地看到，河西宝卷失去了初始语境，已被分裂、被扭曲、被异化得面目全非。

第二章 类比原型

一 类比原型的建构

荣格说:"人生中有多少典型情境就有多少原型,这些经验由于不断重复而被深深地镂刻在我们的心理结构之中。这种镂刻不是以充满内容的意象形式,而是最初作为没有内容的形式,它所代表的不过是某种类型的直觉和行为的可能性而已。"① 生活中有多少典型情境,就有多少原型,从这个意义上而言,河西宝卷中的类比原型十分丰富,"这些经验由于不断重复而被深深地镂刻在我们的心理结构之中",不断重复的类比原型建构了一个类比世界,类比世界和语境是一种平行关系,类比世界以最为真实可亲的面目映射出了语境。类比世界因为与语境有着对等关系,所以类比世界没有格外创造自己的空间,而是以现实世界为空间,类比世界的主体是英雄原型,类比世界的行动是寻觅亲情。类比主体是语境主体即普通民众精神的适度放大,但又不超越现实世界,类比主体大于现实主体,在某方面比现实主体中人物的能力更强,在河西宝卷中类比主体的超能力主要是权力意志的延伸和扩展。河西宝卷中的类比主体体现了人们对现实世界某种缺憾的精神补偿,类比主体弥补了他们在现实生活中权力意志的不足,类比主体的狂欢性也为民间带来了

---

① [瑞]卡尔·古斯塔夫·荣格:《心理学与文学·序》,冯川、苏克译,译林出版社2011年版,第2页。

畅快淋漓的情绪发泄，促进了心理的平衡。

寻觅亲情的行动反映了民间对亲情的无比重视，亲人在物质生活中相互依靠，在精神世界中互为归宿，父母是儿女的精神根源，儿女是父母的生命意义的延续，继而还有盘根错节的手足之情、婆媳之情、姑嫂之情等各种亲缘关系。亲缘的温暖代替了上帝的光辉，亲情在民间生活中至关重要。亲人间的世俗纠葛足以充实生活的情趣，亲人间的绵绵情意足以抵挡在世的孤独，生命的虚无。亲情在不断升华中满足了生命的温暖愉悦，代替上帝成了类比世界的终极追求。

（一）类比主体

类比主体是河西宝卷中的英雄原型，人类社会从神话时代开始就塑造出了各种英雄形象，荣格说："以英雄神话为例，古今中外，各国人民都有自己的英雄，由于民族心理、民族文化迥异，英雄原型也色彩纷呈。英国人崇尚谦恭、自制、礼貌，所以他们的英雄原型是豪侠绅士；美国人热情、爽直、现实，'西部牛仔'便成为其英雄；意大利人呢，聪明又不太在乎手段，所以一些工于心计的人也会成为英雄……"[1] 正可谓时势造英雄，不同的时代，不同的社会环境，不同的集体无意识沉淀会塑造出不一样的英雄，河西宝卷中的英雄主要是人间帝王、文臣武将和女中豪杰。

人间帝王和文臣武将构建起了社会的权力运作机制，人间帝王是类比世界终极权力的象征，武将形象体现了民众对和平的珍惜和向往，其实质是对既有统治秩序的维护，文臣是权力意志的进一步补充，既将上层政治意志传达到下层社会，同时努力实现权力的无所不能。女中豪杰体现了在权力意志压抑下的反抗与发泄。

人间帝王作为终极权力意志的象征，在类比世界里无所不能，河西民间经历了无数的苦难和贫困，赤地千里的干旱、波涛汹涌的河水泛

---

[1] 常若松：《人类心灵的神话——荣格的分析心理学》，湖北教育出版社1999年版，第102页。

滥，更可悲的是官员的腐败、地方恶霸横行无忌。无权无势的人们只能束手无策地兴叹，在苦难与无助的生活中，民众产生了无数美好的憧憬，康乾盛世成了他们最美好的期盼，在现实生活的暗无天日里，他们忍无可忍、难以排解。在哀叹"天高皇帝远"的惨境中，他们幻想着明君来到身边，体察民情、惩办贪污腐败官员。

民间判断一位皇帝的准则，并非看其丰功伟绩，江山沉浮，而是看其治理政策给民间带来的是繁荣稳定还是生灵涂炭。秦始皇不论在中国历史上地位有多高，在民间他就是一位昏君，因为修筑长城，劳民伤财。李世民杀死两位哥哥的行为，违背了民间最基本的亲情伦理，赵构的委曲求全伤害了民众的民族自尊心，万历皇帝偏听偏信失掉了江山，这些皇帝都不得民心。

河西宝卷中突出颂扬的两位明君分别是康熙和乾隆。这和宝卷流传的时间有关，河西宝卷于明末清初开始在河西地区流传，在流传过程中康乾盛世给河西地区带来了繁荣稳定的生活，这两位皇帝也就成了人们心中的英雄，类比主体。

这两位皇帝的故事主要是由四部宝卷讲述的，分别是《乾隆宝卷》《乾隆私访白却寺宝卷》《康熙访江宁》《康熙访山东宝卷》。这四部宝卷无一例外讲的都是皇帝微服私访的故事，突出的是皇帝就在人民的身边，皇帝和普通民众有着亲密的接触，这种期盼恰恰是河西民众面对天高皇帝远的现实情况而产生的强烈愿望。

在《乾隆宝卷》（见《酒泉宝卷》第二辑）中，周天保和陈月英夫妻二人穷困潦倒，相依为命。一夜大雨，上山砍柴的丈夫周天保被困在了山上，就在这晚，微服私访的乾隆来到广西境内，天降大雨，前不着村，后不着店，就来到陈氏家避雨。陈氏贤惠地招待了乾隆，乾隆看到她家徒四壁、穷困潦倒，却为人善良，就收她做了义女。后来，黄员外一家中了两个进士，当街夸官，上街卖柴的周天保来不及躲闪，被打得遍体鳞伤，力大无比的周天保一怒之下打死了十八名跟班和一名进士。知县畏于黄家父子的势力，将周天保打进了大牢，判了死刑。求告无门的陈月英女扮男装进京找义父求救，进了京城，被歹人周老汉抢了信物，还差点被打死。多亏神灵相救，不得已陈月英硬闯午门，被当成疯婆娘绑在午门候斩。在紧急关头，城隍托梦给了乾隆，乾隆找纪晓岚解梦，纪晓岚领略梦中之意，及时救下了陈月英，问明情况，搭救了她的丈夫周天保，惩办了当地的贪官恶霸。

在《康熙访江宁》（见《民乐宝卷》）中，小老百姓过着悲苦的生活，受尽了地方恶霸的欺压，杏花的父亲只是一个普通的船夫，恶霸为了霸占杏花，打死了她的父亲，使其父亲暴尸桥头。阿毛搭救杏花，惹祸上身，杏花去衙门告状又被打进监牢，小老百姓悲苦无助无处哭告。避官闲游的戴圣俞疾恶如仇，当场斥责高向台、尹世忠为官不仁，在光天化日之下强抢民女的恶行。他的行为引起了万江山和云水间的注意，他们多次共饮攀谈，述说一腔愤懑之情。后来才知道万江山乃当今皇帝康熙。戴圣俞直言面君，诉说了老百姓的疾苦。康熙听后更加体恤民情，严厉处罚了一批为官不仁的当地官员。

在《康熙访山东宝卷》（见《张掖宝卷》）中，山东一连旱了三年，赤地千里，寸草不生，五谷颗粒未收，黎民百姓饿死了大半。灾情奏本全让那权臣索三压了，康熙皇帝毫不知情。山东道台王复同清正廉明，爱民如子，情急当中私放皇粮救济灾民。千般思虑之下，打算进京面见圣上。他来到京城，不幸被索国舅截获，索三权谋皇位，希望逼反山东饥民，打算就地正法王复同。当斩之日，忠臣施不全救了王复同。王复同和索三面见康熙各执一词，康熙为了弄清事情的真相，带了镇殿将军王进忠到山东微服私访。到了山东，康熙了解了饥荒和灾情，也识破了索三的奸计。回朝后，他赈济灾民，惩罚奸臣，嘉奖忠臣。

在《乾隆私访白却寺宝卷》（见《甘州宝卷》）中，乾隆皇帝登基后，大臣刘同训奉旨出访西地，犒赏兵丁将士，体察民生。在途中，他明察暗访，查处了一大批贪官污吏，杀掉了宁夏镇守王玉贞，西京长安赃官污吏八十余人，在兰州又杀了当朝驸马张星，在甘州杀了知县张年清、李颠东，在肃州杀了知县唐年。被杀赃官家属告了御状，乾隆皇帝甚是气愤，一怒之下，将刘同训与奏本说情的孙栅杆打入大牢。之后，乾隆为了弄清是非，剃发为僧，微服私访白却寺，陷入困境。皇太后传旨孙枷杆和刘同训救驾，一举消灭了企图谋反的白却寺贼僧曹进龙，忠臣刘同训与孙枷杆也得以平反。

帝王象征的权力是人民生活中的重要精神依靠，人民认为抗击自然灾害需要依靠帝王，剿灭贪官铲除社会恶势力需要帝王，维护社会的公平正义，让老百姓免于贪官污吏的压迫也只能凭借帝王的力量。权力在类比世界中是万能的，从家务事到社会政治生活，甚至是自然灾害，不论人们在生活中面对怎样的艰辛，皇权是他们内心坚强的依靠。老百姓将帝王视为道成肉身的人间上帝，他们渴望过和平、安宁、富足的日子，将这种生活期望寄托在离他们时代最近的康熙乾隆身上，民间将这两位皇帝完美化，其实质是对社会既有秩序的肯定。文臣武将的出现对这种维护既有秩序的权力做出了进一步的补充。

宝卷中塑造的文臣形象主要是包拯，包公出现在《闫叉三宝卷》《鹦鸽宝卷》《乌鸦宝卷》《张四姐大闹东京宝卷》《落碗宝卷》《吴彦能摆灯宝卷》《老鼠宝卷》《杨金花夺印宝卷》中。河西宝卷中的包公断案如神，铁面无私，主持着人间的公平正义。"包公故事在民间话语中不断流传，隐含着民间向司法权力发言的一种精神需要，司法的不确定性给百姓造成心理上的无所适从，而包公则成为一个心理安全阀，平民百姓在包公故事的叙述中获得了对公平正义的想象性满足。"[1]

宝卷中塑造的武将形象有罗通、薛仁贵、岳飞、袁崇焕[2]等。罗通的英雄事迹发生在唐贞观年间，北番兴风作浪，欲侵占中原，唐王御驾亲征，起兵扫北，兵困牧羊城。罗通在校场比武中脱颖而出，点兵三十万，出雁门关直奔贺兰山以北的白狼关，过关斩将，救出了唐天子，稳定了北番局势。宝卷中忍辱负重的薛仁贵在东征途中，活捉董达、冒险探地穴、大摆龙门阵、大破东海岸、勇夺黑风岭、智取金沙滩、箭射凤凰城、攻破汗马城，所有的功劳都记在何总宪头上。在忠良马三保与敬德节节失利的危急时刻，薛仁贵一人敌千军，打败了众番兵，救出敬

---

[1] 丁国强：《包公的现代意义》，《思想空间》2001年第1期。
[2] 分别见《罗通扫北宝卷》《薛仁贵征东宝卷》《精忠宝卷》《袁崇焕宝卷》。

德，平定了高丽国，战功赫赫。

岳飞的事迹饱含着强烈而鲜明的民族意识，岳飞的一生慷慨悲壮，激起了民众对英雄岳飞深刻的爱和卖国贼秦桧强烈的恨。宝卷从岳飞的出生、成长、战斗一直写到风波亭遇害，以他一生的经历为主线，以一个充满矛盾的乱世为背景，谱写了一首悲壮的英雄史诗。宝卷中的袁崇焕"行尽人间路两头，英雄转瞬作阶囚。一身寸磔关河碎，九族株连天地愁"。袁崇焕在危难时刻鞠躬尽瘁、率兵保国、舍家赴国，最后惨遭崇祯皇帝磔刑，是一个充满了悲剧色彩的伟大英雄。

宝卷中塑造的武将的赫赫功勋都和战胜番兵、战争联系在了一起，可见中原王朝有着强烈的民族自豪感，一直雄霸天下，四海臣服，这在民间也树立了很强的自信心。同时老百姓渴望过国泰民安的太平生活，地处河西走廊的人民历来受到外族侵扰，格外期望英雄荡平番寇，远离战争，安享太平生活。所以他们心目中的英雄罗通、薛仁贵、岳飞都具备了英勇无畏、铲平外族侵扰的雄才大略。

河西宝卷中的类比主体还有女中豪杰，女中豪杰形象是现实生活中女性内心世界备受压抑的一种精神补偿。河西宝卷中典型的女中豪杰是穆桂英和杨金花。[①] 杨家将中有一批鲜明的人物形象，这两位女英雄都是杨门女将，杨金花是穆桂英的女儿，是杨家将众英雄在民间叙事中的又一衍生，她的名字"杨金花"也很有民间特色，杨金花"将门裙钗女，胜过少年男。校场试弓马，羞煞英雄汉"。她聪慧灵秀、武艺超群。

这两位女中豪杰的第一个特点是巾帼不让须眉，穆桂英的英雄故事发生在宋朝真宗年间，辽国起兵侵占中原，辽国天子邀请西夏国王公主黄琼女、黑水国大将士金宿摆下天门阵，向宋朝天子挑战，杨家男将几次出战破不了阵法。穆桂英临危受命，挂帅出兵，女中豪杰用兵如神，骁勇善战，带领杨家将破了天门阵，打得辽军尸横遍野，血流成河。杨金花戎装上马，冲进校场，射箭比武，争夺帅印，在场的男子个个不

---

① 女中豪杰穆桂英出现在《穆桂英大破天门阵宝卷》（见《甘州宝卷》）中，杨金花出现在《杨金花夺印宝卷》（见《张掖宝卷》《酒泉宝卷》《民乐宝卷精选》《河西宝卷续选》）中。

敌。女中豪杰不仅在疆场上有比男性更高的武功韬略，而且性格爽朗，置封建礼教、祖宗家法、男尊女卑的礼节于不顾，大胆追求自己的爱情，杨宗保奉朝廷之命前去讨要降龙木，交战中被穆桂英擒住，逼迫杨宗保临阵招亲。

河西宝卷中的英雄原型有着权力建构的特征，封建社会统治秩序中的帝王、文臣、武将构成了类比世界的主体。宝卷中理想的封建帝王是康熙和乾隆，宝卷中都是关于他们微服私访的故事。这充分说明了康乾盛世的深远影响。而且，皇帝离这里的人们太遥远，人们常常幻想皇帝微服私访出现在自己的身边。距离感让民众心目中出现了胸怀天下，扭转乾坤的伟大君王，他们维护了人们向往的国泰民安，富强公正的社会秩序。在这样的盛世社会中文官应该如包公一般明镜高悬，两袖清风，武官应该如薛仁贵、岳飞等人一般，具有雄才武略，出生入死，在所不辞，这才是人民心中完美的太平世界。正统世界之外还有民间狂欢性的补充，女英雄的塑造其实就是这样一种心理补偿。

类比主体的塑造体现了民间文学的狂欢性特征，帝王来到民间和大臣走散身无分文，皇帝帮助老农民推车，不小心推翻了车，帮了倒忙，皇帝和民间女子的恋爱，皇帝大雨夜在农家投宿，饥肠辘辘，把农家饭食当成美味佳肴。在《鹦鸽宝卷》中包拯一反公正无私的面目，成为一个整天寻欢作乐、邀功请赏、追名逐利的昏庸官员。他花钱把会吟诗的小鹦鸽买到自己的相府中，献于李夫人把玩，后来又把鹦鸽献给皇帝取乐，以博取皇上欢心。《杨金花夺印宝卷》中的杨金花女扮男装要去演武厅，宝卷这样描写她穿鞋的情景："拿过靴子再三看，靴大脚小穿不来。扯下罗裙整半片，裹住小脚有何碍？"[①] 连走路都不稳的小脚女子却挂帅出兵，校场比武，神采飞扬。正如巴赫金所指出的，狂欢"具有深刻的世界观意义，这是关于整体世界、关于历史、关于人的真理的最重要的形式，这是一种特殊的、包罗万象地看待世界的观点……世界

---

① 李中峰、王学斌主编：《民乐宝卷精选》，中国人民政治协商会议民乐县委员会（内部发行），2009年，第367页。

的某些非常重要的方面只有诙谐才力所能及。"①

（二）类比行为

河西宝卷中最主要的类比行为就是寻觅亲情，有寻父、寻子、寻母、寻妻、寻夫等许多表现，亲人对于民间的老百姓来说，在生活中相互陪伴，在生产活动中相互合作，亲人都是家庭成员。家庭关系中长幼有序，家庭成员组成了基本的生产单位，相互协调生产劳作，生儿育女，哺育后代，维系生命的延续。家庭构成了社会的基本单位，家是大国，国是小家。亲人间的寻找行为反映了类比世界的政治、经济、情感、道德、信仰等诸多方面的特征。

丁郎寻父的故事被《金张掖宝卷》《山丹宝卷》《民乐宝卷》《酒泉宝卷》《永昌宝卷》《甘州宝卷》六部宝卷收藏，在河西民间耳熟能详，家喻户晓。该宝卷主要叙述了小小年纪的丁郎（各地宝卷说法不同，《甘州宝卷中》说是7岁）外出寻父的艰辛历程。明朝时，山东历程县红门秀才高仲举，娶妻于月英，夫妻恩爱。妻子陪夫君进京赶考。在庙中降香时遇到当地恶霸年七，年七仰慕于月英的美貌，设计勾引不成，伙同地痞流氓陷害高仲举犯杀人之罪。几经辗转，高仲举在发配充军途中逃亡，于月英怀胎十月，顺利产下一男婴，起名丁郎。七年后丁郎外出寻父。丁郎寻父历经千难万险，险被年七派来的贼人杀害，一路讨饭，左腿被狗咬烂，偶遇生父高仲举。再次成家立业的高仲举疑虑重重，不敢相认。

无依无靠的丁郎只好在一个新建高楼的人家做工果腹，丁郎年纪太小干不动活，就为干活的工匠喊号子，他的号子喊得情深意切，把自己的身世也喊了出来，感动了在场的所有人，最终继母和父亲与他相认，丁郎喊号子成了河西宝卷中的精彩片段广为流传。父亲高仲举回家乡看望于月英，又一次遭年七陷害入狱。丁郎苦读金榜题名，在皇上的帮助之下，救父亲出狱，全家团圆。

---

① ［苏］巴赫金：《巴赫金全集》，河北教育出版社1998年版，第114页。

第二章 类比原型

寻父原型出现在《奥德修斯》中，奥德修斯海上历险十年，不畏艰难险阻返回家乡，与此同时，他的儿子特勒马科斯也从家乡出发寻找父亲。寻父原型再现于现代主义文学作品《尤利西斯》中青年艺术家斯蒂芬寻找一个象征性的精神父亲。寻找父亲寻找的是重建家园的力量，寻找父亲寻找的是精神上的依托，寻找父亲是对自我身份的进一步确认。丁郎寻找父亲是自我价值实现的过程，是亲人的团聚，是家庭的重组，是在社会中为家确立地位的重要过程，是为父亲洗刷罪名的手段，也是母亲女性价值的一个认证过程。

《目连三世宝卷》中已死的目连赴西天寻找母亲的下落，得知母亲被打入地狱之中。目连下地狱解救母亲，在救母亲的时候犯下了错误，把八百万鬼魂放出了地狱。为此目连受到了地藏菩萨的惩罚，历经两次投胎。第一次投胎于反贼黄巢，第二次投胎于屠夫，终于把放出地狱的鬼魂、牲畜收回了地狱。这才得以救母亲脱离苦海。目连三次转世投胎，只为全家团圆，荣登天界。

《新刻岳山宝卷》中李熬在地狱中见到了被压在石板下的母亲，母亲披头散发，痛苦不堪。原来母亲在生李熬的时候，糊涂不知，将血水乱泼，污秽了天地神明，司命灶君将她姓名记在黑簿之上，待其阳寿一满就将其堕入地狱受罪。李熬下定决心救母出苦海，拿银钱未曾买转，回到阳间请来僧道，设下七日水陆大醮，祭奠孤魂，诵咏佛经，焚化资材。谁知念经的僧道尽是饮酒吃荤之人，杀害生灵，不持斋戒，身体不净，污秽经文。七天的法事加重了母亲的罪责，身上又加了五块石板。李熬得知更加痛心，为了救母出苦海，他辞去了官职，离家别子，寻师问道，终于修成正果，搭救母亲，超生天堂。

《沉香子宝卷》中的岳山圣母华岳三娘娘，爱上了人间的刘锡，生下了孩子沉香子。哥哥二郎神气愤妹妹不守妇道、冒犯仙体，把她困在了黑云洞中，遭受刑罚。沉香子长大后，得知母亲遭遇，来到黑云洞，母子相见，痛哭流涕。华岳三娘娘畏惧哥哥二郎神，不敢出洞，直到沉香子拜师学艺、历经艰险彻底打败了二郎神，才救护了母亲。

在这三则救母原型中，母亲受难的原因是：目连的母亲没有遵循夫命，妄开杀戒；李熬的母亲在生孩子的时候血水玷污了神灵；沉香子的母亲不守天规，失身凡人。这些原因都体现了封建礼教对女性的压迫与残害，女性的很多期望、价值与出路都寄托在了儿子身上。儿子救母的主要动因是一片孝心，目连救护母亲的方式是专心修道，敢上西天、敢下地狱；李熬辞官离家，寻师问道，修成正果；沉香子拜师求艺，练就一身真本事，打败了二郎神、孙悟空等天上诸仙。封建社会的女性最终的出路全靠丈夫和儿子，最好的结果莫非丈夫儿子为官为宰，自己得到诰封，可是，在民间这一切显得那么遥远。她们不但得不到任何的荣耀还深受封建礼教的禁锢，所以她们寄希望于儿子，渴望儿子能帮助自己脱离苦海。

《武松杀嫂宝卷》中的主要情节改编自《水浒传》，宝卷中在情节的叙述上特别突出了兄弟情义：

武大郎，武二郎，兄弟二人；父母亲，都去世，孤苦伶仃。
吃喝穿，花和用，全靠个人；白日里，没饱饭，夜晚受冻。
兄弟俩，好伤心，眼泪不干；叫爹爹，喊妈妈，天地不应。
饥一顿，饱一顿，凑合度日；就这样，度过了，数年光景。
兄爱弟，弟爱兄，互敬互让；兄弟俩，心相印，传为佳话。

深厚的兄弟情，是武松抗拒潘金莲勾引的主要原因，也是武松外出回家后一定要弄清哥哥死因的主要动因。武松外出回来，面对已去世被焚烧了的哥哥，内心十分不平静，顺着蛛丝马迹找到了哥哥的死因，杀死了奸夫淫妇，替兄报仇。兄弟俩相依为命，武松拒绝潘金莲的勾引及武松为了哥哥的冤屈不惜杀人，都体现了兄弟间相互守护的浓厚的手足之情。

《侯美英反朝宝卷》中的侯美英在学馆巧遇龙文景一见钟情，与之私订终身。王员外的儿子看中了侯美英，王员外出了重金聘礼，择日抬亲。遭到了侯美英的坚决反抗，恼羞成怒的父子俩弄清了缘由，设计陷害龙文景以便切断侯美英的情丝。龙文景被迫逃难，侯美英走上了艰难的寻夫之路。

孟姜女千里寻夫,历经千辛万苦来到了山海关军门前,得到噩耗,丈夫已经去世。即便丈夫去世了也要找到丈夫的尸骨。

> 孟姜女就在长城边摆下香案,供上灵位,虔诚地上供,祭奠,叩首,哭诉,言语之凄惨,哭声之哀痛,使路人驻足,十分同情,俗话说"守着别人的灵堂,哭的是自家的凄惶"。这修长城一事,受害者是千千万万个家庭,谁人都有一段血泪史,一人哭泣开头,万万人的伤心就被勾起,于是这悲痛的哭声绵延开去,就如怒吼的狂飙,凛冽的飓风,声震四野,地动山摇!不知哭了多大时候,只听"哗啦"一声,那高高的长城,竟倒下了,一下子坍塌掉几百里,里面露出了无数的冤屈尸骨。孟姜女手擦眼泪,走上前去一一查看,无奈这白骨大体是一个样,根本认不出哪个是自家的范其郎。看了又看,想了又想,终于想出了一法:"我要滴血认夫。"于是狠下心来,用牙咬破手指,把血挨着个,一具一具滴过去,口中不住地祈祷祝告:"不是我夫向外流,若是我夫骨中收!"一个又一个,滴了许多血,都向外流,待到一具尸骨前,血滴下去,竟不流动,慢慢渗去了,再滴上几滴,也同样渗完了。"这是我的范郎!"孟姜女一下扑到尸前放声痛哭,竟昏迷了过去。[①]

孟姜女千里寻夫感天动地,夫妻间的相互寻觅是河西宝卷中重要的类比行为。

亲情关系在河西民间显得至为关键和重要,亲人间的相互寻觅、依托不仅是生活与生存的需要,亲人间的相互寻觅更是精神上的寄托,基督教信徒将自己灵魂的最终归宿寄托于天堂,生活无助时心灵依靠的是上帝。正如林语堂所言:"中国人热爱生活,热爱这个尘世,不情愿为

[①] 李中峰、王学斌主编:《民乐宝卷精选》,中国人民政治协商会议民乐县委员会(内部发行),2009年,第994—995页。

一个渺茫的天堂而抛弃它。他们热爱生活，热爱这种痛苦然而却颇具魅力的生活。这里，幸福的时刻总是那么珍贵，因为它们稍纵即逝。他们热爱生活，这个由国王和乞丐、强盗和僧侣、葬礼与婚礼、分娩与病患、夕阳与雨夜、节日饮宴与酒馆喧闹组成的生活。"中国人对世俗生活的无限眷顾与热爱，让他们格外重视家庭关系、血脉亲情。

中华民族是注重现实生活的一个民族，类比世界富有浓郁的生活气息和人情味。类比世界的主体是民间英雄，人类从神话时代起就已经是英雄辈出，西方神话中的英雄体现了个体本位的文化价值，更加注重自己的生命意义和价值，比如希腊英雄阿喀琉斯和奥德修斯，分别是希腊神话中的武士之花和智慧之星，他们追求自我的荣誉、友情和财富。中国神话时代尝百草的神农氏、射日的后羿、治水的大禹体现了集体本位的文化观。河西宝卷中的英雄受到了中国传统文化价值的影响，都是群众利益的代言人，遵循着忠孝节义的儒家伦理。英雄原型是人们现实世界某种缺憾的精神补偿，英雄形象的狂欢性也为民间带来了畅快淋漓的情绪发泄，维护了既有的统治秩序。

寻亲行动反映了民间对亲情的无比重视，亲人间在物质生活中相互依靠，在精神世界中互为归宿，父母是儿女精神的根源，儿女是父母的生命意义的延续，继而还有手足之情、婆媳之情、姑嫂之情等各种亲缘关系盘根错节。亲缘的温暖代替了上帝的光辉，亲情在民间生活中至关重要。亲人间的世俗纠葛足以充实生活的情趣、精神的寄托，亲人间的绵绵情意足以抵挡在世的孤独，生命的虚无。亲情在不断升华中满足了生命的温暖愉悦，代替上帝成了精神世界的终极追求。

二 类比原型的苦难表征

荣格说，生活中有多少典型情境就有多少原型，河西宝卷中的类比原型最为丰富，有出生原型、再生原型、英雄原型、欲望原型、苦难原型、还乡原型、成人仪式、求子仪式、割肉奉亲、因果报应、寻亲原型、长城原型、动物原型、植物原型、土地原型、火原型等。类比世界是初始语境最为逼真的显现，初始语境的真切感受全部在类比世界里得到了体现，类比主体和类比行动以语境为空间构建起了类比世界。类比原型的苦难表征，其实质是现实生活苦难的一种映射。聆听宝卷的心声，如泣如诉、如怨如慕、回味无穷；细细品尝宝卷的滋味，苦涩、苍凉、质朴、牵绕。聆听和阅读宝卷给我们最直观的感受和最深刻的印象就是悲情的苦难。宝卷腔调凄迷、柔肠百转，具有原生态的艺术品格，没有夸张，一种自然纯净的清澈直抵每位听众的心房，诉说着生活的真实面目，诉说着苦难本身，苦难就是生活，生活就是苦难，只有生活在那个时代，生活在这片土地上的人们才解个中滋味。生活潜沉于苦难中，悔恨、怨怒、无助暗自消融，绝不狂躁，没有对苦难的大声怒吼，喧哗骚动，这是一个承载并蕴含着苦难的有分量的世界。

人类在漫漫的历史过程中无数次地面对着自然环境的恶劣、社会环境的压抑，在内心沉淀了一种共同的感受：苦难，苦难是一种具有普遍性、恒久性的生存体验。《旧约》是希伯来人苦难心路历程的记录，《新约》中耶稣受难，用一个人的力量去承担全人类的苦难。"耶稣是一副受苦受难的形象，他的脸上是痛苦的表情，他的肌肉在抽搐，他的胸口流出一缕鲜血，他被钉在十字架上。十字架上的耶稣是一副令人恐惧的形象，没有丝毫的性感之美，反倒给人一种痛楚感，一种压抑感。……某种神圣的信仰在心中悄然升起。"[1] 俄罗斯文学深受《圣经》的影响，充满了苦难意识。"俄罗斯的神性不是源于教堂，不是源于神父，不是源于那些修养有素的贵族学者；它深藏于底层的'脏酒店'，深藏于乡村的茅屋，深藏于那黑油油的俄罗斯土地。"[2] 在《罪与罚》这本深沉的苦难叙事之中，杀人犯拉斯科尔尼科夫跪倒在了妓女索尼娅的脚下，并告诉她，他是在向俄罗斯的苦难下跪。"俄罗斯文学告诉我们，还有另外一种生活，他们的最高追求是'受难与爱'。前一种生活

---

[1] 赵林：《基督教与西方文化》，商务印书馆2013年版，第15页。
[2] 徐葆耕：《叩问生命的神性：俄罗斯文学启示录》，广西师范大学出版社2009年版，第3页。

可以叫作'人的正常生活',后一种则是'人的神性生活'。……俄罗斯文学很漂亮:一种受难的美。"①

河西宝卷很质朴:一种苦难的宁静。赵敏俐这样评价傅道彬的《晚唐钟声》:"原型批评理论的引入使中国古典文学研究开创了一个新天地,出现了许多引人注目的新成果……尽管像月亮、森林、钟声、古船等原型在中国文化和文学中的具体表现并不一致,但是对这样一个原型的阐释在方法上却基本是相同的,写作路子也基本是一致的,因而在各章之间不免给人以一定程度上的雷同感。"② 这种雷同感是阐释方法的相似性,也是各个意象体现的中国古典文学的整体美学气质,原型就是文化这面镜子反射出的中华民族的大灵魂。河西宝卷中的原型既以母题、故事类型、仪式、民俗等为载体具体显现出来,类比原型所体现的苦难表征又是河西宝卷整体的精神面貌和文化气质。

(一)类比生活中的多重苦难

类比世界是和现实生活世界具有平行对等关系的世界,是现实生活在河西宝卷中的直接映射。河西人民在现实生活中最真切的苦难的生命体验反映在了类比世界中。河西宝卷中充满了人间的各种苦难,从内容上看,大致可以分为三类:第一类是自然灾害带来的苦难,如饥饿、寒冷、地震、水灾、旱灾等。第二类是社会性的苦难,如官府欺压、战争罹患、出塞别亲。第三类是家族内亲人间相互折磨的苦难,继母虐待儿子、妻子有外遇杀夫、婆婆虐待儿媳等。

1. 自然灾害带来的苦难

据《金昌文史》资料记载,永昌天灾频繁,大旱、水涝、风灾、虫灾等严重威胁着人们的生存。民国九年、十六年,遭受了两次五级以上大地震,房舍倒塌,人畜伤亡。民国十四年遭受了旱、涝、虫、洪

---

① 徐葆耕:《叩问生命的神性:俄罗斯文学启示录》,广西师范大学出版社2009年版,第8页。
② 赵敏俐:《叩击心灵的回响——读傅道彬新著〈晚唐钟声〉》,《北方论丛》1997年第5期。

灾。民国十八年遭受了大旱兼虫害、瘟疫，春失种、秋无收。东、西、北乡饥民达3.5万余人。民国三十二年，全县小麦大部分遭虫害，麦穗青秕枯萎，秋季又阴雨连绵，洪水淹没庄稼两万余亩。河西地处偏远、经济落后，这里的人们饱受饥寒之苦，宝卷中的很多故事都发生在自然灾难的背景之下，河西宝卷很多卷本都是借着异地的名字诉说着本地的苦难。《康熙帝私访山东宝卷》写到："山东大旱了一十三年，五谷不收，寸草不生，黎民慌乱，仓库亏空，没有粮钱。"在《赵五娘卖发宝卷》中，丈夫蔡伯谐上京科考，陈流县遭了年荒。《敕封平天仙姑宝卷》记录了黑河泛滥，《精忠宝卷》也写到了水灾。《卖身葬父》《卖苗郎宝卷》一开始就写了自然灾害逼得人走投无路；《昭君宝卷》中昭君在出塞途中的天寒地冻都是河西地区自然条件带来的苦难的真实写照。

《救劫宝卷》是甘肃省武威市古浪县大靖乡大地震后人民生活的真实记录，有关这次地震的真实情况，《武威简史》《古浪县志》都有记载，时间是民国十六年四月二十三日大地震，十七年"凉州事变"（战争），十八年旱灾。天灾人祸接二连三地发生，河西这片土地承载了太多的苦难，古浪重灾区更是生灵涂炭。

人吃人狗吃狗古来少见，四乡里只逃得缺少人烟。
再加上刀兵劫强盗作乱，立逼的一家人各自分散。
那时节各家里缺米少面，各处的榆树皮剥着吃完。
草籽儿吃的人面黄肌瘦，一股儿草腥味实在难咽。
唯有那苦苦菜养活饥人，若不是苦苦菜性命难存。
苦苦菜也采尽总难活命，吃牛皮吃麸皮又吃谷糠。
三五日没吃的浑身打战，眼睛里冒火花无以立站。
娃娃们直饿得皮包骨头，老汉们只饿得难以行走。
青年们只饿得东逃西奔，好夫妻只饿得各自分散。
姑娘们只饿得泪眼汪汪，卖给了远方人背井离乡。
还有那七八天没吃没喝，浑身上如干柴死在道旁。

> 大街上饿死人到处横躺，可怜了众百姓命见阎王。①

　　这是灾难中老百姓悲惨状况的真实记录，在此情况之下，灾区人民逃往甘州、肃州、西宁、中卫、蒙古等地，救劫宝卷主要记录了人们逃亡中卫的情形，是逃难场面的宏观描写，也聚焦了张三等人的经历。穷汉张三和妻子陈氏带着一男一女也挤在了逃难的行列中，张三饿死在去中卫的路上，夕阳就要落山，母子们守着尸首孤孤单单，好不凄惨。逃难的同乡大发善心，帮着他们把尸首埋入土中。丈夫葬身荒滩，母子三人历尽艰险随众人走进了中卫。到了中卫也是生计艰难，他们忍气吞声，苦度光阴。十月天气渐冷，逃难人无处住宿，冻得可怜。到了寒冬腊月，很多人被活活冻死，尸体被抛进了黄河里。

　　自然灾害带给人们最直接的影响就是饥饿，《女中孝宝卷》（《甘州宝卷》）写丈夫周文选进京科考，一走十年有余，杳无音讯。周太公又不幸去世，家中只剩下儿媳刘英春，年老的婆婆和儿子苗郎。家境衰落，穷困潦倒，三个人相依为命，不巧连年大旱，土地生烟，民不聊生。家中缺吃少穿，时隔不久，家境越加贫寒，婆婆病重，卧床不起，医治无效。绝望中的婆婆想吃人生中的最后一顿肉，穷困潦倒的刘英春怎么能买得起肉，在走投无路之际，竟然忍痛割下了自己胳膊上的肉给婆婆炖肉汤喝。故事虽有些夸张，但灾荒年卖儿之事在河西这片土地上留下了伤痛的记忆。宝卷中的唱段把饥饿的情景，以卖儿作为权宜之计救活全家的无奈刻画得栩栩如生。

> 好媳妇，刘英春，主意拿定；卖儿子，保婆婆，一条老命。
> 手拉着，小苗郎，走出家门；为婆婆，我只得，卖儿为生。
> 背地里，把丈夫，埋怨几声；去求官，不回来，杳无音讯，
> 扔下家，你不管，你怎忍心？遭年荒，家不幸，父亲丧命。
> 家里面，丢下了，高堂老母；无度用，受饥寒，奴心怎忍？

---

① 何登焕编：《永昌宝卷》，永昌县文化局印，2003年，第772页。

好几天，没饭吃，奄奄一息；草堂上，饿坏了，我的母亲。
无奈中，为妻的，办法来想；卖苗郎，换点钱，助救母亲。
是不是，夫君你，京城得病？是不是，得高官，忘了家眷？
……
家无主，无度用，又遭天灾；饿得你，和奶奶，实在可怜。
咱家中，如水洗，家徒四壁；为娘的，没办法，保护你们。
你奶奶，已几天，米粒未进；起不来，走不动，渐渐不行。
为娘的，看到她，心如刀绞；总不能，把奶奶，饿死归阴！
在这种，情况下，娘下狠心；卖了你，救奶奶，白头老人。
也不是，为娘的，心肠太狠；逼得我，没办法，你要原谅。
你跟我，没吃的，饿得可怜；卖给那，有钱人，能保你命。
等日后，你爹爹，回到家中；再拿钱，赎回你，全家相逢。
小苗郎，听妈妈，说明此情；在路旁，跪娘前，哭说不停。
抱住了，英春腿，妈妈你听；你不能，把我卖，求求娘亲。
我长大，要挣钱，养活妈妈；我奶奶，她疼我，没我怎行？
就说是，遭荒年，没有用度；一家人，死一起，我也甘心。
现如今，你的儿，整整七岁；我不愿，离开你，我的妈妈！
刘英春，听儿言，泪如雨下；抱起了，小苗郎，号啕不止。
娘抱儿，儿搂娘，大放悲声；铁石人，见此情，也把泪流。①
……

看到婆婆饿了三天，饿倒在床难以起身，生命奄奄一息，刘英春含着泪水百般思量，最终决定硬着心肠卖掉七岁的儿子苗郎，她卖儿救婆婆的原因不全是孝顺观念，而是绝境中的权宜之计，一来卖儿得了钱不至于让年老的婆婆活活饿死，二来买得起孩子的人家无论如何也会有口饭吃，方能让儿子活下来。刘英春的决定最大可能地保全了全家，指望丈夫有朝一日回来赎回儿子全家团圆。可是在具体的实施过程中骨肉分

---

① 宋进林、唐国增主编：《甘州宝卷》，中国书画出版社2008年版，第294—295页。

离，肝肠寸断。卖还是不卖，她犹豫不决。最终极端的穷困、难忍的饥饿、死亡的逼迫让她下定了决心带着儿子出门，出门后内心无比复杂，埋怨丈夫为何杳无音信，暗自猜测是丈夫丧了命还是做了高官忘了家眷？一份埋怨饱含了生活的无助、殷切的期盼、渺茫的希望。孩子已经饿得走不动路了，误以为母亲带自己去谁家吃饭，询问为何不把饿昏的奶奶也带上，孩子天真的想法，真切的关怀，让母亲不忍欺骗，说出了卖儿的真相。苗郎抱着母亲的腿祈求母亲留下他，宁愿饿死也不愿和亲人分离，母子拥抱在大路上号啕大哭，这样悲惨的场面正是自然灾害带给民间苦难生活的真实写照。

2. 社会生活带来的苦难

类比世界的第二类苦难是现实生活中社会性苦难的反映。这和河西特殊的地理位置有着密切的联系，"陇中黄土高原之西是著名的河西走廊，它东起乌鞘岭，西至古玉门关，介于南山（祁连山和阿尔金山）与北山（马鬃山、合黎山和龙首山）之间。东西长约900公里，南北宽数公里至近百公里，为西北—东南走向的狭长平地，形如走廊故称甘肃走廊，因在黄河以西又称河西走廊"①。从汉朝开始，"河西走廊"整体融入中国大历史之中。随着西汉张骞"凿空"，闻名世界的"丝绸之路"由东向西横贯甘肃全境，河西走廊成为中西陆路交通的孔道和门户，成为中原王朝经略西域的前沿阵地。"河西地区独特的地域环境还表现在自古以来一直是丝绸之路的咽喉要冲和中西文化交流的重要孔道。古酒泉鼓楼四门匾额'东迎华岳，西达伊吾，南望祁连，北通沙漠'的题书；张掖'地当孔道，羌夷要冲，诚河西咽喉也'，武威'为河西都会，襟带西蕃、葱右诸国，商旅往来，无有停绝'，敦煌'华戎所交一都会'的历史记载，贴切地反映了河西走廊作为西北地理的十字路口的重要地位。"

昔日的商道已渐次衰落，特殊的地理位置造就了河西走廊饱受战争罹患，同时这里地处祖国的西北边陲，山高皇帝远，官府的腐败，豪强

---

① 孟凡人：《丝绸之路史话》，社会科学文献出版社2011年版，第64页。

的恃强凌弱，外族侵略、政治昏暗是河西地区苦难的社会因素。据史料记载，民国十四年国民军入甘，冯玉祥临时大借款；民国十七年西军马廷镶来永昌劫掠；马麟部在永昌哗变；宁远堡事件；民国十八年马仲英屠永昌；民国二十年以后，甘肃军阀割据混战，河西农民承担着国税、省税、驻军军粮给养费用。官府、军阀横征暴敛，青壮年被拉去当兵，牛马被拉做军用。抗战时期，国民党反动派提出所谓"戡乱"，打内战三年，所有军需费用一应加在农民身上，地方官吏任意苛索，征粮派款，肆意蹂躏。真可谓民不聊生，灾荒病患之年，广大农民挣扎在死亡线上。

除此之外，农民还要受到高利贷的盘剥。永昌农村流传着"穷人成业等丰年，富人成业等凶年"的谚语。在那样的社会里，穷人的丰年是一句空话。旧社会高利贷剥削的形态千奇百怪，有借粮、支粮、支钱、支地、支工、和重等多种方式。以借粮为例。借粮还粮的利率有"加五""加四""对斗子""大加五""黑驴娃打滚""羊羔账""套辣椒""带穗子"等。"加五""加四"是旧时农村借贷的最低利率，春天青黄不接的时候借高利贷者的一斗粮食（10升），秋天收获了还一斗五升或一斗四升，这是旧社会最普遍的借贷关系，也是农村所谓的公平借贷。"对斗子"是双倍偿还，"大加五"是五倍偿还。这样的借贷方式一般发生在天灾人祸之年。"黑驴娃打滚""羊羔账""套辣椒"叫法虽不同，但实质都是本息翻番加利的借贷方式。一般指秋收时又遭了灾祸，春天借粮食定下的"加四""加五""对斗子"无法偿还，第二年本期息、息也加息，一并累计偿还。比如春天借了一斗麦子，按"对斗子"的利率秋天偿还两斗麦子。秋天如果还不上，第二年就算借麦子二斗，秋后就要偿还四斗，以此类推，翻倍计息，所以农村流传着"一斗胡麻借（放债）十年，十锅清油榨不完"的说法。[①] 永昌地区旧社会的苦难生活是整个河西地区生活的一个缩影。

[①] 张宗贤：《简述旧社会永昌农村高利贷剥削》，潘希贤：《金昌文史资料》，金昌市文史资料委员会（内部发行），1991年，第96—102页。

《放饭宝卷》《精忠宝卷》《罗通扫北宝卷》《袁崇焕宝卷》《岳雷扫北宝卷》等都记录了战争带来的灾难，战争发生的地点虽然不在河西，可是河西人民对战争的恐惧、忧患感同身受。关于社会性的灾难，河西宝卷中更多地表现了社会的不公平，官官相护，欺压人民的现实感受。《吴彦能摆灯宝卷》中的丞相吴彦能见色起意，随意霸占民女罗凤英，假扮包拯打死了前来告状的罗凤英的丈夫。《丁郎寻父宝卷》中年七是宰相严阁老的仆人，依仗主人之势，为非作歹。庙门前偶遇于月英、高仲举夫妇，被于月英的美貌所吸引。为了霸占于月英，不惜杀人嫁祸给高仲举，"钢刀割断夫妻心，棒打鸳鸯两离分"。《六月雪》念唱的是窦娥的冤屈，虽然这些故事并非河西地区政治黑暗的实写，宝卷中这一类母题的反复出现，组合成不同故事类型的母题链，就是因为这样的母题所蕴含的情感体验符合人们的期待视野，类似的事情就发生在身边。

3. 人情关系中的重重危机

类比世界的第三重苦难是人情关系中的重重危机，如果说自然灾害带来的苦难大多是故事发生的背景，社会苦难一般都是借着其他地区的故事表达自己的情感，人际关系中的种种矛盾折磨却表现得十分真切。当时受经济条件的限制和伦理观念的影响，河西农村普遍都是大家庭的生活方式，家族成员之间的矛盾不可避免。宝卷记录了继子与继母、婆婆与媳妇、婆婆与侄媳妇之间、夫妻之间、兄弟之间各种各样的矛盾。经济贫困、天灾人祸只是物质上的痛苦，亲人间的相互折磨加深了民众精神上的苦难。割肉侍亲、后母虐子、婆媳矛盾、兄弟分家这些民间故事母题不断地重复组合。"总之，混合型或者复合型故事并非口头文字家漫不经心地随意拉扯而成。在隐含的叙事逻辑中融合着民众深沉的文化心理、丰富的艺术智慧和独特的审美情趣。这正是它们具有深厚魅力，在广大民众心头世代传诵不息的奥秘所在。"[①]

《放饭宝卷》讲的是朱春登代叔父从军，婶母宋氏和内侄宋成为了

[①] 刘守华：《中国民间故事结构形态论析》，《广西民族学院学报》2002年第5期。

霸占财产迫害朱母和朱妻锦堂。放火烧屋、无端打骂，直逼得婆媳二人破窑安身，乞讨度日。宋氏的儿子朱春科善良忠厚，劝说母亲不成，去牧羊关寻找朱春登。最终是大团圆的结局，这个故事向我们叙述了浓浓的宗族血脉情义，叔父、朱春登、朱春科代表了朱家宗族关系的主流，他们之间情意浓厚，朱春登替叔父从军，朱春科出门寻找哥哥，主要矛盾发生在妯娌之间，矛盾的原因是争夺财产。妯娌二人，一个和自己的内侄结为一派，另一个和自己的儿媳妇相依为命。与内侄同谋是为了自身的利益而损害朱家的家族发展，必定成为反面角色，遭受惩罚。所以亲人之间存在着舍身取义和背信弃义的深刻矛盾，这个宝卷主要反映了妯娌间压迫式的侵害。

《苦节图宝卷》(《金张掖宝卷》) 主要表现了婶娘与侄儿媳妇之间、夫妻之间尖锐深刻的矛盾。张彦的父母及叔父相继病故，家业由婶娘钱赛花执掌，钱赛花没几年就把家业败光了，于是钱赛花和侄子张彦、童养媳白玉楼之间产生了矛盾，张彦每日读书不务农事，白玉楼尚年幼。出于经济利益的原因，钱赛花不愿意养活只出不进的侄子及未来的侄媳妇，所以分家各自另立门户。分家后，各寻生计过活，一边是读书的张彦，他们的生活来源就是妻子白玉楼每天出门讨饭；另一边是好吃懒做的钱寡妇，生出了通奸招汉过日子的损招，勾搭了卖肉为生的周三。分家后各自平安，但不久矛盾升级。

白玉楼无意中发现了婶娘的奸情，出于家族荣誉的考虑，她将铜簪取下来插在门上的钉扣上，用含蓄的方式警示婶娘。她的行为严重触犯了钱赛花的名节和利益，钱赛花毫无悔改之意，伙同情夫设计阴谋，把通奸揽汉的屎盆子扣在了白玉楼头上。婶娘先是反咬一口，在侄子面前诬陷白玉楼招野男人，在张彦将信将疑之际，周三半夜叫门，张彦误认为妻子果真有奸情。

至此夫妻矛盾升级。婶娘与侄子和侄媳妇首次矛盾是因为经济利益，分家的决定解决了这一矛盾。二次矛盾的爆发是民间思想中根深蒂固的贞节观念，其实质是性欲的满足与压抑之间的冲突。白玉楼因贞节观念暗示婶娘，不论她表达得多么含蓄，她的婶娘也无法容忍晚辈指责她的行为，她的报复手段既精明又狠毒。她们忍不住的暗示、残酷的报复都体现了民间社会生活的伦理准则与道德秩序的基本要求。丈夫最不能容忍妻子不贞，这已超出了夫妻感情问题，不贞行为涉及家族的荣誉，社会既定秩序的维护。张彦气得暴跳如雷，把白玉楼打得死去活来，并写下休书一封，任凭白玉楼跪地求饶也无济于事。张彦把白玉楼赶了出去，当时天色已晚，且下着鹅毛大雪、天寒地冻。受尽诬陷和羞辱的白玉楼祈求丈夫将自己留至天明听她解释的要求也被拒绝了。百般无奈之际祈求婶娘，婶娘更是破口大骂，恨不得把玉楼刮骨熬汤。

《紫荆宝卷》中一棵紫荆树的繁茂象征了家族的团结。《乌鸦宝卷》写了女儿和父兄间的矛盾。《闫小娃拉金笆》讲述了媳妇虐待公公的凄惨景象。老伴去世形影孤单，儿子出门做生意，孙子去了南学堂，儿媳妇整天串门不回家。足足饿了一整天，太阳落山儿媳妇才回来，回来做了个硬锅盔，老人死活咬不动，"老汉接住干锅盔，东咬西咬咬不动。满嘴涎水往下淋，牙儿咬的甚是痛。肚中饿得拧了绳，手拿锅盔放悲声。"[①] 农村老人受虐待的情形逼真再现。

还有继母阴影下的儿童，《绣红罗宝卷》中仙哥的母亲杨海棠到阴间绣红罗十二年未归，仙哥受到继母沈桂英的百般残害，如用马鞭毒打、欲将其投入开水锅中、在其饭中下毒、诬告其杀死长寿宝等。仙哥因有神灵保护，沈桂英害死仙哥的阴谋均未能得逞。后仙哥被神仙搭救，招为驸马，才脱离苦海。《继母狠宝卷》中玉英、盛祖、桃英、月英四人的母亲早逝，他们受到继母焦氏的虐待。《落碗宝卷》中定僧受到婶娘马氏母子的百般折磨和毒打，马氏把碗烧红，让定僧去端，把定僧烫得皮焦肉烂。《白虎宝卷》中受虐待的是观音奴、观音保兄妹二人。此外还有《蜜蜂宝卷》里的董良才、《桂花桥》里的定邦、《朝山宝卷》（又名《金龙宝卷》）中的金豹、兰花等都是被残害和遗弃的孩子。

列夫·托尔斯泰在《安娜·卡列尼娜》中的第一句话就写到："幸

---

① 何登焕编：《永昌宝卷》，永昌县文化局（内部发行），2003年，第792页。

福的家庭都一样，不幸的家庭各有各的不幸。"托尔斯泰善于从家庭出发反映时代与社会的变迁。陀思妥耶夫斯基的《卡拉玛左夫兄弟》体现了对生命终极意义的思考，崇高的思考来自于苦难，陀氏善于写苦难，写俄罗斯人的苦难、全人类的苦难、精神的苦难。这些苦难都是家庭的苦难，亲人间的相互折磨、杀害、伦理秩序的颠覆是苦难的深渊，是难以启齿的精神创伤。家是社会最小、最基本的单位，家是小国，国是大家。民间生活更倚重家庭，宗法制社会一直持续到20世纪80年代，河西农村及全国农村的家都是大家，三世同堂或是四世同堂。一方面，孝悌观念促使人们努力维护家庭和睦，宝卷也是这种观念的传声筒。另一方面，在孝悌观念的背后是赤裸裸的对人性的残害、个性的压抑及家人间无情的彼此戕害。在官方的孝悌观念之下，宝卷向我们展示了民间社会中一幅幅家庭成员钩心斗角、尔虞我诈、水深火热的斗争场面。

施特劳斯在《结构人类学》中指出："把婚姻规则和亲属系统当成一种语言，当成一种在个人和群体之间建立某种沟通方式的一系列过程。在这种情况下，起到中介作用的是能够在氏族、宗族和家族之间流通的群体内的妇女，它代替了能在个人之间流通的群体内的语词，但这种代替根本改变不了以下事实：这两种情形在现象上有着完全一致的本质。""相比而言，婚姻系统就是一个网络，它的结构决定了在社会群体之间为'妇女流通'所开辟的通道。妇女沿着这些通道，借助了生命的再生产过程而不是其他符码形式，使自己能够为流通本身所利用（这就是他们的命运之一）。"①

反映婆婆虐待媳妇致死的《方四姐宝卷》，在河西地区流传十分广泛。② 各地区流传的方四姐宝卷，细节上有所不同，但婆婆虐待媳妇的

---

① 转引自［英］约翰·斯特洛克编《结构主义以来》，渠东、李康、李猛译，辽宁教育出版社1998年版，第6—7页。

② 关于四姐故事的宝卷被收入了《金张掖宝卷》《酒泉宝卷》《甘州宝卷》《山丹宝卷》《民乐宝卷》《临泽宝卷》《永昌宝卷》《凉州宝卷》《河西宝卷选》九部选集当中，在《金张掖宝卷》《甘州宝卷》《河西宝卷选》《民乐宝卷》中作《方四姐宝卷》，在《山丹宝卷》里作《房四姐宝卷》，在《凉州宝卷》里作《四姐宝卷》，在《酒泉宝卷》里作《余郎宝卷》，在《临泽宝卷》里作《于郎宝卷》，在《永昌宝卷》里作《方四姐》。

主要情节基本一致。于员外的女儿重阳与方员外的长子结为夫妻，因病重而亡。于员外的妻子觉得女儿死得冤枉，于是心生一计，向方员外的女儿方四姐提亲，打算把她娶过来与次子于克久为妻，为自己的女儿报仇。于家请媒公到方家提亲，方员外一时糊涂同意了这门亲事，后经妻子女儿提点，后悔了自己的决定，打算以高额聘礼逼退婚事，哪知于家拿出了彩礼，将方四姐娶进了于家。方四姐三月进了于家门，八月就在花园里上吊身亡。

方四姐在短短半年的时间里受尽非人的虐待。当时婆媳关系紧张，婆婆对媳妇的残害在这部宝卷中可窥一斑。三月里刚结婚，婆婆找茬说自己家的井水不干净，让四姐去西庄井里打水，四姐脚小走不动，婆婆借故回来迟了，扒掉她的衣服打了四十鞭，打得鲜血淋淋。四月八日，婆婆要方四姐去花园采花献佛，四姐在花园遇见了于郎，被婆婆发现后剥掉衣服，用鞭子打得皮开肉绽。而且把屡屡心疼袒护四姐的于郎送进了南学。四姐在于家孤苦伶仃，其境况可谓四面楚歌，婆婆、公公、小姑子、大伯子、嫂子合伙欺负柔弱的方四姐。五月里，四姐兄弟带四姐回娘家，婆婆上前打了四姐几个耳光，拿来绫罗梭布扣线，让方四姐一夜做秀枕八双、鸳鸯八对、大鞋八双。观音显灵帮忙做了针线，但还是少做了一双鞋，回家又被婆婆一顿暴打。六月里暑伏天，接二连三找茬打四姐，四姐浑身被打破，流着白脓，旧伤未好又添新伤。七月里，婆婆让方四姐一天一夜割完八亩麦田，菩萨显灵帮了忙，婆婆依旧找茬打四姐。八月里，婆婆让四姐在一月之中把麦子打完，不点灯一夜织下五尺绸缎，观音菩萨又来帮忙，眼看就要织完最后一尺缎子，因被大伯子打断机头而未完工，婆婆又有理由痛打四姐了，这一次不但剥光了衣服，而且将两条胳膊反绑，四姐被打得皮开肉绽，昏昏沉沉倒在了地上。醒来后她就在花园里上吊自杀了。宝卷展现了婆婆在家里一手遮天、胡作非为的特权，极力渲染了婆婆的狠毒、残暴及方四姐遭遇的悲惨、可怜。

经仔细分析，婆婆如此恶毒地对待方四姐有如下原因：首先为女报仇，宝卷中写到婆婆之所以不惜重礼聘娶四姐，是因为她的女儿重阳嫁到方家，在方家死去了。几部宝卷都提到，嫁到方家的重阳是病死的。

在《临泽宝卷》中于婆婆对人言："樊家人把她女儿屈害死了。"樊是方言的变化，就是指方家，"屈害"也是方言，指委屈谋害至死。于婆的推测是有些依据的，首先，在当时的社会中，公婆在家里拥有绝对的权威，可以随意处置媳妇。其次，方员外答应了婚事，方夫人却不同意，认为女儿到方家没好日子过，这是不是做贼心虚呢！无论如何，整个故事隐含的背景是于婆的女儿婚后不久死在了方家。如何死去的，宝卷的权威叙述声音指出是病死的，但于婆对此有怀疑。笔者认为，于婆有质疑的权利。她女儿的死存在两种可能，病死或被折磨致死。无论哪种可能都是民间年轻媳妇可悲的生存现状。

其次，方四姐受尽虐待的另外一个原因是经济利益，方家原打算提出高额聘礼逼退婚事，但婚事却成了，任何一部宝卷都未曾提到方家退聘礼的事，可见方家将聘礼照单全收，这也促成了方四姐的悲惨命运。高额聘礼越发成了婆婆肆意折磨四姐的资本。于家其他人也因高额聘礼而作践方四姐。五月，四姐有机会回娘家，娘家人已清楚地知道了四姐的遭遇。在《甘州宝卷》中四姐的哥哥提出请本家族长主持公道，不成就告上衙门。方员外听完后却硬着心肠对方四姐说："孩儿真是聪明人，常言讲得好，三十年的媳妇三十年的磨，再过三十年当婆婆。孩儿日后一定能得到好处。"面对被打得浑身伤痕的女儿，父亲的一番话也令人惊叹。他出于经济利益的原因让女儿忍耐也是很有可能的。此外，他的话也透露出了这样的信息，翻身之日就是你当上婆婆之日。这也道出了当时民间婆婆普遍压榨媳妇的真实现状。改变现状的唯一方式就是等待，他的决定将自己的女儿送上了不归之路。父亲的这番作为比婆婆的毒打更加残忍：家族的经济利益比女儿的性命更重要。

此外，经细读文本我们还发现了这样的信息，于克久对妻子方四姐的疼爱偏袒加剧了于婆对媳妇的虐待。第一次，洞房花烛夜时，于婆在门外偷听，当她听到儿子对媳妇的温存之意就怀恨在心，提出让四姐去很远的地方打水。可以说，于郎对妻子的偏爱之情是母亲虐待媳妇的直接动因。第二次，四姐在花园偶遇于郎，夫妻间的亲密举动让婆婆怒气冲冲，她毒打四姐时，于郎赶来劝说，甚至为了妻子冲撞母亲，引得母亲勃然大怒，这也在家中掀起了轩然大波。于员外作为家中权威仅有的一次出场是，决定把于郎送进南学去读书，他理所当然地维护了家庭秩序，以牺牲儿子的幸福为代价维护了家长制的权威。第三次，在外读书的于郎向老师告假回家探望，此时，四姐已是面黄肌瘦，身体难看，夫妻俩躲在自己的屋里痛哭，于郎能做的就是给方四姐买了些药涂在身上。于郎一心想劝母亲，但最终还是无奈地去了学堂，比起第二次母亲打四姐时于郎的激烈反抗，这一次不论他是害怕适得其反，还是无力与母亲争锋，他的表现表明他已经败下阵来。就这样婆婆又打了四姐一顿，怒骂她在丈夫面前诉苦了。不知她是又一次偷听了，还是妄自揣测，总之，夫妻间的亲密，儿子对媳妇的偏爱总会助长婆婆折磨媳妇的怒火。

方四姐的遭遇有着这样的意义，当时的社会中女性遭受苦难极具普遍性，宝卷中把女性所遭受的煎熬与忍耐当作一种榜样和典范来推崇，人们一边同情方四姐的遭遇，一边欣赏着方四姐的痛苦，就像专门寻去听祥林嫂讲阿毛的故事一样，吸食着精神上的鸦片。

吉尔兹在其关于"地方性知识"的研究中曾指出，研究文化并不是寻求其规律的实验性科学，而是探寻其底蕴的阐释之学。河西宝卷以传播儒家思想为主，实用主义特征明显，具有很强的教化功能，在民间广泛传播贤孝观念，在孝悌伦理的背后是一幅血淋淋的亲人间相互残害的画面，婆媳关系、夫妻关系、兄弟关系、妯娌关系、后母与继子关系等，家庭中有多少成员关系，就有多少矛盾，表面上仁义孝悌，背后却是人性的扭曲与异化，彼此间无情的戕害。宝卷中充满了苦难，而家庭成员间的彼此伤害是宝卷中苦难的重要内容。

（二）悲情表达中的阴柔无为

在河西宝卷中不论是造成苦难的原因，还是苦难带给人们的后果，都成了佛教因果报应思想的宣扬，是一种大而化之的笼统概括。缺乏运用辩证性思维去分析问题，解决问题，让生活变得更美好的能力。比如《救劫宝卷》中对于连续数年的天灾人祸人们有着这样的理解："那时候,世风日下,人心不古,不敬天地神灵,不孝父母,不尊师长,抛撒五谷。人心奸诈,丧尽天良,实属十恶不赦。这一切惊动了天庭,玉皇驾临南天门外,用慧眼往下一看,不觉潸然泪下。遂钦命仙人,传下一道令来:凶神下界,尽收恶人。"于是,"我凉州大地,天灾人祸——大地震后,又兵荒马乱,战火横飞,民不聊生"。[①] 灾难带给人们的启示是:

遭年荒苦难事人人亲见,血和泪教化代代相传。
把有时当无时常记心间,万不可今日饱不管明天。
劝世人早行善不受大难,富与贵贫与贱轮流转换。
有的人听此卷心中作难,有的人听此卷心中打战。
此一本民国的救劫宝卷,劝世人记心间功德无边。
善恶到头终有报,只是来迟和来早,
听完此卷心向善,全家大小无灾难。[②]

如上所述,人们面对苦难的态度是十分消极的,地震是客观发生的,战争是主观人为的。可是胆小、麻木的河西人民没有主动应对生活的思维方式,完全习惯于逆来顺受,相信一切都是注定的,兵匪来袭,普通百姓抱头鼠窜,没有了解事情真相的动机。目光短浅、思维极端程式化,现实生活出了问题,他们没有反应的灵活性、应对的主动性,依旧以为是打破了传统的秩序:不敬天地,不孝父母,不尊师长,抛撒五谷……

再来看看《昭君出塞宝卷》,官方记载的昭君出塞故事,表现了舍小我存大义的伟大精神,昭君牺牲自我为两个民族带来了和平,让无数的黎民百姓免受战争之苦,昭君形象是大义凛然的。官方的记载体现了一种历史的眼光和宏观的视域。可是河西地区流传的昭君出塞故事流露

[①] 何登焕编:《永昌宝卷》,永昌县文化局(内部发行),2003年,第770页。
[②] 何登焕编:《永昌宝卷》,永昌县文化局(内部发行),2003年,第774页。

出了民间的缠绵哀婉、悲戚伤恸。《山丹宝卷》中的《昭君出塞宝卷》不再提倡国家利益，不再宣扬政治联姻，而是传达出了民间家庭生活的悲欢离合，夫妻间的离别之苦在宝卷中得到了强化。宝卷唱出了昭君和元帝的离别之景，愁肠百结，难分难舍：

> 说一声哭一声声声不断，谁料想今和你两下离分。
> 有汉皇也哭得泪如泉涌，哭啼啼叫美人好不酸辛。
> 若不肯舍美人强敌压境，我祖宗万年业难保吉凶。
> 劝美女去北番暂且前行，过几日为皇的快速调兵。
> 全天下招来兵英雄万千，到时候救美人再回帝京。
> 那昭君明知道汉皇不忍，哭啼啼叫陛下没有恩情。
> 常言道好女子不配二夫，到如今我定要死在宫中。
> 上前去把宝剑执在手里，只吓得汉天子失了三魂。
> 夺过剑扔在地紧抱不放，叫美人不可以这样胡行。
> 为皇的这江山全靠于你，你若是寻短见我活不成。
> 只说的那昭君气昏在地，又吓得那汉皇连叫几声。
> 汉天子放悲声哭得伤心，那昭君昏迷中渐渐苏醒。

这段昭君与汉皇离别时情景的描写已失去了政治联姻的面貌，完全就是民间夫妇被迫离开时的生动描写。汉皇哭哭啼啼、大放悲声，在祖宗基业与夫妻情分间难以取舍。昭君哭闹为保贞节执剑自杀，汉皇夺剑紧抱着不放，夫妻二人难分难舍，分别后到了雁门关，昭君咬破手指写血书，鸿雁传信。汉皇为了让昭君安心出塞，硬着心肠不再回信。

堂堂皇帝也是如此哭哭啼啼，软弱无能，宝卷中许多男女都如汉皇一般柔肠百结。王文仁指出，河西宝卷在流传的曲牌中，[哭五更]运用得次数最多，达两百次以上，与河西"家家藏宝卷，卷卷哭五更"之说基本吻合。[①] 比如在《紫荆宝卷》中田清自从分家以后，天火烧了

---

① 王文仁：《河西宝卷的曲牌曲调特点》，《人民音乐》2012年第9期。

房子，妇人也休了，苦难连连，闷闷不乐，无法生活，走投无路，自杀又怕别人笑话，就来到了祖宗坟前哭五更，宣泄心中的痛苦：

  一更里好伤心，想起爹娘泪纷纷。孩儿家中受饥寒，爹娘阴曹不知情。我的天爷，爹娘阴曹不知情。
  二更里好心酸，不该弟兄分家当。全是贱人设诡计，怨你兄长是枉然。我的天爷，怨你兄长是枉然。
  三更里好恓惶，想起嫂嫂哭断肠。小叔今日受饥寒，你怎不救我的难。我的天爷，你怎不救我的难。
  四更里泪纷纷，骂声焦氏狗贱人。田清当初鬼迷心，听了狂言把家分。我的天爷，听了狂言把家分。
  五更里天渐明，想起兄嫂泪纷纷。今日有心寻无常，亲戚朋友笑一场。我的天爷，亲戚朋友笑一场。①

"有声语言作为口头文学创作的材料，可以说是这种创作所表现的理智——情感内容的'第一性符号'，而书面语言已经是'第二性符号'或者'符号的符号'，从而书面语言距离它所标志的精神内容，比有声语言要远得多。这就是比起书面文学中的语言来，口头文学中的语言所具有的情感信息要多的原因——因为影响能够使语言形象不借中介地、有语调地体现和传达人的感情、体验和情绪。"② 这样的［哭五更］在河西宝卷中十分常见，以饱满的情绪影响着民间的感情。［哭五更］的内容也大同小异，这段［哭五更］中充满的是悔恨，恨自己和兄嫂分家；充满的是怨怒，怨妻子是个贱人出了诡计；充满的是无助，叫天天不应，爹娘在阴曹不知情。悔恨、怨怒、无助构成了［五更调］的基本内容，这段［哭五更］的最后还想到了自杀，又惧怕别人的嘲笑，没有了死的勇气。

---

  ① 徐永成主编：《金张掖民间宝卷》，甘肃文化出版社2007年版，第741页。
  ② ［苏］莫·卡冈：《艺术形态学》，凌继尧、金亚娜译，生活·读书·新知三联书店1985年版，第345页。

[哭五更]腔调凄迷，柔肠百转，悲情绵绵，具有原生态的艺术品格，没有夸张，一种自然纯净的音调直抵听众的心房，诉说着生活的真实面目、诉说着苦难本身，苦难就是生活，生活就是苦难。只有生活在那个时代，生活在这片土地上的人们才解个中滋味。生活潜沉于苦难中，悔恨、怨怒、无助暗自消融，绝不狂躁，没有对苦难的大声怒吼，喧哗骚动，这是一个被苦难覆盖着的世界，苦难于他们的生活这般自然，自然的如同鱼儿离不开水。

　　河西民间充满了苦难叙事，人们对苦难的理解是命中注定、因果报应的，人们对待苦难的态度是逆来顺受，无所作为。苦难是一种力量，《圣经》是一种苦难叙事，佛教中也充满了苦难意识，基督教的苦难是一种受难，受难的目的是重生。佛教中的苦难通往轮回。宗教的博大情怀承载了一分苦涩，宗教不排斥苦难，不改变苦难，宗教需要苦难让人追求彼岸世界。在佛教思想的影响下，河西民间对待苦难的态度是逆来顺受，阴柔无为。刘小枫在《拯救与逍遥》一书中认为，中西文化中"最为根本性的精神差异就是拯救与逍遥""在中国文化精神中，恬然之乐的逍遥是最高的精神世界。庄子不必说了，孔子的'吾与点也'同样如此；在西方精神中，受难的人类通过耶稣基督的上帝之爱得到拯救，人与亲临苦难深渊的"上帝重新和好是最高境界。这两种精神品质的差异引导出'乐感文化'与'爱感文化'、超脱与救赎的精神冲突"①。

　　河西宝卷不论人物多么复杂，情节多么曲折，其结局总是坏人受到了应有的报应，好人有大团圆的美满结局。古希腊悲剧追求崇高悲壮之美，在西方文学的发展中产生了重要影响，可是流传于民间的《伊索寓言》、法国的《列那狐传奇》、德国的《格林童话全集》都是"大团圆"结局。"大团圆"结局在世界上许多国家的民间故事中出现，具有很强的普世性意义。印度的《佛本生故事》讲述了释迦牟尼佛修成正果之前一次次投生的故事，释迦牟尼不论投生为从事各种职业的人，还

---

① 刘小枫：《拯救与逍遥》（修订版），上海三联书店2001年版，第29页。

是各种动物总是智慧、正义、善良的化身,最终的结局也是智慧、正义、善良战胜了愚昧、无知与邪恶。阿拉伯的《一千零一夜》、果戈理的《狄康卡近乡夜话》,普希金收集的民间童话也都具有这样的特点。

鲁迅关于"大团圆"的看法,一方面,他对民间流传的白蛇传故事之"大团圆"结局——状元祭塔,法海遭受玉皇大帝的惩罚,表示赞同,代表了正义战胜邪恶;另一方面鲁迅也尖锐地批判"大团圆"结局所反映的消极的国民性:"隐瞒人生现实的缺陷""互相骗骗",所谓的"瞒"和"骗"。刘守华认为:"喜欢'大团圆'变形,追求人生圆满,这恐怕是人类的美好天性,不是某一民族的心理。中国和外国民间文学中的'大团圆'所表现的主要是一种积极向上、乐观进取的精神。由于阶级社会存在两种文化的斗争,剥削阶级意识和宗教观念也渗入其中与之结合,造作出五光十色的虚幻花朵,粉饰黑暗残酷现实,麻痹人民斗争的意志。于是'大团圆'思想就变质了,具备了两重性。"[1]

苏联美学家莫·卡冈在《艺术形态学》中指出:"口头文学是以情绪、精神状态、感情趋向和思想趋向的一致性联合人们、团结人们的更有效的手段,是克服每个个性精神世界的孤立性、个性闭锁性的更有效的手段。"[2] 河西民间宝卷的"大团圆"结局,是一种程式化的定式结局,首先是宣传善恶有报的佛教思想,所有的好人在受尽艰难险阻和痛苦折磨后,最终一定会有圆满的结局。受尽后母折磨的继子不是中了状元,就是招了驸马;《方四姐宝卷》中被折磨致死的方四姐后重返阳间,恩爱夫妻重团圆;享受荣华富贵,落魄秀才终于高中状元,夫妻团圆;修炼者得道成仙。《包公错断颜查散》中判错的案子得到了澄清。大团圆的结局向民间社会传达了一种正能量,这种正能量的基础是佛教的因果报应,在这种民间信仰的基础之上,宝卷程式化的结构,念卷人

---

[1] 刘守华:《比较故事学论考》,黑龙江人民出版社2003年版,第311页。
[2] [苏]莫·卡冈:《艺术形态学》,凌继尧、金亚娜译,生活·读书·新知三联书店1986年版,第349页。

一遍遍地念唱，把这种观念牢牢地灌输进了民众的脑海之中，在民间起到了统一思想、明确因果报应观念的作用。

其次，"大团圆"结局是对民间苦难的阴柔消解。苦难对于人类生存具有至关重要的原型意义，耶稣的受难是牺牲自我拯救世界，奥德修斯海上十年漂泊的苦难是为了回归精神家园，实现自我价值。盘古开天辟地肢解自我是为了羽化万物，大禹治水的辛劳是为了人民生活的安宁。……而河西宝卷的苦难叙事如同一剂麻醉药，苦难叙事宣扬的是强烈的宿命感，注入了想入非非的虚幻感。怜悯效果的渲染导致了苦难叙事悲剧效果的缺席，同时"大团圆"结局是对民间苦难的阴柔消解，只有在"大团圆"结局美好幸福的抚慰之下，民众才能担起这沉重的苦难，厚重的历史、禁锢的思想，苦难没有激起任何思想的浪花，"大团圆"的程式化巩固了生活日复一日的坚韧。

在各种苦难折磨中的河西人民很少反抗，倒是在苦难之中孕育出了悲天悯人的情怀，这种情怀让他们朴实无华，看到别人的疼痛、苦难感同身受。1937年（农历二月）一个风雪交加的傍晚，10多名男女红军失散人员在永昌县城南孙家庄歇息，觅食充饥。因集体活动不便，各自分散到群众家乞食。手脚严重冻伤的16岁女战士杨桂兰到赵家庄村民赵学普家中，赵学普的妻子黄开兰见杨桂兰步履艰难，面容憔悴，甚为可怜她，以慈母般的心肠将杨桂兰领入屋内，让其坐在热炕上取暖，端来热饭让杨桂兰充饥。不料饭后虽身子暖和了，但冻伤的手脚在瘀热后的剧烈疼痛使其难以忍受，黄开兰让女儿赵殿菊端来凉水，立即动手拆开裹缝在双脚上的毡片，为杨桂兰搓揉擦洗，直到半夜，疼痛略微缓解，然后又用酒糟、冻牛粪热敷治疗化脓的手脚，数日后仍不见大的好转。为了使杨桂兰不落入敌手，赵学普叫子女们连夜在屋内的洋芋窖里铺垫麦草，以防万一。每当伪军警人员来时，就立即将杨桂兰藏在窖内。为使杨桂兰能在白天晒到太阳，不时让自己的女儿在屋顶放哨，观察动静。在赵学普全家人的悉心关照之下，杨桂兰慢慢恢复了健康。后因失去东返条件，被收留在赵家生活长达三年，其间赵学普将其当作自己女儿一样看待，直到1939年秋她嫁给了河西堡宗家庄男青年李桂林，方才离开了赵家。① 这段故事让我们看到了军民鱼水一家亲的基础是农民心中朴实无华的那份善良。

河西宝卷具有程式化的特点，特别是所有宝卷的结尾都千篇一律，所有宝卷的结尾都在宣扬善有善报、恶有恶报的因果报应。宝卷这样的结尾起到了教化作用，在一遍一遍的重复过程中将固有的善恶、伦理观念注入民众的脑海之中，起到了教化民众的作用。宝卷将善恶简单化、极端化、榜样化，在当今社会发展多元化的时代读宝卷未免觉得其枯燥，却符合了当时人们的思维与审美习惯。

所有的宝卷都是虎头蛇尾，细读宝卷，你会发现很多宝卷的前半部分所反映的社会风俗、民间故事等内容丰富多彩，后半部分都是千篇一律的善有善报、恶有恶报，都是因果报应的结局。河西宝卷十分丰富地写出了民间的各种苦难。首先是物质苦难，特殊的年代、特殊的地域、政治、经济条件让这里的人们饱受了饥饿、寒冷、疾病、战争、干旱、地震等生存的困苦。此外，河西民间最大的痛苦是亲人间的互相折磨，因为经济落后、伦理约束，河西民间三世同堂甚至四世同堂是普遍的生活方式，在这种情况之下，人际关系异常复杂，夫妻之间、婆媳之间、妯娌之间、姑嫂之间、兄弟之间、继母和继子女之间有着复杂而尖锐的矛盾，人与人之间的相互压迫、折磨是宝卷所表现的生存苦难，也造成了河西民间深重的精神苦难。

"原型研究的目的和要解决的问题，是探讨人性的历史生成，研究人类为追求精神自由，寻找情感家园，克服心理匮乏而生成并反复出现的精神文化现象，整合人类共同精神财富，寻求解决精神问题的启示。"② 河西民间的精神苦难体现在危机重重的人际关系中，悲情表达中的阴柔无为，逆来顺受，相信一切都是命中注定，但是在这沉重的苦难中孕育了人性中最美丽的真诚和善良。

纪录片《那山那佛那宝卷》将河西宝卷比喻成丝绸古道上的一根

---

① 杨延海主编：《永昌文史资料选辑》（第9辑）（内部发行），中国人民政治协商会议永昌县委员会文史资料和学习委员会，2006年，第157—158页。
② 程金城：《原型批判与重释·前言》，甘肃人民美术出版社2006年版，第2页。

白发，浸染了岁月的沧桑，讲述着河西民间的古老故事。《甘州宝卷》的作者宋进林曾言："佛法无边人有愿，变文传世教无间；要知善恶人间事，阿弥陀佛念破天。"河西宝卷记录了朴实而苦难的乡土生活，那是一个逝去的却令人留恋的世界。那时的人们浸润在悲情的苦难之中，河西民间曾流传"家家藏宝卷，卷卷哭五更"的说法。深沉的苦难未曾激发出悲壮的激烈，倒是孵化了阴柔的优美，孕育出了人性的真诚和善良。怜悯效果的修辞让苦难脱离了崇高叙事，人们对苦难产生了一种精神迷醉，悲情酝酿出了温柔敦厚的品格。

第三章　神谕原型

一　神谕原型的建构

神谕原型是带有神话思维方式的一系列原型，神谕原型建构的世界即是神谕世界。神谕世界是高于现实生活的世界，河西宝卷中的神谕世界构成了完整的自足体系，是初始语境的高级隐喻，代表了现实世界的提升空间，人们精神世界的升华，美好愿望的实现，生命神性的追求都在神谕世界里找到了位置。神谕世界散发着神圣温暖的光芒，照耀着现实世界，神谕世界具有夸张性、神话性、虚构性等诸多特点。正如诺斯罗普·弗莱所言："神谕的世界，即宗教中讲的天堂，首先向我们展现的，是由人类欲望的种种形式所反映的现实范畴……"[①] 人们在现实世界里极力渴望又难以实现的欲望，在神谕世界里得以表现，心灵世界的巨大能量在此释放出来。

河西宝卷中的神谕世界由神谕空间、神谕主体和神谕客体共同建构，神谕空间指的是洞天福地，是现实生活中人们渴望长生不老、得道成仙的物质空间，受天人合一思想的影响，全盘接纳了道教中的洞天福地。神谕主体是宝卷中的各路神仙，各路神仙体现了民间的多神信仰，其中诸多女神所表现的母性关怀抚慰了河西民间的苦难，符合民间阴性

---

① [加]诺斯罗普·弗莱：《批评的解剖》，陈慧等译，百花文艺出版社2006年版，第199页。

审美的基本特征,诸神信仰也体现了很强的功利性。神谕客体宝物意象弥补了人们现实生活中实际能力的不足,是人类心灵深处自古就有的一种自我拯救意识的象征性表现。

(一)神谕空间

河西宝卷中的神谕空间指的是道教中的洞天福地,在宝卷中具体表现为《香山宝卷》中的香山,《敕封平天仙姑宝卷》中的合黎山,《灶君宝卷》中的昆仑山和《湘子宝卷》中的终南山等。比如其中的"终南山"又称"中南山",指其位居天下之中,帝都之南。作为道教洞天福地的终南山,其地域在今长安、户县、周至三县境内,秦岭北麓,是古都长安南面的主要屏障。《山海经·西山经》云:"南山,上多丹栗。丹水出焉,北流注于渭。兽多猛豹,鸟多尸鸠。"《诗经》说:"终南何有,有条有梅。(《秦风·终南》)节比南山,维石岩岩。(《小雅·节南山》)如终南之寿,不骞不崩。(《小雅·天保》)"晋代葛洪在《抱朴子·内篇》中列举的"可以精思合作仙药"的大山中,有华山、太白山、终南女几山和地肺山。《西京杂记》记载:"终南山多离合草,叶似江蓠,而红绿相杂,茎皆紫色,气如罗勒。有树直上百尺,无枝,上结聚条如车盖,叶一青一赤,望之斑驳如锦绣。长安谓之丹青树,亦云华盖树。亦生熊耳山。"

《湘子宝卷》(见《民乐宝卷精选》)在"贺寿再度"这一节中,韩湘子用幻术展现了"洞天福地"的一派景象:

> 将莲子,取一颗,放上火面,一眨眼,长出来,莲叶万片;
> 莲叶上,又长出,鳌鱼独占,鳌鱼背,又升起,四大名山;
> 山上面,七十二,幻景好看,高山上,流下来,瀑布清泉;
> 有仙童,和美女,对对摆站,有野鹿,共白鹤,又有白猿。[①]

[①] 李中峰、王学斌主编:《民乐宝卷精选》,民乐县政协(内部发行),2009 年,第342 页。

河西宝卷中的"洞天福地"主要以地理概念的形式出现,具体指昆仑山、终南山、香山、合黎山等,这些名山大川在道教发展过程中形成了深厚的文化内蕴。一般认为,洞天,就是洞中别有洞天。关于"洞"字的含义,《说文》解释说:"洞,疾流也。"洞,因空而能流通。《道门大论》云:"三洞者,洞言通也。"可见,"洞"具有"通"的意义。洞天,一般认为它是通天的山洞,即星罗棋布的修行地点、道教景观。事实上,这只是"洞天"的一般含义,它具有更丰富的内涵,即天之洞天、山之洞天、人之洞天。福地都是神仙聚集之所,有利于神仙向道士传授秘籍或道士向神仙请教修道之法。福地可以泛指"有福"之地。在思想渊源上,洞天福地的形成跟原始的洞穴崇拜、古代的神山信仰有密切关系。①

洞天福地的形成也和当时的社会环境有着密切的联系。魏晋南北朝时期,战争频发,民不聊生,百姓心中渴望一个远离战乱、没有纷争的和平环境。这些名山大川都是风水宝地,风景秀丽,风调雨顺,物产丰富,在那里不但可以躲避战争,还可以过上丰衣足食的幸福生活。战争也让人们看到了人生无常、生命易逝,人们更加追求长生不老。在这样一些外界因素的催生之下,形成了洞天福地的理想追求。

道教"洞天福地"之概念,最早出现在《道迹经》《真诰》等上清派道书中,可见"洞天福地"的观念至迟在东晋时业已形成。"洞天福地"定型于唐代司马承祯。收入《云笈七签》的《天地宫府图》中列有十大洞天、三十六小洞天和七十二福地。"洞天福地"表达的愿望最早可以追溯到《山海经》中所记录的"不死之民",屈原《远游》中所钦羡的羽人(得道成仙者,皆身生毛羽)之上,还有陶渊明《桃花源记》中男耕女织、无忧无虑的世外桃源等。

无论是道教的"洞天福地",还是基督教的"伊甸园"都是信徒追求的终极目标。这个目标首先是要超越生命的短暂,基督教的生命理想是"成圣",得享"永生"。根据基督教信仰,人类历史最终必然走向

---

① 李海林:《洞天福地形成新考》,《道教研究》2014 年第 4 期。

基督所描绘的"天国",世界回到创世之初的伊甸园。根据《创世记》,上帝让人类始祖亚当生活在伊甸园,这里环境优美,有河从伊甸流出滋润那园子,从那里分为四道,四条河流穿园而过,园内四季如春,没有严寒酷暑,佳果满园,靠着随意采摘便能过上没有饥寒的生活。上帝派亚当看管伊甸园,怕他寂寞又给他创造了一个同伴夏娃。这里的生活几乎是完美的。在蛇的怂恿下,夏娃、亚当偷吃了禁果,人类失去了乐园。基督救赎的目的就是恢复上帝与人之间最初的关系,返回伊甸园。

"洞天福地"表达了中国人与众不同的长生观,不仅灵魂不死,而且肉体亦能长存。洞天福地就是祖国的名山圣地,通过积极的修炼,服用丹药,相互的度化就可以超越死亡,永葆幸福。葛洪在《抱朴子·论仙》里说:成仙就是"以药物养身,以术数延命",人们可以凭借积极的主观能动性完成,为此历代的道教士寻药、炼丹、行气、远游、饮露、餐霞,寻求飞升之道。

相比之下,伊甸园是一个时间概念,而洞天福地是一个空间概念。伊甸园指的是创世之初的完美世界,也是基督徒未来世界的新天新地。《圣经》中关于人类犯罪的故事,说明了这种原本和谐的关系如何被破坏而产生纷乱的因果关系,而新天新地的呼唤也不是要人离弃世界,而是要人恢复神、人、自然万物之间原本和谐的关系。伊甸园是一个过去和未来合一,人与神合一的时间概念。

而道教"洞天福地"的仙境模式与古老的地理博物传闻具有相当密切的关系。"地理博物传闻"指的是那些记叙山川名胜、奇物珍品的传说资料。这样的资料在古代相当庞杂,但对于后来道教洞天福地的理念形成有着重要的启迪作用,这些资料中往往包含着山川洞窟、异人神物的描述。例如《山海经》中所描写的昆仑山、终南山等都成为道教圣地。典型的还有秦汉时期张华的《博物志》,其《山水总论》云:"五岳视三公,四渎视诸侯。诸侯赏封内名山者,通灵助化,位相亚也。故地动臣叛,名山崩王道讫,川皆神去,国随已亡。海投九仞之鱼,流水涸,国之大戒也。"这里将山川的变化与国家存亡联系起来,这当然是天人感应思想的体现,但从空间的角度来看却具有"堪舆"的资料意义，而"堪舆"理念本来就是道门洞天福地形成与不断完善的一种观察实践基础。①

伊甸园原型强调了人性中的自我，"洞天福地"强调了自然中的自我。"荣格认为伊甸园是人整体意识的象征，表现了个体个性化的过程，这一论断使伊甸园神话中的各象征都能在'意识产生'这一框架中进行新的解释。亚当是一个雌雄同体形象，夏娃是亚当女性特征阿尼玛的具体体现，她有时会以'命中注定的恋人'出现在现代人的幻想里。蛇是个体意识发展的驱动力，代表人心理上的'怀疑'和'自我膨胀'。亚当、夏娃偷食禁果的行为导致了人意识的产生，使人的进一步发展成为可能，所以犯禁也可称为人幸运的过错。"②

道教基于中国古代对山的崇拜以及大地为母的思想，山处于母体之中，人在自然之中，其洞天福地多位于名山胜境，是存在于人间的仙境，它充分体现了道教天人合一、天地人三合相通的思想。道教"洞天福地"与"伊甸园"的这一区别，实际上是道教重现世、向往尘世幸福，基督教重来世、更重精神生命的具体反映。道教的洞天福地大多位于现实的名山胜境，而道教"地仙"的神仙世界则是现实和超现实的奇妙重合。它既是神仙所居之地，又是道教徒修炼成仙之地，充分体现了道教徒对尘世生活以及理想生存环境的向往。

"洞天福地"有如下特点：景色优美、生活惬意、长生不老。这一原型在西方被弗莱总结为"伊甸园原型"，表现了世人热爱生命、热爱生活，向往和追求生命长存的普遍愿望。这种信仰深植于远古社会，深植于先民对死亡的恐惧与渴望超越的期盼之中。洞天福地是道教成就长生不老之地，是道门认定的神仙居住胜境。早期所谓的"洞天福地"具有比较明显的神秘性，尽管此等胜境也是自然界中的一种存在空间，但一般而言是不对世俗人开放的，后来，洞天福地的空间属性获得发展，它们成为修道者向往的圣地，也是现实的生存场所。在人们心目

---

① 詹石窗：《道教文化十五讲》，北京大学出版社2003年版，第361—362页。
② 徐俊：《荣格理论对伊甸园神话的阐释》，《圣经文学研究》2013年第3期。

中，洞天福地魅力无穷。

（二）神谕主体

河西宝卷中的神谕主体指的是各路神仙，民间对待神仙的态度是神仙不问出处，来者一概不拒，不论是佛教神灵、道教神灵、神话人物、历史人物、天空中的星辰，还是地上的土地、大山、河流，家里的祖先、炉灶都是他们崇拜、敬奉的对象。神仙保佑民众平安出入、家兴业旺、早得贵子、子孙满堂、金榜题名、财源广进。神仙也监督人间的善恶福报，苍天有眼，神仙众多，疏而不漏。

河西宝卷中的神谕主体主要是对道教神仙的吸收和接纳，"道教的神仙谱系，实际上是天神地祇人鬼和仙的总汇。天神中间，除了日月星斗雷电外，以三清四御为最高。三清为玉清境的元始天尊（即天宝君），上清境的灵宝天尊（即太上道君），以及大赤天太清境的道德天尊（即太上老君）；四御为昊天金阙至尊玉皇大帝，中天紫薇北极大地，勾陈上宫天皇大帝，承天效法土皇帝祇。四御中最后一位掌管阴阳生育及大地山河，实际上是最大的地神。民众普遍信奉的地神则有城隍和土地。所谓人鬼多是历史上声名显赫的英烈，后被道家尊为神，如关圣帝君即关羽，还有两位门神秦叔宝和尉迟敬德等。""后世民间信仰的上天玉皇大帝——地方城隍、土地——家中灶神、门神——阴司判官、小鬼这个鬼神体系，更是中国封建社会组织结构的投影。"[①]

《何仙姑宝卷》在结尾处神形逼真地描写了福禄寿三仙、张大仙、东方朔、老陈搏、老彭祖、骊山母、汉钟离、吕洞宾、张果老、铁拐李、韩湘子、曹国舅、蓝采和、何仙姑、广成祖、鬼谷子、孙膑、刘海仙、和合仙、合神仙、李八百、麻仙姑24位神仙，诸位神仙个个逍遥自在、仙风道骨。他们行动自如、无拘无束，或腾云驾雾，或骑鹤坐鹿，身着各色衣服，各具风姿，不慕红尘；他们手持金弹、蟠桃、花篮、天书、渔鼓、葫芦、云阳板、荷花、灵芝，既令人目不暇接，又显

[①] 刘守华：《道教和神仙》，《文史知识》1987年第5期。

得不染尘埃，遗世独立。每位神仙都身怀绝技，声名显赫，老彭祖阴阳算得开，骊山母神通世上无，吕洞宾三醉岳阳楼，张果老倒骑驴，韩湘子蓝关显神通，刘海仙修丹炼玄机……一片祥和峥嵘之气氛，逍遥自在、超凡脱俗。

同时，旧社会在念卷时人人都相信宝卷和神佛同在，"某某宝卷才展开，诸佛菩萨降临来"，是河西宝卷最常见的开卷偈，念卷就是把各方神仙都请来，念完卷要恭敬地请神仙归位。在《何仙姑宝卷》结尾处我们看到当地人民对各方神圣的敬仰之情，恭送之意。

只（这）一本，仙姑卷，功果圆满，
送神灵，归本位，去上天宫。
一炷香，敬与了，玉皇大帝，
二炷香，敬与了，二郎神童。
三炷香，敬与了，三大财神，
四炷香，敬与了，四海龙君。
五炷香，敬与了，五方土地，
六炷香，敬与了，南斗六星。
七炷香，敬与了，北斗七星，
八炷香，敬与了，金刚大神。
九炷香，敬与了，九天圣母，
十炷香，敬与了，十殿阎君。

这部宝卷中提到了玉皇大帝、二郎神、财神、土地、星君、金刚、圣母、阎君。天上地下无所不包，道教佛教界限模糊，河西人对神佛的态度是来者不拒，全盘接纳。民众不但对外来的神毕恭毕敬，还创造了本地的神，最显著的就是《敕封平天仙姑宝卷》中的平天仙姑，平天仙姑镇守合黎山，在黑河之上修桥梁，吓退夷人，保护弱小善良的民众，惩罚不守道义虐待婆婆的恶媳妇。

河西宝卷中的神谕主体很多都是神采飞扬的女神，如无生老母

（《无生老母救血书宝卷》《无生老母临凡普度众生宝卷》）、观音菩萨（《香山宝卷》）、何仙姑（《洞宾买药宝卷》）、平天仙姑《敕封平天仙姑宝卷》等。无生老母的来历和民间秘密宗教有关，在河西宝卷中她是创世之神，"盖闻奥气初古元气混沌，天地未分，乾坤未定，只有雾气蒙蒙，并无三才济济，幸有无生老母金光涌出，产出婴儿姹女，因见混沌不分，清浊不辨，无所底止，心中忧虑……"于是差三皇显露乾坤，开辟天地，又派自己的儿女到下方居住。[①] 河西宝卷中的观世音菩萨修行济世，在危难时刻人们首先想到的总是观世音菩萨。何仙姑聪明灵秀，潇洒飘逸，作为八仙中唯一的女神受到人们的喜爱。平天仙姑作为地方保护神保一方平安。诸多女神满足了人们寻求社会性母亲和人类之母庇佑的心理愿望，这也符合民间阴性美学的基本特征。正如潘知常所言："中国美感心态的深层结构的基本特色其实又可以称之为一种女性情结。说得更形象一些，在中国美感心态的深层结构中，我们不难体味到一种充满女性魅力的'永恒的微笑'。"[②]

  作为神谕主体的一些男神和凡人之间有一种极为功利的交换关系，在《绣红罗宝卷》（见《临泽宝卷》）中我们可以看到，这种交换关系是从人间的需要开始的。张员外和杨海棠夫妻年过四十膝下无子，到庙里向三郎爷磕头许愿：三郎爷，若赐予一男半女，则修庙宇，再塑身像。他们回来后果真生下了一子。这说明神人之间达成了默许，交流方式就是在庙里磕头许愿。杨海棠夫妇需要的是儿女，如果心想事成，他们愿意为三郎爷修庙宇、塑身像。回家不久，杨海棠就怀孕了，可见三郎爷对这场交易的筹码是感到满意的。杨海棠十月怀胎，顺利地产下了一个男婴，相比女儿，儿子更让他们夫妻二人感到满意。可是，这场交易失败了，原因是张员外和杨海棠得了儿子满心欢喜，把许下的愿忘了个一干二净。在这场交易中三郎爷给了儿子，却没有得到自己应得的东西，三郎爷很生气。于是三郎爷派鬼使拿去了孩子的真魂，香哥昏迷

[①] 何国宁主编：《酒泉宝卷》，甘肃文化出版社2011年版，第1页。
[②] 潘知常：《众妙之门——中国美感的深层结构》，黄河文艺出版社1989年版，第126页。

不醒。

爱子心切的杨海棠夫妇提出了第二次交易，交易的目的是让儿子苏醒，筹码是为三郎爷绣一件红罗袍。这次交易十分成功。三郎爷让香哥苏醒，杨海棠花了三年时间为三郎爷绣了一件红罗袍。红罗袍绣成，夫妇二人拿上红罗袍来到三郎庙还愿，将油、脂、猪、羊、香表等祭物献于三郎爷，修庙装楼大报神恩，实际上是将第一次交易所欠之物全部补上。在这次成功的交易之后，三郎爷的红罗袍被大郎、二郎、四郎、五郎看上了。于是就有了后面的四次交易，交易内容是杨海棠为四位神灵绣四件红罗袍，四位大神给杨海棠增加阳寿，又给她送了一个儿子，让香哥做陈州状元驸马。交易时间是一件红罗袍绣三年，四件要绣十二年，交易地点是在阴曹地府，十二年后杨海棠魂归人间。

首先分析一下《绣红罗宝卷》中的大郎、二郎、三郎、四郎、五郎的身份。宝卷中这样描写三郎庙"……三郎庙，修盖的，甚是威严。上盖的，玉皇庙，灵霄宝殿；下盖的，阎王殿，喊冤地方。右盖的，文昌庙，圣人大殿；左盖的，五凤楼，十分新鲜。三郎爷，坐正中，真是威严……"[①] 从这段描述中可以判断三郎爷地位显赫，如果说上面的玉皇上管天庭，下面的阎王殿管理着阴间，也管理着人间的冤屈。中间的三郎爷管的就是人间之事。杨海棠夫妇所求是子嗣，所以他们在三郎庙焚香许愿。从后面的情节判断，三郎爷有能力送子，也有能耐派鬼使勾人魂魄，送人还阳，为大郎、二郎、四郎、五郎绣红罗袍时又将杨海棠的魂魄掠到了阴曹地府，综合这些信息我们判断出五位神仙的身份，应该是阴间的有权官员，他们掌管着人们的生老病死，荣华富贵，他们用手中的权力和人进行交易。

如果说五位神掌管的生老病死与荣华富贵是人所希望得到的，在这场交易中，人必须有自己的筹码，这个筹码就是杨海棠的绣工。她总共绣了五件红罗袍，件件光彩夺目、技艺精湛。五位神仙为什么会这么喜欢红罗袍，分析原因不外乎以下三种：第一，神仙也喜欢漂亮衣服；第

---

① 程耀禄、韩起祥主编：《临泽宝卷》，临泽县政协（内部发行），2006年，第167页。

二，攀比之心，三郎爷有，大郎、二郎、四郎、五郎诸兄弟都想要；第三，收藏艺术品，费时三年的红罗袍是难得一见的艺术精品。不论哪种想法都有很强的世俗性和现实性。这场交易的发起者是人——杨海棠夫妇，他们十分想要孩子，为了得到孩子和孩子的健康不惜花费十五年的时间精雕细琢、费工费力地绣红罗袍。

这场交易的主动权始终掌握在神仙的手中，三郎爷虽然先送子于杨海棠夫妇，当交易不公平之时，他严厉地惩罚了这对夫妇，让香哥气息奄奄。当大郎、二郎、四郎、五郎看上红罗袍的时候，未经商量就把杨海棠带到了阴间。成功的交易必须是二者都要严守信诺，杨海棠夫妇一次违约受到了惩罚，神仙们在杨海棠绣好了红罗袍之后兑现了所有的诺言。所以在《绣红罗宝卷》中我们看到了人神之间极为功利的关系，不但人敬神是为了世俗愿望的满足，而且神对人赐福也是极为现实的，他们之间是按其所需进行能量交换的关系。这也就解释了民间信仰中如此庞杂的神仙系统的原因，都是为了交换。根据现实生活的需要，人们和各种神进行交换，有时焚香许诺愿望未实现，交易马上失败。即便交易成功，也可以因为新的需要和其他的神仙建立交易关系。现实生活中的需求、愿望有多少，民间的神仙就会有多少。庞杂的神仙体系，人数众多的各路神仙，是人们交易观念中超能量、超自然现实愿望的负载体。

正如研究者所言："根据农民信仰的初衷，可以将农民的信仰分为功能性信仰和价值性信仰。前者指的是人们为了满足日常生活的某些功能需求而选择信奉某种宗教或神祇的信仰形式。后者则是指人们信奉某种宗教或神祇是表达某种价值或精神依托。信仰的目的不一样，对神的选择和虔诚程度就不一样。功能性信仰对神祇的选择性较高，而虔诚度较低。价值性信仰对神祇的选择性较低，而虔诚度较高。"[①] 河西地区对神的信仰属于功能性信仰，对神的选择性较高，出现了十分庞杂众多

[①] 杨华、欧阳静：《信仰基础：理解农民宗教信仰区域差异的一个框架》，《民俗研究》2016年第1期。

的各路神仙供民众选择，而虔诚度较低，神与人之间是一种相互利用的功利关系。

河西宝卷中有《灶君宝卷》《土地宝卷》《敕封平天仙姑宝卷》《何仙姑宝卷》《湘子宝卷》《佛说三神姑宝卷》《香山宝卷》等，河西宝卷中出现的诸多神仙的明显特征就是极为庞杂，有着儒释道三教合一的特点。诸神之中有供人们开怀大笑、神采飘逸的吕洞宾、韩湘子；有为层层禁锢中的广大妇女提供一线希望的观音；有保护一方平安的平天仙姑；也有和老百姓朝夕相处保佑监管人世的土地、灶王、城隍等神仙。各路神仙不问出处，几乎被河西民间全盘接纳，满足着人们信仰、娱乐、教化的精神需求。正如刘守华所言："世界上的每个民族，似乎都生活在两个世界之中。一个是客观存在的现实世界，一个是心灵创造的幻想世界。中国的现实世界，长期被儒家学说所支配。可是潜藏于广大民众心底的神秘幻想世界，却被道家学说所浸透。"①

（三）神谕客体

河西宝卷中的神谕客体指的是宝物意象，"'意象'不是一种图像式的重现，而是'一种瞬间呈现的理智与情感的复杂经验'，是一种'各种根本不同的观念的联合'。……一个'意象'可以被转换成一个隐喻，但如果它作为呈现与再现不断重复，那就变成一个象征，甚至是一个象征（或者神话）系统的一部分。"② 宝物意象不仅是象征手法的产物，而且是神话思维的结晶，宝物意象具有某种神秘色彩和神圣性质，是神与物互渗的产物。宝物意象的使用"本质上是为了使心意生气勃勃，替他展开诸多类似的无限无穷领域的眺望"③。

《天仙配宝卷》（《永昌宝卷》）中的七仙女给了儿子董仲舒三件宝

---

① 刘守华：《中国民间叙事的道教色彩》，刘守华：《民间故事的艺术世界——刘守华自选集》，华中师范大学出版社2009年版，第84页。
② ［美］韦勒克、沃伦：《文学理论》，刘向愚等译，生活·读书·新知三联书店1984年版，第202页。
③ ［德］康德：《判断力批判》，宗白华译，商务印书馆1964年版，第161页。

物：第一件宝物是一个银盘儿，感谢袁天罡的指点之恩；第二件宝物是一卷天书，日后科考不中，董仲舒靠着这卷天书揭皇榜为朝廷镇妖除鬼，走上仕途之路；第三件宝物是仙瓜子点在了路旁，七仙女嘱咐说待日后瓜子长成藤的时候，娘带你去天庭。宝卷中虽没有交代结局，七仙女留下的这件宝物说明董仲舒日后可以进入天庭。这三件宝物代表了人们对财富、仕途、长生不老的追求。

《张四姐大闹东京》（《永昌宝卷》）中的张四姐是玉皇大帝的第四个女儿，动了凡心下界与崔文瑞（金童）婚配，下凡时借了东海龙王三太子的镇海宝贝。这些宝贝后来被崔文瑞拿出来给王半城看："我家有一对儿绫罗门庭，此件物在世上没有第二件。一扇儿开了是金鸡叫鸣，一扇儿倒是那凤凰来临。后院里摇钱树两排齐整，院内的铜钱儿涌往后门。三早晨若不把地下打扫，摇下的铜钱儿三尺余深。还有个聚宝盆朗朗明明，第三天铜钱儿全盆满溢。"① 张四姐的这些宝物代表吉祥如意和财源广进的含义。

张四姐有个收魂瓶儿，在和呼延庆杨文广的战斗中，张四姐拿出了收魂瓶，一招手呼杨二将都进了宝瓶。这部宝卷中的包拯有宝物斩妖宝剑、照妖镜。照妖镜可以让妖怪显形，斩妖宝剑斩杀妖魔。包拯还有阴阳板和还魂枕，拿上阴阳板，地狱、天界可畅行无阻，枕着还魂枕，上天入地就像睡了一觉，一觉醒来返回阳间。

《包爷三下阴曹宝卷》（见《永昌宝卷》）② 中包爷抬来阴床，取来狼牙棒、招魂镜作法，救活了冤死的石义、闫叉三和柳金蝉。《劈山救母宝卷》（见《金张掖民间宝卷》）中，华岳三娘娘和刘锡结婚两月，夫妻恩爱，因刘锡上京赶考，夫妻分别。离别之际，华岳三娘娘送给刘锡两件宝物，琼瑶剑是三娘娘送的一件信物，信香是在遇到不测时点燃与三娘娘报信所用。《白蛇宝卷》（见《山丹宝卷》上）中白素贞历经千辛万苦，向南极仙翁求来了灵芝仙草，救活了自己的丈夫许仙。《目

---

① 何登焕编：《永昌宝卷》，永昌县文化局（内部发行），2003年，第82页。
② 即《金张掖民间宝卷》中的《包公错断颜查散》，《河西宝卷续选》中的《颜查散宝卷》，《甘州宝卷》中的《包公错断闫查三宝卷》，《山丹宝卷》中的《闫叉三宝卷》。

连三世宝卷》（见《民乐宝卷精选》下）中佛祖赐给目连九环禅杖，禅杖帮助他点开地狱大门，救出母亲。

河西宝卷中的宝物原型都遵循着这种情结模式：遇难—获宝—脱困，崔文瑞在穷困潦倒之际，遇见了张四姐，张四姐带来的聚宝盆、摇钱树帮他摆脱了穷困潦倒的境况。张四姐与朝廷兵大战，大战之中的收魂瓶令她旗开得胜。包拯断案遇到了很大的困惑，借着阴床三下地狱，查清了真相。目连之母被打进了地狱，目连获得了佛祖的九环禅杖，下地狱救母亲。

河西宝卷中的宝物原型的遇难情节包括穷困、武力、困惑、性命之忧等，获得的宝物有银盘、天书、瓜子、绫罗门庭、聚宝盆、摇钱树、收魂瓶、斩妖宝剑、照妖镜、阴阳板、还魂枕、阴床、狼牙棒、招魂镜、琼瑶剑、信香、灵芝香草、九环禅杖等。这些宝物天上地下无所不包，有民间的瓜子、书、树、盆子、瓶子等，有道教的灵芝等，有佛教的禅杖等。河西宝卷中宝物的获得并不困难，除了白素贞取灵芝历经艰险外，其他人的宝物都是唾手可得，张四姐的宝物是向东海龙王三太子借来的；董仲舒的宝物是母亲七仙女送的；包拯的宝物与生俱有；目连的宝物由佛祖所赐。

可见河西宝卷中神谕客体的获得较为容易，宝物的作用是延伸了主人公的能力。有时宝物引起了新的事端，推动着情节的进一步发展，比如目连挥动禅杖猛击地狱大门，放出了自己的母亲，但也让狱中的冤魂逃出了地狱，于是引发了目连投胎追捕鬼魂回地狱的新的故事情节。关于宝物描写的情节模式：遇难—获宝—脱困，符合中国人大团圆的审美要求和体验。正如闫秋霞所言："宝物在幻想故事中之所以具有长久的艺术生命力，就在于它满足了人类对于理想生活模式的向往，弥补了现实处境的不足，并不仅仅是一个物质化的表现，更多的则是人类心灵深处自古就有的一种自我拯救原型的象征表现。"[1]

---

[1] 闫秋霞：《宝物形象和拯救无意识》，《山西教育学院学报》2011年第4期。

二 神话思维中的出生原型

神话思维方式不同于现代的理性、科学性、逻辑性的思维方式，"神话思维是在人类发展的一定阶段上，在特定的生产方式、生活形态和心理环境中原始人类的一种特殊智力形态和思维方式，是原始人借以认识和掌握世界的一种'理论思维'。"① 武世珍指出，神话思维具有以下五个特点：互渗性或混沌性；具体的形象和抽象的观念往往合二为一；不适用抽象的概念语言而是以内化的形象语言去创造形象，用形象和思维来表达一定的观念；带有许多不可捉摸的神秘性；借助直觉来传感和领悟，进行思维活动。② 弗雷泽在《金枝》中指出了原始人的两种思维方式：一种是相似率，一种是接触率。相似率的主要原则是，如我们已经看到的那样，"同类相生"或"果必同因"。比如，古希腊人看到男女结合可以生出孩子，以此类推天地万物、江河湖泊，甚至人间的爱恨情仇、战争全被拟化为某神，神都是被生出来的。接触率的思维方式是：事物一旦相互接触过，它们之间将一直保留着某种联系，即使它们已经相互远离，在这样一种交感关系中，无论针对其中一方做什么事，都必然会对另一方产生同样的后果。中国古代踏脚印而生的感应神话、圣母玛利亚从神灵怀孕、母鹿喝水时误饮仙人的小便怀孕都是接触率思维的结果。

人类初期对大自然一无所知，而他们的生产活动如采集、狩猎、耕种、制造工具等对于大自然的被动和依赖程度远远高于以后的任何时代。纷繁多变的自然现象不断冲击着原始人的大脑，促使他们产生了强烈的求知欲望，渴望获得较多的生活资料，满足自身的安全和发展的意

---

① 李子贤、邓启耀：《神话思维试论》，刊于云南大学中文系为校庆60周年所编的《语言文学论集》。

② 武世珍：《神话思维辨析》，刘魁立等编著：《神话新论》，上海文艺出版社1987年版，第2页。

愿，促使他们自然地萌生出了解自然、掌握自然的迫切要求。而自身力量的弱小，又迫使他们流露出对自然的畏惧和祈求。可以说，了解自然、征服自然、祈求自然这三个目的是神话最初产生的出发点，这三方面同时也构成了神话的大部分内容。[①] 马克思认为，神话是原始民族通过幻想"用一种不自觉的艺术方式加工过的自然和社会形式本身"。神话思维中有种物我同一、天人交感的特性，思维的主体和思维的对象在一种混沌虚幻的关系中合为一体。主体是自然对象的一部分，自然对象也是主体的延伸部分。在原始思维中，思维的主体和思维的客体对象不仅相互作用，而且能相互渗透。列维·布留尔在《原始思维》中称之为"互渗"现象，即在原始思维的表象中，思维主体和思维对象可以互相渗透和关联，而根本不理会它们在性质、形式、作用等方面的矛盾。

河西宝卷的生成过程明显具有神话思维的特征，不再属于类比世界，而河西宝卷中的水生原型表现了互渗性和混沌性的思维特征，转世投胎和星宿下凡体现了相似率的主要原则"同类相生"或"果必同因"。总之，在河西民间，在人们的朴素理解中，人的出生是一件神奇且不平凡的事件，出生是和神交流的结果，出生充满了传奇浪漫色彩，出生是人类无法把握的神秘力量的某种安排，一个人的出生绝不是偶然事件，出生是几世轮回的结果。民间关于出生的神性认知，其实质是对生命的敬畏，生活从一开始就被赋予了难以穷尽的意义。

（一）河西宝卷中出生原型的典型再现

河西民间充满了对出生的神秘想象，出生代表着开端，背后是巨大、黑暗的未知世界的神秘莫测。出生充满了希望，预示着一段新的生命历程的开始，属于未来的一切充满了各种可能，在这些可能之中成熟的生命个体把自己所有的生命缺憾，所有未实现的人生意愿全部用想象

[①] 屈育德：《神话创作的思维活动》，刘魁立等编著：《神话新论》，上海文艺出版社1987年版，第22—23页。

的方式填充进去。正如仓央嘉措所言：世间事，除了生死，哪一件事不是闲事。古老的时代，不懂得生命奥秘的人们，对着新生的婴儿有着多少遐想、困惑、希冀与神往。这种复杂的情感沉积在人们内心深处，即便懂得了生死的奥秘，生命来去的难以把握，对生命的留恋，亲人间的彼此眷顾，这份深沉的感情在人们心中代代累积。

在河西民间，出生毫无疑问是头等大事，河西宝卷中常常出现求子的场面，其中《绣红罗宝卷》中的张员外和妻子杨海棠，家境殷实，夫妻和睦，他们品尝不到人生的幸福与乐趣，原因是人到中年，膝下无子。宝卷中唱到：

员外前庭自思量　　无男无女好凄惶

张员外，坐前庭，眼中流泪，细思想，无儿女，实在伤情！
尽管是，有近因，无人受持，无常到，这东西，留给何人！
贤良妻，杨氏女，开口就问，叫丈夫，你为何，心神不宁？
叫贤妻，我不说，你也分明，活一世，偏为这，大伤脑筋：
金和银，都是些，无用死宝，无儿女，到以后，依靠何人？
有亲戚，和邻舍，来往走动，临死时，却无有，立户亲丁。
一提起，不由人，双眼泪涌，杨氏女，也陪着，泪滴前胸。
叫丈夫，你莫要，过分伤心，这儿女，由天定，不由个人。
生儿女，也有个，迟迟早早，三十生，四十生，五十也生。
古人说，余下粮，积谷防旱，养儿女，为防老，岂可轻心。
半辈子，从未有，亏人亏心，难道说，老天爷，绝我一门？

这段朴实无华的唱词唱出了中国人千百年来对待生育、对待儿女的观念。生儿女就是为了老来有个依靠，生儿女就是希望死后有亲生的儿女操办后事，生儿女就是为了自己的家财有人继承。唱得清楚明白、真实自然。在民间没有子女是一件十分痛苦的事情。很多宝卷都写到了切切的求子情结，深刻体现了中国民间重子女的观念。杨海棠受尽磨难被掳到阴间十二年之久，为三郎的四位兄弟绣红罗袍，这期间专心致志埋头苦干。杨海棠情愿忍受那么多苦难都是因为爱子心切，孩子对人生来说至关重要。

纵观西方文学史，我们发现人的精神世界无法遗世独立，人的内心总是需要精神上的依靠。古希腊时期人们依靠希腊诸神，中世纪人们依靠上帝的光辉，文艺复兴时期人们打破了神学的禁锢，同时也失去了上帝的安慰，人们追求现世的享受，新古典主义时期人们依靠王权，启蒙运动时期人们依靠科学与理性，浪漫主义时期人们投入了情感的怀抱，现实主义时期人们猛烈批判社会与人性，人回归了上帝的怀抱。总体来看，各个时期虽然有所倚重，但西方人的精神世界总是依靠上帝，中国人没有信仰，不需要上帝，中国人的精神寄托于亲情，特别是子女，不只是生命的延续，也是人们精神的归宿。正因为如此，在河西民间出生显得格外重要。

出生原型在河西宝卷中的典型再现主要是水生原型，还有转世投胎和星宿下凡。水生原型的典型再现指的是玄奘和岳飞出生不久在水上漂流的经历。[①] 各卷故事在细节上有差异，但情节叙述大体是一致的。玄奘出生时，其父亲陈光蕊已被推进了江中，母亲受控于水贼刘洪，为了确保儿子的安全，母亲殷氏只好找木匠做了个不漏水的木匣子，把孩子和血书放入江中随水漂流，后被金山寺僧人救起。岳飞出生后三天，母亲姚氏安人抱了岳飞，方才坐在缸内，就听见天崩地裂的巨响，滔滔洪水漫天而来，两丈来高的水头，霎时把个岳家庄冲成了一片汪洋大海，一村百姓随水漂流。在这滔滔洪水之中岳员外丧身。岳飞母子漂荡了三天有零，漂到了河北大名府境内黄县的麒麟村，被本村首富王明救起。

顺水漂流是岳飞和玄奘的再生经历。他们顺水漂流是在出生后为了躲过天灾人祸，玄奘躲过了水贼陈洪的残杀预谋，岳飞躲过了淹没村庄

---

① 玄奘出生的故事被收入《金张掖宝卷》中的《红匣记》，在《酒泉宝卷》中作《忠孝节义洪江宝卷》，在《河西宝卷集萃》《民乐宝卷》《河西宝卷续选》中作《红江记宝卷》，在《临泽宝卷》中作《红江匣宝卷》。关于岳飞出生的故事集中在《精忠宝卷》中，同名宝卷出现在《金张掖宝卷》《河西宝卷集萃》《民乐宝卷》和《河西宝卷选》（上册）中，这两位人物的出生故事分别出现了六次和四次，出现频率较高，在河西地区十分流行。

的大洪水。他们再次获生的地点，都是他们人生新的起点。玄奘被金山寺的和尚救起，皈依佛门，苦读经书，为日后西行取经奠定了基础。岳飞在麒麟村得到名师指点，结交多方豪杰，为日后精忠报国练就了一身好本领。他们二人顺水漂流大难不死，也为二人渲染了极具传奇色彩的经历，让他们二人显得与众不同，故日后能身负大任。

他们二人在历经生死的漂流过程中父亲都不在场，《精忠宝卷》描述说，只听见天崩地裂的巨响，滔滔洪水漫天而来，两丈来高的水头，霎时把个岳家庄，冲成了一片汪洋，一村百姓随水漂流，岳飞母子在缸中得救，岳员外却被洪水吞没。《红匣记》记载，早在玄奘出生之前，他的父亲就已被水贼推进了大江之中，龙王为了报答救命之恩，保全了他的真身真魂，可他远在龙宫。当玄奘遇难之时，他也是缺场的。漂流儿原型是孩子从母亲子宫出生时的集体无意识的沉淀性记忆。

河西宝卷中出生原型的典型再现还有星宿下凡，比如《绣红灯宝卷》（见《临泽宝卷》）最后交代了主人公的生平来历：

驸马上方文曲星，月珍上方牡丹星。
员外上方卷帘星，公主上方粉团星。
和尚上方扫帚星，王氏上方破败星。

《牡丹宝卷》（见《金张掖民间宝卷》）中写到：

有桂英，是上方，牡丹一朵；张川蜂，黑蜜蜂，来采牡丹。
这件事，王母娘，心中大怒；一袍袖，将牡丹，打下凡来。
有王氏，是上方，月老婆婆；偷下凡，投凡胎，受苦受难。
有孝哥，是上方，左边金童；李翠姐，右玉女，流落凡间。
牡丹花，在凡间，先苦后甜；黑蜜蜂，在凡间，枉活一场。
郭狗子，狗咬星，降落凡世；有李氏，犯贼星，打落凡尘。

《绣红罗宝卷》（见《临泽宝卷》）结尾写到：

你一家，进水中，脱了肉身；四口人，并不是，凡间之人。
　　张进荣，是上方，卷帘大将；杨海棠，木金星，来凡为人。
　　花香哥，左金童，造下大难；那金花，玉女星，就在上方。
　　沈桂英，她就是，天狗之星；到后来，进地狱，永不翻身。

　　转世投胎也是常见的叙写方式，《张四姐大闹东京》（见《永昌宝卷》）中的崔文瑞本是金童下凡，他的母亲本是月中婆婆。《目连三世宝卷》中写了目连四世转世投胎的经历，一世是和尚，二世是孝子目连，三世是反贼黄巢，杀人八百万，四世是屠夫，杀羊宰牛无数。《香山宝卷》《目连三世宝卷》《唐王游地狱》等宝卷在关于地狱出口处的叙述中描绘了六道轮回的车轮。
　　岳飞是佛顶的护法鸟下凡转世。玄奘是释迦佛祖身边的金蝉长老，一天，西天雷音寺的释迦佛祖吩咐四大天王、八大金刚、地藏王菩萨诸位神灵到殿前听经，有那金蝉长老忽生困意闭目养神片刻，却被佛祖看见了，怪他神思有乱诵经怠慢，着其去洪州洪龙县投胎。那长老趁着时辰，来到陈夫人处投了胎。二人的出生经历都被裹上了浓郁的佛教色彩，他们二人乃转世投胎，前世都和我佛有缘，岳飞是佛顶的护法鸟，玄奘前世是释迦身边的金蝉长老。
　　河西宝卷中的星宿并非天文学知识中的某个星座，如天狗星、犯贱星、扫帚星、文曲星等是民间俚俗语的称谓，星宿下凡在民众心目中只是一个模糊的概念，并非清晰理性的精确对应，转世投胎的观念和民间信仰联系在了一起，王母娘娘的牡丹、金童玉女、月中婆婆、卷帘大将、戏牡丹的黑蜜蜂等。转世投胎和星宿下凡传达了一种宿命论观点，一切都是注定的，同时这两种投生观念中的善恶泾渭分明，单纯从名称上就能判定好坏。在宝卷整个的叙事中毫不含糊，体现了民间文学的程式化特征。
　　这种程式化的表达体现了所有宝卷蕴含的共同信仰：命中注定，天命难违，一切皆有定数。具体的运作模式是因果报应。在这些程式化叙述的背后还有一个潜在的机制就是权力运作模式，但凡天上人间的掌权阶级都是善良的，包括掌权阶级身边的人和物也是善良的，必得好报，没有权力的星座、天上的小仙投胎凡间，就会作恶多端。

（二）出生原型的多样化体现

为了更好地理解河西宝卷中的水生原型，我们再来考查更大范围内出生原型的典型再现。互文性理论认为，任何文化都不是孤立存在的，而是大的文化体系中的一个文化因子。"互文性是指文本与其他文本，文本及其身份、意义、主体以及社会历史之间的相互联系与转换之关系和过程。"[1] "互文性理论不仅注重文本形式之间的相互作用和影响，而且更注意文本内容之间的相互作用和影响。……互文性理论强调文本与其他文本的关系，注重文本与文化的表意实践之间的关系，从而突出了文化与文学文本以及其他艺术文本之间的关系。"[2] 本节将纵览中外古今出生原型的典型再现，在此基础上深入解析河西宝卷中的出生原型。

1. 水生原型

世界范围内有许多水生原型。关于摩西的出生，《旧约·出埃及记》记载："有一个利未家的人，娶了一个利未女子为妻。那女人怀孕，生一个儿子，见他俊美，就藏了他三个月。后来不能再藏，就取了一个蒲草箱，抹上石漆和石油，将孩子放在里头，把箱子搁在河边的芦荻中。孩子的姐姐远远站着，要知道他究竟怎样。法老的女儿来到河边洗澡，她的使女们在河边行走。她看见箱子在芦荻中，就打发一个婢女拿来。她打开箱子，看见那孩子。孩子哭了，她就可怜他，说：'这是希伯来人的一个孩子。'孩子的姐姐对法老的女儿说：'我去在希伯来妇人中叫一个奶妈来，为你奶这个孩子，可以不可以？'法老的女儿说：'可以。'童女就去叫了孩子的母亲来。法老的女儿对她说：'你把这孩子抱去，为我奶他，我必给你工价。'妇人就抱了孩子去奶他。孩子渐长，妇人把他带到法老女儿那里，就做了她的儿子。她给孩子起名叫摩

---

[1] 李玉平：《互文性：文学理论研究的新视野》，商务印书馆2014年版，第5页。
[2] 程锡麟：《互文性理论概述》，《外国文学》1996年第1期。

西，意思说：'因我把他从水里拉出来。'"

《新约》中描写耶稣在约旦河里受了约翰的洗礼，圣灵仿佛鸽子降在他身上。古希腊神话中在大海的浪花里幻化生出的爱与美之神阿佛洛狄忒。阿尔戈斯王阿克里西奥斯把女儿紧闭在石屋里以避免她将死于外孙之手的神谕。为了避免这个劫数他禁闭了女儿达那厄，达那厄的美丽超凡脱俗，宙斯化成金雨渗入了石屋之中与公主达那厄结合生出了英雄佩尔修斯。有一天阿克里西奥斯发现从禁闭的石屋中传出了婴儿的啼哭声，感到十分吃惊，他想起了可怕的神谕。阿克里西奥斯为了逃脱命运的安排，命人做了一个大木箱子，把达那厄和外孙佩尔修斯关进了木箱，并把木箱扔进了大海之中。木箱被塞里福斯岛的渔夫捞起，佩尔修斯在波吕德忒斯王宫中长成高大、英俊的青年。日后立下了杀死蛇发女妖美杜萨等多项伟大的功绩。宙斯化金雨，大海中漂流获救，佩尔修斯是典型的水生儿，他的出生和再生都和水有关。

2. 石生原型

石生原型也有很多事例。比如夏朝第一代统治者"启"的出生和石头有关，"启"是"裂开"的意思。大禹娶妻涂山女娇，女娇每日送饭，大禹告诉妻子每天听见鼓声来送饭。妻子一走，大禹为了加快工作进度，变成了黑熊凿山开路，他的后脚爪带起一块石头不偏不倚打在了鼓上，妻子听见鼓声慌慌忙忙来送饭，大禹还在埋头苦干。涂山氏看见丈夫熊的身躯，吓得扭头就跑，正在全神贯注工作的大禹听见妻子的尖叫，忘了变回原形，只是一路追去。妻子看见一头凶恶的黑熊追来又惊又吓，摇身一变，变成了一块石头。大禹面对石头无计可施，便向石头大叫道："还我儿子来。"石头向北方破裂开，生下了"启"。

众所周知，孙悟空也是从石头里蹦出来的。"海外有一国土，名曰傲来国。国近大海，海中有一座名山，唤为花果山。……那座山正当顶上，有一块仙石。其石有三丈六尺五寸高，二丈四尺围圆。三丈六尺五寸高，按周天三百六十五度；二丈四尺围圆，按政历二十四气。上有九窍八孔，按九宫八卦。四面更无树木遮阴，左右倒有芝兰相衬。盖自开辟以来，每受天真地秀，日精月华，感知既久，遂有灵通之意。内育仙胞，一日崩裂，产一石卵，似圆球样大。因见风，化作一个石猴。五官具备，四肢皆全。便就学爬学走，拜了四方。"①

古希腊神话中宙斯的出生也和石头有关。宙斯的父亲克罗诺斯害怕自己的孩子长大了威胁自己的统治，所以每当自己的孩子出生之后，他就逼着自己的妻子瑞亚把孩子交出来让他吞食掉。瑞亚被克罗诺斯的强权所震慑，迫不得已交出了自己的五个孩子，都被克罗诺斯吞了下去。当第六个孩子宙斯出生的时候，瑞亚决定拯救这个孩子的生命，于是她藏好了宙斯，在襁褓中包了一块石头抱到了克罗诺斯面前，克罗诺斯毫不在意地把襁褓吞了下去，误将石头当作自己的孩子，宙斯的性命得以保全。

3. 卵生原型

有关"盘古开天地"的神话："天帝浑如鸡子，盘古生其中。万八千岁，天地开辟，阳清为天，阴浊为地，盘古在其中，一日九变，神于天，圣于地。天日高一丈，地日厚一丈，盘古长一丈，如此万八千岁，天数极高，地数极深，盘古极长，故去天地九万里。"《诗经·商颂·玄鸟》云："天命玄鸟，将而生商，宅殷土茫茫。"《史记·殷本纪》谓："殷契，母曰简狄，有娀氏之女，为帝喾妃，三人行浴，见玄鸟堕其卵，简狄取吞之。因孕生契。"《楚辞·天问》载："简狄在台喾何宜？玄鸟致贻女何喜？"在这些记载中不论是天帝派来的玄鸟，还是洗浴时碰见玄鸟下蛋，在玄鸟致贻里都暗含了商人祖先的卵生神话。

流传于广西东兰的祀神古歌《米洛甲》唱到，在混沌时期就诞生了米洛甲。宇宙间旋转着一团大气，渐渐变成一个圆蛋，蛋中三个蛋黄。突然爆成三片，上片为天，下片为海洋，中片为大地。大地长起一朵花，花中长出一个女人——壮族的始祖米洛甲。②

4. 感生原型

耶稣是感应而生，圣母玛利亚已经许配给了约瑟，还没有迎娶，玛

---

① 吴承恩：《西游记》，人民文学出版社 2010 年版，第 3 页。
② 蓝鸿恩：《壮族神话简论》，《三月三》1983 年第 1 期。

利亚就从圣灵怀了孕。中国《春秋元命苞》中安登感神龙而生神农，《宋书·符瑞志》中女节感流星而生少昊，《山海经》中女枢感虹光而生颛顼，《春秋合诚图》中庆都感赤龙而生尧。

中国古代踩脚印感应而生的神话是关于伏羲和后稷的出生。"在这极乐的国土，有个没有名字就叫作'华胥氏'的姑娘，有一次，到东方的一个林木翁翳、风景美好的大沼泽叫'雷泽'的地方去游玩，偶然看见一个巨人的足印出现在泽边，觉得又奇怪又好玩，就用自己的脚去踩一踩这巨人的足印，这一踩就仿佛有了什么感动，后来就怀孕了，生下了一个儿子，叫作'伏羲'。"①

后稷感生神话初见于《诗经·生民》，对后稷这一神奇灵异的感生过程，《鲁颂·閟宫》作了概括性的记述：

閟宫有侐，实实枚枚。赫赫姜嫄，其德不回。
上帝是依，无灾无害。弥月不迟，是生后稷。

这组诗文描写后稷感生的三个过程：后稷之母姜嫄能够虔诚地祭拜"媒祀"，践履了"上帝"的足迹而怀孕，上帝不负姜嫄的祈望让其如愿以偿地顺利生下了儿子。后稷降生之后被抛弃在窄巷平林冰上而不死，诗文极力渲染后稷从孕育、降生过程的神异，意在显示后稷乃上帝恩赐之子的神性，以增强人们对周族先祖的敬仰和崇拜。

佛教中的感应出生更是美丽而奇异，《大方便佛报恩经·论议品》中讲到了这样一个美丽的出生神话，在古印度的波罗奈国，有一座景色秀丽、风光宜人的名山。山中一只母鹿在饮水时，饮进了南窟仙人的小便，霎时间母鹿心有所感，她明白，自己已经有孕在身了。而后母鹿生下了一个清秀俊美的女婴。女孩由南窟仙人收养，仙人为其取名鹿女，鹿女长得异常美丽，十四岁时她不慎让屋里的火熄灭了。为了取火她第一次外出，奇特的是她每走一步，地上便出现一朵鲜艳的莲花，足迹所

---

① 袁珂：《中国古代神话》，华夏出版社2013年版，第33页。

至，步步生莲。她走过的地方变成了五彩缤纷的花带。一天，国王外出打猎，看见了美丽的花带，顺着花带找到了鹿女，喜爱之情不胜言表。国王接鹿女到了宫中，椒房专宠，形影不离，后来鹿女怀孕，国王更加心喜，因为国王没有儿子。但是十月期满，鹿女生的既不是太子也不是公主，而是一朵莲花。国王难以抑制内心的失望和惊惧，生怕这是不祥之兆，急忙命人把莲花丢弃，并让鹿女别宫居住。数日后，国王与群臣来到花园解闷，一大力士献技时，不断以脚跺地，花盆下鹿女所生的莲花掉入了池中，刹那间莲花盛开，绚烂鲜艳，放射出奇异的光彩。在这朵绚丽繁盛的莲花之间，在五百片洁白饱满的花瓣上，坐着五百个端庄清秀的男孩。

5. 土生原型

《旧约·创世纪》记载："耶和华神用地上的尘土造人，将生气吹在他的鼻孔里，他就成了有灵的活人，名叫亚当。"古希腊神话中普罗米修斯用土造人。中国远古神话记载"女娲抟土造人"。女娲用泥土繁衍人类，这源于远古人类对泥土的信赖。而泥土所表征的是大地，于是人类就有了双重母亲：一个是女娲，一个是大地。人类在崇拜信赖女娲母亲的同时，也对大地母亲崇拜祭祀。因为大地能生长万物，人类的吃穿用度无不来自于此。这种地母意识源于对土地的崇拜，由此也产生了土地神和社日祭仪。这种土地崇拜源于对生殖崇拜问题的思考与想象，由此导致了"女娲抟土造人"神话的产生与流传。"女娲抟土造人"神话说明了母系社会时期，女性独体生殖观念及女性的独尊地位，凝结着极古老的生命信息。

6. 植物生原型

据闻一多先生考证，伏羲女娲皆为葫芦的化身。他还说："葫芦生人在人类起源神话中是最原始的、基本的情节核心。"[①] 在中国文化中，葫芦生人的神话传说十分流行，盘古即是盘瓠，也称盘壶。《诗经·大雅·绵》云："绵绵瓜瓞，民之初生。"学者们早已论证"瓜""壶"

---

① 闻一多：《神话与诗·伏羲考》，华东师范大学出版社1997年版，第67页。

"瓠"同声且同意。鱼豢《魏略》说:"高辛氏有妇人,居王室,得奇疾。医为挑之,得物大如茧,妇人盛瓠中,覆以盘,俄顷化为大瓠,其文无色。"

刘尧汉在《中国文明源头新探——道家与彝族虎宇宙观》一书中曾指出:

> 世界上凡是曾生长葫芦的地方,那里的原始先民,在使用陶容器之前,曾先使用天然容器——葫芦;而葫芦也就是陶器的一种天然模型。葫芦的特点是当它在青嫩时可作为食物(苦葫芦除外),到成熟晒干后,就成为硬壳葫芦了。可以设想,原始人对于葫芦只需略经琢磨或焚烧其某一部分后,便可作为盛水或食物的容器。甚至拣一个破葫芦也可以作为盛水器,即可作为饮瓢。在生产葫芦的地方,这种天然盛水器俯拾可得。至于特大的葫芦,甚至可以作为容载人的水上交通工具和扑鱼捞虾的天然舟船。唐代滇西尚产"瓠(葫芦)长丈余,皆三尺围"的大葫芦。周代黄河、长江沿岸所产葫芦,也可作船用。例如《诗经·匏有苦叶》说:"匏有苦叶,济(传度)有深涉"。《国语·鲁语》:"夫苦匏不材,于人共(供)济而已。"庄子向惠子说"今子有五石瓠",可"浮乎江湖",此"五石瓠"可作为容载数人的舟船之用。①

《凉州小宝卷》中所收的《葫芦经》记载:"葫芦大来葫芦大,两个葫芦炼八卦,婴儿宅女葫中发,其中黄婆要用他。"②

刘尧汉从物质生活即实用主义的角度,分析葫、瓜、瓠等植物出生的原因是合情合理的。萧兵从视觉感官解释道:"葫芦或瓜可能与妇女的腹部或子宫发生'类似联想'。"③李子贤也从同样的思路出发指出:

---

① 刘尧汉:《中国文明源头新探——道家与彝族虎宇宙观》,云南人民出版社1985年版,第219—220页。
② 赵旭峰主编:《凉州小宝卷》,中国文联出版社2010年版,第17页。
③ 萧兵:《楚辞与神话》,江苏古籍出版社1986年版,第374页。

"在西方妊娠期的妇女被尊为巨腹豪乳的女神；在我国的汉傣二十几个民族中，巨腹豪乳的妊娠期妇女，被外化为葫芦，巨腹豪乳的女神雕像与葫芦的形状正好吻合。"此外，"葫芦多子，葫芦外形酷似孕妇腹部，中空又能引起关于子宫的联想，那么多子的特征自然就成为多子多孙的象征了。"①

7. 其他出生原型

火生原型有凤凰涅槃，还有孙悟空被太上老君推入八卦炉内非但没能烧死，还炼就了一双火眼金睛。佛教提出了六道轮回的出生观，按照佛教的说法，众生在六道即天道、人道、阿修罗道、地狱道、饿鬼道、畜牲道轮回，六道生命都有佛性，即都可以发心修行佛教并都有成佛的可能性。在《西游记》中唐僧前世是如来的徒弟，名叫金蝉子。因态度傲慢，不虚心听法，所以转生东土，因取经有功被封为旃檀功德佛；孙悟空本是一只石猴子，因大闹天宫，被如来压在五行山下，因在取经路上伏魔降怪被封为斗战圣佛；猪八戒本是天河水神天蓬元帅，在蟠桃会上调戏嫦娥，被贬下凡界投胎畜类，因在取经路上保圣僧有功被封为天蓬元帅；沙僧本是卷帘大将，在蟠桃会上打碎玻璃盏，被贬下凡界，在流沙河伤生吃人造孽，因在取经路上保护圣僧，牵马有功，被封为金身罗汉；白龙马本是西洋大海广晋龙王的侄子，因为违逆了父命，犯了不孝之罪，幸得皈依佛门驮负圣僧、圣经，修成正果被封为八部天龙马。唐僧、孙悟空、猪八戒、沙僧、白龙马都在六道之中轮回，但因皈依佛法，发心西行取经，最后圆满完成任务。从这里看，作者想通过他们的经历说明大乘佛教中"一切众生皆有佛性"的说法。

贾宝玉是由石头幻化而成，林黛玉乃由绛珠草幻化而成，希腊神话中克里特岛上的王后和牛相恋生下了牛头人身的弥诺托，代达罗斯修建了自己也走不出来的迷宫，把这个怪物困了起来。如上所述，世界各地的神话传说中关于出生的神话不胜枚举，有水生、火生、石头生、植物生、动物生等多种方式，有些出生神话是几种原型因子的结合，比如说

---

① 傅道彬：《中国生殖崇拜文化论》，湖北人民出版社1990年版，第90页。

佛教著名的"步步生莲",是鹿生、莲花生、感应生三种神话原型的组合。重要的不是对出生神话进行分类,而是解码神奇的出生神话背后的集体无意识信息和浓郁的文化内涵。

(三) 出生原型的文化内涵

如此丰富的出生原型表现了原始的思维、原始的崇拜,出生神话沉淀了人类的集体无意识,其后又被抹上了浓郁的宿命论观念,宗教、伦理的发展又给出生原型打上了禁欲主义思想。"人是有文化的动物。单纯的自然之物一经进入人的文化视野,就带有'有意味的形式'。这样,生殖崇拜不仅仅表现为一种原始风俗,它已渗透到后世的社会生产、艺术模式、思维心理、宗法制度、伦理道德等各个方面,成为积淀于汉民族意识深层的文化现象。"[1] 如今,医学研究破解了出生的神秘:男性的精子和女性的卵子相结合,怀胎十月,婴儿降生。可是在远古时代,生殖是一件十分神秘的事情,在认识世界的初期,各国神话中都保留了大量人们对生殖的直观感受及由此引起的丰富想象,并通过生殖现象来思考世界。

比如《神谱》中出现最多的一个字是"生","大地和广天结合生下的那些神灵——一切有用之物的赐予者……"从这句话开始,文本中的"生"不断重复出现,反映了古希腊人的生殖崇拜,在他们的理解中,万物都是"生"出来的。早期的"生",只知其母,不知其父,比如混沌神生出的五位初神,黑夜神生出的白天之神,地母该亚生出的天空之神乌拉诺斯。之后才出现了父母双方结合生出的孩子,地母该亚与儿子乌拉诺斯结合生出了十二提坦神等众儿女。总而言之,在早期人类的眼中,不论是大地、天空、黑夜、大洋等自然力量,还是爱情、战争、仇恨等社会力量都产生于神秘的生育能力。对生育的崇拜与反抗心理集中体现在爱神阿佛洛狄忒的诞生神话中。克罗诺斯在母亲该亚的怂恿之下,拿着母亲磨制的石制镰刀阉割了父亲乌拉诺斯。乌拉诺斯的生

---

[1] 傅道彬:《中国生殖崇拜文化论》,湖北人民出版社1990年版,第2页。

殖器被抛入大海之中，随波漂流幻化出爱与美之神。生殖器被抛弃是权力发生更迭的标志性事件，这则神话暗含了古老时代人们对男性生殖器的矛盾情感，体现了古希腊人对生殖这一神秘事件畏惧而又反抗的矛盾心理。古希腊喜剧表演中也会抬着男性生殖器的模型顶礼膜拜、狂欢。

《易·系辞》指出："天地絪缊，万物化醇；男女构精，万物化生。"在天人合一的思维模式中，宇宙万物和人类一样都存在着相同的孕育化生的法则。中国古代神话中的生殖崇拜也是显而易见的。以女娲神话为例，学者们从字形、读音、仪式等方面探讨了远古神话的生殖崇拜。王增永认为，女娲中"娲"的字根是"咼"，"咼"的意思是"口戾不正"，"口戾不正"是一句隐语，指女性生殖器。从字形上分析，"咼"代表的就是一个正面站立、双腿稍微叉开，故意显露阴户的女祖神形象。"口戾不正"是其阴户大开，这是古老生殖崇拜的反映。[①] 赵国华从读音上分析认为："女娲本为蛙，蛙原是女性生殖器的象征，又发展为女性的象征，尔后再演为生殖女神。"[②] 女娲作笙簧是一种乞生巫仪，其象征意义是两性交合，意在引导先民繁衍生人，蕴含着先民的生殖崇拜。葫芦是女性生殖器的象征，竹管是男性生殖器的象征，而把竹管插进葫芦里组合成笙簧有男女交合、繁衍生殖的象征性意义。这种对两性生殖活动的象征性隐喻化物模来源于远古先民对两性生殖的体验与认识，蕴含着先民的生殖崇拜。[③]

越来越多的考古发现都说明人类文化史上曾存在着一个旷日持久的生殖崇拜时期。比如从比利牛斯山到敦和河谷出土的石质或象牙圆锥妇女像，全部突出表现高耸甚至下垂的硕大乳房，突出的腹部、臀部和女阴，展示了欧洲旧石器晚期的女性生殖崇拜。辽宁红山遗址展示了中国新时期时代的文化，人们挖掘出的无头孕妇陶像夸张地表现了女性的生殖部位。在远古时代，几乎每个民族都产生过生殖崇拜，在不明白生育奥秘的情况下，人们对出生有着无数美妙的理解。

[①] 王增永：《华夏文化源流考》，中国社会科学出版社2005年版，第66—82页。
[②] 赵国华：《生殖崇拜文化论》，中国社会科学出版社1990年版，第371页。
[③] 闫德亮：《女娲神话的生命密码》，《河南师范大学学报》2011年第1期。

第三章 神谕原型

在当时特定的生产方式、思维活动中原始人对世界既难以把握，又难以理解，在一片混沌、神秘中原始人对周围的事物产生了敬畏、崇拜之情。原始人的崇拜对象很多，出生神话体现了原始人的自然崇拜和图腾崇拜。水生、土生、火生、石生神话体现了对自然元素的崇拜，一些动植物崇拜则凝聚了图腾崇拜的信息。

比如，石生神话更多地反映了父权制社会的原始崇拜，人类经历了漫长的石器时代，人们在打磨使用石器的过程中自然地对石头产生了独特的记忆和无数复杂的感情，一方面是指工具改变了人们的生活，人类区别于动物的特征之一就是劳动，而劳动是从制造工具开始的。恩格斯指出："工具意味着人所特有的活动，意味着人对自然界进行改造的反作用，意味着生产。"人类最早使用的工具就是从自然界直接获取的石头。另一方面，石头的坚硬使打磨过程十分艰难、漫长。大小不同、形态各异的石头曾经是先民们生活中每天都要使用、面对的器物。最主要的是石头坚硬的品质代表了人们对力量和阳刚之气的追求。在石生原型中我们可以看到这样一些共同的信息。父亲与出生的紧密联系，母亲在孩子出生时或出生后不在场。启的母亲涂山氏变成了石头，大禹向石头索要自己的孩子，毫无疑问，启是在母亲不在场的情况下长大的。同样在孙悟空的人生道路上出现的最重要的人物是唐僧，一位父亲的替身。宙斯的性命掌握在克罗诺斯的手中，而他长大后取得的最伟大的功绩就是推翻了克罗诺斯的统治。不论是启日后继承父业、孙悟空和唐僧取经路上的对立统一（取经的目的是统一的，对待妖怪的态度是对立的），还是宙斯推翻父亲克罗诺斯的伟业，都说明了石生的孩子和父亲之间存在着密切的关系。石生原型是父系氏族社会父亲认证关系的原始缩影，是石制时期人类记忆的古老密码。

上古人类面对自然、社会、命运时常有种难以把握的无常感，这种生命的无奈在各种文化中催生了一种宿命观，即一切早已注定，相信世界上有种"神秘力量"存在于普遍的事物与现象之中。古希腊人的命运观认为，命运是不可抗拒的；希伯来人认为，一切都是上帝安排的；上古时代的中国人也崇尚天命。随着阶级的出现和社会的发展，出生原型中出现了渲染帝王不同凡响出生的许多事例，这种宿命观和道教观念相融合，宣扬星宿下凡，和佛教相融合印证着投胎转世，因果报应。

综合来看，所有的出生神话都在渲染主人公的传奇色彩，不同凡响的出生，总会有不同凡响的人生，或者说卓尔不群的历史、宗教人物总会被附会神秘、奇异的经历。进入阶级社会之后，在原始思维基础上，出现了君王自有天命的神秘观念。在《后汉书·匈奴传》中匈奴女与狼交媾生下了单于，刘邦之出生："刘媪常息大泽之陂，梦与神遇。是时雷电晦暝，太公往视，则见蛟龙于其上，已而有身，遂产高祖。"宇文泰之出生："太祖，德皇帝之少子也。母曰王氏，孕五月，夜梦抱子升天……生而黑气如盖。"宗教领袖摩西、耶稣、释迦牟尼的出生也与众不同。

文化长河里的水生原型在大浪淘沙的冲刷中磨砺成了一块光芒璀璨的金子。在《不能承受的生命之轻》中，特丽莎是"被人放在树脂涂覆的草筐里顺水漂来"的孩子的细节，构成了托马斯的"诗性记忆"，昆德拉在作品中无数次地重复着这一经典细节。

> 他慢慢感到了莫名其妙的爱，却很不习惯。对他来说，她像个孩子，被人放在树脂涂覆的草筐里顺水漂来，而他在床榻之岸顺手捞起了她。
>
> 她既非情人，亦非妻子，她是一个被放在树脂涂覆的草筐里的孩子，顺水漂来他的床榻之岸。
>
> 他又一次感到特丽莎是个被放在树脂涂覆的草筐里顺水漂来的孩子。他怎么能让这个装着孩子的草筐顺流漂向狂暴汹涌的江涛？如果法老的女儿没有抓住那只载有小摩西逃离波浪的筐子，世上就不会有《旧约全书》，也不会有我们今天所知的文明。多少古老的神话都始于营救一个弃儿的故事！如果波里波斯没有收养小俄狄浦斯，索福克勒斯也就写不出他最美的悲剧了。
>
> 托马斯当时还没有认识到，比喻是危险的，比喻不可能拿来闹

着玩。一个比喻就能播下爱的种子。①

  水生原型在中西神话、中国民间文学和西方现代小说中的多次典型再现，充分说明原型是人类生命的古老密码，这些作品能够动人心扉，正如荣格所言："当原型的情境发生之时，我们会突然体验到一种异常的释放感也就不足为奇了，就像被一种不可抗拒的强力所操纵。这时我们已不再是个人，而是全体，整个人类的声音在我们心中回响。"

---

① ［法］米兰·昆德拉：《不能承受的生命之轻》，许钧译，上海译文出版社2010年版，第4—9页。

第四章　魔怪原型

一　魔怪原型的建构

　　魔怪原型和神谕原型一样也是具有神话思维的原型，不同的是神谕原型表达了人们的愉快、向往、期待、美好等褒义情感，魔怪原型则表达了压抑、扭曲、厌恶、鄙视、遗弃等贬义情感。神谕原型隐喻人们希望得到却得不到的空间、能力、生活等。魔怪原型则包含了人们十分厌恶却不得不面对的空间、形象、行为等。类比世界是和现实生活相平行的一个世界，如实地表现了现实生活中的思维模式和情感特征，神谕世界是高于现实生活的美好世界，魔怪世界是低于现实生活的精神空间，神谕世界的存在代表了精神提升的空间，魔怪世界是一个丑陋不堪、遭受鄙视、被唾弃的情感世界。

　　河西宝卷中的魔怪空间即地狱原型，魔怪主体是地狱里的地藏王、阎君、判官、牛头马面等魔鬼形象，魔怪行为指的是残酷刑法、死亡原型、入冥还魂。魔怪空间、魔怪主体、魔怪行为构建起了具有自足体系的魔怪世界。魔怪世界的存在让人们的负面情绪得以发泄，在魔怪世界中自私、低俗、性欲、偏见、恐惧、禁忌、惩罚都得以合理存在，魔怪世界藏污纳垢的能力让现实生活变得更加健康美好。

（一）魔怪空间

　　河西宝卷中的魔怪空间指的是地狱原型，地狱原型包含了民众对死亡世界的想象，起源于人们对死亡的恐惧感，寄托了人们对灵魂不灭的向往以及对死亡世界的未知与想象。在中国东汉以前，华夏民族以为人死之后魂归泰山，固有泰山主招魂之说。东汉年间，佛教传入中土，随着传播地狱思想的经典被翻译成中文，地狱的说法逐渐深入人心，并与泰山冥界观念相融合。地狱，梵语为 niraya 或 naraka，音译作泥梨、泥梨耶、捺落伽、那落迦、奈落，意译作不乐、可厌、苦器、苦具、无有等。地狱观念和佛教"十界"的说法有关，"十界"指的是：佛、菩萨、缘觉（辟支佛）、声闻（阿罗汉）、天、人、阿修罗（恶神）、畜生、恶鬼、地狱。"十界"中前四者被称为"四圣"，"四圣"是已经脱离生死轮回之苦，超凡入圣的"圣贤"，诸佛、菩萨、缘觉、声闻们在各种"净土乐园"中逍遥自在，永享快乐；后六者被称为"六道"或"六凡"，在秽土中辗转轮回，永无尽期。六道中的下三道即畜生、恶鬼、地狱，又被称为"三恶道"或"三趣道"，而地狱则为"三恶道"之最。

河西宝卷中《包爷三下阴曹宝卷》《唐王游地狱宝卷》《香山宝卷》《刘全进瓜宝卷》《目连救母幽冥宝卷》《目连三世宝卷》《新刻岳山宝卷》《绣红罗宝卷》等都对地狱空间做了细致、具体的描写。《香山宝卷》中十殿的地理构造如下图所示，一殿位于阴阳之界，十殿是幽冥，管理沃礁石，且正东直对世界五浊之处。其他八殿位于大海之底，沃礁石下，二殿活大地狱在正南沃礁石下；三殿黑绳地狱在东南沃礁石下；四殿大合地狱在正东沃礁石下；五殿叫唤地狱在东北沃礁石下；六殿无间地狱在正北沃礁石下；七殿热闹地狱在西北沃礁石下；八殿大热闹地狱在正西沃礁石下；九殿阿鼻大地狱在西南沃礁石下。从二殿到九殿

南、东南、东、东北、北、西北、西、西南八个方向形成了一个圆形。

李泽厚这样评价中国建筑："……不是高耸入云，指向神秘的上苍观念，而是平面铺开，引向现实的人间联想；不是可以使人产生某种恐惧感的异常空旷的内部空间，而是平易的、非常接近日常生活的内部空间组织……它不重在强烈的刺激或认识，而重在生活情调的感染熏陶……在这里，建筑的平面铺开的有机群体，实际已把空间意识转化为时间进程，就是说，不是像哥特式教堂那样，人们突然一下被扔进一个巨大幽闭的空间中，感到渺小恐惧而祈求上帝的保护。相反，中国建筑的平面纵深空间，使人慢慢游历在一个复杂多样楼台厅堂的不断进程中，感受生活的安适和环境的和谐。瞬间直观把握的巨大空间感受，在这里变成长久漫游的时间历程。实用的、入世的、理智的、历史的因素在这里占有明显的优势，从而排斥了反理性的迷狂意识。正是这种意识构成许多宗教建筑的审美基本特征。"[①]

李泽厚的这段评价也适合于在平面上展开的中国地狱和往纵深处安置的西方地狱的特点，《神曲》中的地狱构造是一个上大下小的漏斗形状，在圣城耶路撒冷的下面，层层深入，最里面是地心，越往下越深越小，罪孽越深重。地狱是在一个纵深的层次上展开的，是一种线性思维。《香山宝卷》中的地狱在大礁石下，在一个平面上铺展开来，占据了空间观念中的八个方向，组成了一个圆圈，是一种圆形思维。

《目连三世宝卷》（见《金张掖民间宝卷》）中按照目连的行程勾画出的地狱结构大致如下：鬼门关→孽镜台→破钱山→剥衣亭→寒水池→神鸡山（铁鸡啄人心目）→变畜所→油锅→血污池→滑油山→望乡台→枉死城→将人锯成两半→开膛剖腹、拔舌换肠→榨得鲜血直流→钢刀山→恶狗村→放入石碓捣得皮烂骨碎→铜柱火烤→磨眼里推磨→孟婆茶点→奈何桥→六道轮回→阿鼻地狱。

《唐王游地狱宝卷》（见《民乐宝卷精选·下》）中被斩杀的泾河老龙王在阎君面前状告阳间唐天子言而无信，阎王差善恶二童子带唐王来

[①] 李泽厚：《美的历程》，天津社会科学院出版社2001年版，第103页。

阴间对质，唐王真魂出窍，恍恍惚惚到了阴间。先到了枉死城，见鬼魂蜷缩成一团，号天哭地，动弹不得。接着经过了恶报关、破钱山、望乡台、迷魂台，之后面前出现了三座桥，分别是金桥、银桥、奈何桥，金桥上通天堂，银桥串通人道，奈何桥通往地狱。这些就是地狱的外围结构，接着唐王来到了森罗宝殿，即阎王的正殿。

唐王来到正殿与泾河龙王对质。查了生死簿，得知龙王之死乃命中注定，唐王无过，阎王就引领唐王游历了十八层地狱：第一层金雷狱，第二层木雷狱，第三层水雷狱，第四层火雷狱，第五层土雷狱，第六层风雷狱，第七层刀山狱，第八层遇盆狱，第九层油锅狱，第十层昆护狱，第十一层拔舌狱，第十二层剜眼狱，第十三层铁床狱，第十四层磨眼狱，第十五层锯截狱，第十六层血池狱，第十七层抽肠狱，第十八层割鼻狱。

接着来到了阴阳两界门，这里修盖的高楼直冲云霄，有义士忠臣的安乐宫，孝子、贤孙的逍遥亭，节妇、烈女的快乐庵。他们在此等候时辰转世投胎。再往前行，唐王看到"上有阴云罩定，下有轮回翻转"的就是六道轮回，头一层是天道，第二层是人道，第三层是修罗道，第四层是畜生道，第五层是饿鬼道，第六层是地狱道。

《香山宝卷》十殿之中前八殿都是五百由旬，另设十六小地狱，九殿是八百由旬，密设在铁网之内，另设十六小地狱。十殿之中一殿是入口，是阴阳之界，一殿有孽镜台公正考察人生在世的善恶，负责分发之事，解往二殿施行，接受刑狱之苦。十殿是出口，设有金银玉石铜木六座桥，各殿发配而来的鬼魂经核定发往各桥。在十殿内所有鬼魂都口渴难忍，都要喝茶，喝完八宝华精茶，忘却前劫之事。一凶恶鬼兵，将男女打入车中，车转时分出六条路径：金路车出衣冠荣耀者；银路车出庸常男女；玉路车出残疾之人；石路车出飞禽之类；铜路车出走兽之类；木路车出水中族类。

宝卷对地狱的描写各不相同，但总体来看，在老百姓的观念当中地狱里有孽镜山（台）、望乡台、奈何桥、孟婆茶。孽镜台的存在打消了人们的侥幸心理，生前的罪恶在此一览无余，纤毫毕现；望乡台让人死了也有机会看见自己的家乡和亲人；奈何桥上步步艰难，掉下桥还要遭到恶狗、毒蛇的噬咬。最后都要喝孟婆端来的茶，喝了茶忘掉前世之劫。唐王看到了轮回翻转。在《香山宝卷》中鬼兵将男女打入车中，车转时分出金银玉石铜木六条路径；目连走过奈何桥遇见了大轮盘，鬼使曰："六道者，富、贵、贫、贱、胎卵、湿化是也；轮者，或轮世间为人，或轮阴间为鬼，或各位互相轮回。"① 这些都是佛教六道轮回思想的表现。

（二）魔怪主体

如上所述，河西民间中的魔怪空间是地狱原型，地狱的基本构造是十殿阎罗，十殿中又嵌有十八层地狱，地狱各层次的工作人员较为庞杂，虽各有分工，但是在很多地方都出现了混用的情况。如此看来，河西宝卷中的魔怪是民间朴素认识和佛教轮回思想的混合物。《目连三世宝卷》生动地展示了魔怪原型一班阵容："只见森罗宝殿，阎王上坐，两边文武判官，手拿生死簿子肃立；牛头马面和夜叉小鬼，分列左右，拿刀的，拿枪的，拿铁棒的，拿马叉的。一个个如狼似虎，凶神恶煞地站着。"②

河西宝卷中的魔怪主体即魔怪原型，主要是地狱中各层职位上的魔怪，大到地狱的最高统治者，小到牛头马面、鬼兵鬼使。总体来看，魔怪形象并非面目狰狞，宝卷中很少描写他们的外貌特征，主要表明了他们的职责，或者说魔怪原型已在人们心目中约定俗成，什么角就干什么活。魔怪们分工明确、各司其职、各尽其能，阶级明确，显然是现实生活中封建官僚阶级的映射。

1. 地藏王

地藏王是中国人熟知的四大菩萨之一，地，藏是梵语乞叉底蘖沙的音译，地指的就是土地，具有生、摄、载、藏、持、依、坚牢不动七层

---

① 李中峰、王学斌主编：《民乐宝卷精选》，民乐县政协，2009年，第705页。
② 李中峰、王学斌主编：《民乐宝卷精选》，民乐县政协，2009年，第690页。

含义。藏，具有秘密包容、含育等意思，指地藏菩萨处于甚深静虑之中，含育化导一切众生止于至善。世有秘密库藏，蕴藏许多金银财宝，能救济贫苦，利益人寰。比喻菩萨具有如来三德秘藏，无量妙法，能救脱无数众生，咸登觉岸。

中国人熟知的四大菩萨分别是大智文殊菩萨、大悲观世音菩萨、大行普贤菩萨、大愿地藏王菩萨。在这四位菩萨中，地藏王菩萨以愿力之深为特点，地藏王菩萨的大愿就是"众生度尽，方证菩提；地狱未空，誓不成佛"。地藏王菩萨有着崇高的大愿，但是，六道轮回永无休止，地狱只能恒久地存在。他被释迦牟尼佛封为"幽冥教主"，放弃了光明灿烂的天界，受持宝珠、锡杖自愿进入昏暗苦恼的地狱，超度"罪众"的灵魂，做着没完没了、永无尽头的教化工作。

《目连三世宝卷》（见《民乐宝卷精选》下）中出现了地藏王菩萨，地藏王菩萨是地狱的最高统治者，目连之父幽冥教主和阎君都是他的下属，宝卷中写到：目连之父死后，是幽冥教主，地藏王菩萨留下护法，又写到："幽冥教主在翠灵宫与阎君议事"，从中可以推断出，幽冥教主辅佐地藏王菩萨和阎君共同处理日常事务。当地狱发生了目连打破大门，鬼魂全部逃走的重大事件时，阎君向地藏王菩萨报告情况，这时的地藏王菩萨亲临现场处理紧急事件，地藏王做出的决定就是让目连转世投胎，把放出去的鬼魂收回来。

2. 十殿阎君

《香山宝卷》（见《永昌宝卷》）中香山公主游历了地狱，地狱分为十殿，每殿有一位阎君，也就是民间传说的十殿阎君。这十殿阎君是秦广王、楚江王、宋帝王、五官王、阎罗天子、卞城王、泰山王、平等王、都市王、转轮王。十殿阎君负责管理自己的阎罗殿，而且热忱接待了前来参观的香山公主，陪同香山公主和黄龙真人遍游自己的管辖范围。《香山宝卷》中的十殿阎君基本遵循了《阎王经》中所解说的十殿阎罗的名目和职责。《目连救母幽冥宝卷》中写到了十殿阎君的来历：讲经论道的神光一日遇见达摩祖师，祖师论道，神光无言以对，恼怒之余，神光手举素珠打掉了达摩的两颗门牙。达摩欲要吐出，恐有大旱三载,不忍黎民遭此涂炭,无奈将牙连血吞入腹内。达摩祖师恐神光误道,将素珠十粒化为十殿阎君,以显邪正,而后往熊耳山养牙去了。这是一个和现实生活不一样的魔怪世界,达摩祖师的牙和气候有关,如果达摩祖师吐出了牙,天下将有三年大旱。地狱中的十殿阎君乃达摩祖师的十粒素珠而变。

3. 牛头马面

牛头马面两位鬼使的外貌特征通过名称已经透漏了出来,是人兽同体的结合,一个长着牛头,一个长着马脸。人兽结合的形象早在神话中就已出现,比如古希腊神话中的斯芬克斯狮身人面长着翅膀,中国神话中的女娲伏羲人面蛇身,西王母人首豹身,牛头马面的外貌形象继承了早期人类异物结合的神话感性思维。牛头马面狰狞的面目映射出了人们对死亡的恐惧和奇特的幻想。牛和马又是日常生活中常见的动物,它们善于行走、勤于劳作、忠于主人,这些特点都暗含了人们心目中的二位鬼使忠于职守,铁面无私。

《胡玉翠骗婚宝卷》(见《甘州宝卷》)中出现了牛头马面,胡玉翠生来聪明伶俐、俊俏美丽但是受到好吃懒做、不务正业的父母的影响,竟然利用婚姻行骗他人,大肆敛财。接二连三地欺骗了富家之子王七、木匠高五、铁将张茂华、书生赵森林。坏事做尽,常常害的别人人财两空。死去的张茂华和高五来到森罗殿呈上状子,状告胡玉翠。这时阎王派牛头马面前往奈何桥边拿来了胡玉翠父母的鬼魂,之后又去捉拿阳间的胡玉翠,宝卷中写到:

阎王听言怒冲冲,便叫判官听分明。
胡家夫妻要重判,六道轮回去投生。
男的送到高五家,投入马胎去还钱。
女的送到茂华家,变驴变马由着她。
一连五年不变更,判官领命不消停。
送去男女走一程,阎王又叫马面听。
要到阳间去勾魂,牛头马面听一声。

手拿金牌和铁绳，二鬼领命不消停。
闪眼就到胡家村，东找西找不见人。
玉翠何处去安身，二鬼心急心恼恨。
询问当地土地神，土地听问开言道：
玉翠不在她家中，白天讨饭度光阴。
夜晚驴槽去安身，各家驴槽去寻找。
找到半夜三更整，王家驴槽有一人。
牛头马面仔细看，确认就是胡玉翠。
玉翠正在睡梦中，忽听有人喊几声。
未有应声吃一惊，铁绳套在脖项中。
牛头马面恶狠狠，拉着玉翠往前走。
不觉到了阴曹中，阎王见了怒冲冲。[1]

从这段叙述中我们可以看到，牛头马面的任务有两种：一种是送鬼魂去投胎，另一种是到阳间去勾魂。牛头马面守候在阎王跟前随叫随到，毫不懈怠，尽职尽责地完成他们的任务。如上文所述，牛头马面听命，毫不消停一闪眼就来到了胡家村，忙活了半晚上找到了胡玉翠。牛头马面在工作时的基本配置是金牌和铁链，金牌是为了自由行走于阴阳二界，铁绳是为了套魂魄。他们的工作充满了暴力和强迫性，铁绳代表着死亡的不可逾越。

（三）魔怪行为

河西宝卷中的魔怪行为包括残酷刑罚、死亡原型和入冥还魂，接下来对之进行逐一分析。河西宝卷中的残酷刑罚是对佛教因果报应思想的一种宣扬，《香山宝卷》所描写的二殿到九殿的鬼魂所犯的错误及所受的刑法如下所示。

---

[1] 宋进林、唐国增：《甘州宝卷》，中国书画出版社2008年版，第370—371页。

	生前所犯的罪恶	死后受到的刑罚
二殿活大地狱	使人骨肉分离，骗人钱财	在刀枪山上，寸步难行被扎破了全身
	诽谤佛道灭天理	在油滑山跌破了皮肉
	不孝公姑磨前子，为人刻薄心肠毒辣	难以转世为人
	自行欺天起痴贪	斩截地狱，将人捆绑用刀割
三殿黑绳大地狱	怨天撼地，恃强欺弱，谋卡田产	鬼兵将左右手足倒吊
	不敬惜字纸、不明地理、妄改祖墓、邪目邪心、窥人妻女、睚眦必报	用铁钩剜去双目
	用称称量缺斤短两	按其罪之大小发往各地狱
	谋伤人命，挖掘坟墓 仗势吓诈	在剥皮地狱，用刀剥皮，鲜血淋淋
四殿大合地狱	卖假药、造假货、打禽兽	烧手地狱，鬼兵将人手捉在火中焚烧
	挑拨是非、嫖赌诱人，掘人坟墓，散人骨肉	削筋地狱，削去人筋，寸寸裂断
	谋夺财产，假公济私	埋于乱石之内
	杀伤鱼虾、偷窃衣服、强占基业	冻在寒冰之中
	阳间强舌之人，好造口孽，颠倒黑白，说是道非	刺嘴地狱，将男女捆绑，用针刺嘴
五殿叫唤大地狱	捏造谣言、诽谤善人、私受贿赂、枉屈正直、冤枉杀人	烧滚铜汁，灌入口中
	争名逐利，不修善积德，死后思念妻子、儿女、家财	押上"望乡台"，乡关如在目前，看见子孙不肖，家业零落
	诽谤圣贤、侮慢仙佛，僧道不守戒律	挖掉心肝肠肺
六殿无间地狱	忤逆不孝、毁骂尊者、假设圈套、拐骗银钱	被腰斩分成两段
	割掉舌头、撬出心肝，风吹还魂投回阳世	投生娼妓之身、鸡犬之类
	公门之中作威作福、勒索银钱	将罪人装在碓中，如舂米一样
	狐僧野道、假术惑众、妄谈玄妙	铁磨地狱鬼兵二人，团团推转，骨碎血流
七殿热闹大地狱	拆毁桥梁、古庙佛像、屠杀牲物	油锅地狱，鬼使烧得油汤沸沸，将罪人叉于锅里
	刀笔伤人、庸医丧命、演淫邪之戏	破肚抽肠
	喜作淫词歌曲、诽谤圣贤，妇女怨天恨地，打奴骂婢，夫无子嗣、娶有偏房，心起嫉妒，凶恶泼悍	拔舌地狱，脚蹬胸膛，用铁钩搭去舌头，割为两段

续表

七殿热闹大地狱	胡修音血湖度母,胡修音之母前生本性迷昧,造下罪孽堕入地狱	儿子胡修音见母亲张氏身故,立志修行,得遇光明法师,指示玄牝之道,度化了母亲。忽见天光下照,血湖池中现出一朵五色莲花,张氏坐在其中,天衣罩体,大海祥光捧升,功曹引在天地门安养①
八殿大热闹大地狱	放火烧山,伤及生灵,欺逼孤寡,贪图口腹,忍伤生物,烹调异味,无善功超度生物之罪	几个鬼兵将人用叉子叉于火中
	给别人施毒药,阴险谋杀人命,或学习厨子伤生不堪	将人捉抱于火炮之上
	高谈阔论、利口狂语、戏辱圣贤、诽谤释道、轻慢善良、逼人开斋、劝人破戒、阻人善路、妇人不守节操、背夫私奔等	将人放于铁床之上,用铁板压之,七孔流血,叫苦悲哀
	偏听妻妾唆哄、不孝父母不敬尊长、轻弃骨肉、刻薄待人、事系冤屈、逼死人命、弃妻宠妾、横行莫制	鬼兵将一男一女绑于大柱上,大刀劈头,鲜血下倾
九殿阿鼻大地狱	狠心毒恶,用尽机关,暗箭伤人,打蛇打龟,毒害鱼虾、生灵等罪	毒蛇钻孔狱,内有一池,池内尽是毒蛇,只见那些男女,叫苦悲号
	放火烧屋,抢劫财物,为官者饱读圣贤之书,违理横行,贪财害命,曲直不分,无辜用刑,令人痛苦难当	火坑地狱,被熊熊大火灼烧
	木匠、瓦匠、石匠等一切匠人,暗使邪术使人倾家丧命	锯解狱,红发圆眼鬼使,用两块大板将人倒夹,用锯下解,鲜血淋漓
	生前不善	奈何桥:死后要过此桥,寸步难行,一坠桥下蛇狗嚼吞

河西宝卷中地狱里的酷刑都是对人肉体的极端残害,尤其是对身体器官的迫害,挖眼、割舌、剥皮、开肠破肚、劈头、掏心等。联系其他

---

① 何登焕编辑:《永昌宝卷》,永昌县文化局印,2003年,第33页。

宝卷中的酷刑来看，身体的每个部位都是地狱中迫害的对象，且每种酷刑迫害身体的哪个器官和生前犯下的错误有关，比如生前搬弄是非，就使拔舌、戳嘴的刑法；生前若是心肠狠毒，就要被掏心等。这些刑法的实质是强调了人们所犯错误的肉体性和物质性。惩罚的手段十分多样，寒冰冻、大火烧、油锅炸、石磨碾、大刀砍、铁板夹等，地狱中的声音是悲苦凄惨的，地狱中的画面是鲜血淋淋的，鬼哭狼嚎、骨碎肉破，身体被肢解扭曲得面目全非，这些惩罚残忍至极，没有同情、迁就，其目的是起到威慑惩戒的作用，也体现了人性中无比残忍、非理性的一面。

西方文学中的《神曲》分为三部分，分别是《地狱》《炼狱》《天堂》，其中的《地狱》篇对基督教神学观念中的地狱做了形象、生动的描述，地狱分为九层，每一层所犯的错误及所属的罪行如下所示。

地狱外围	怯懦无所作为者	
第一层	未领受洗礼的婴儿和信奉异教的人	
第二层	犯淫邪罪者	无节制罪
第三层	犯贪食罪者	
第四层	犯吝啬罪、浪费罪者	
第五层	犯易怒罪者	
第六层	异端邪说信徒和伊壁鸠鲁学说信徒	
第七层	对自己、他人、上帝、自然、艺术施加暴力者	暴力罪
第八层	淫媒和诱拐者、阿谀奉承者、买卖圣职者、预言家、贪污者、伪善者、偷盗财务者、耍阴谋诡计者、制造分裂不合者、假冒伪造者	对非信任者的欺诈罪
第九层	叛卖亲属、国家、宾客、恩人者	对信任者的欺诈罪

把《神曲》中的地狱和《香山宝卷》中的地狱相比较，我们可以发现如下特征：《神曲》中受惩罚的主要是人性的卑劣，欲望的不节制，其出发点是人性，注重自我。而河西宝卷中的地狱惩罚的主要是与"善"相对立的"恶"，中国民间的善恶更多地涉及了人与人之间的关系，人与外界生灵的关系，比如饕餮都是罪恶，西方人饕餮的罪因是不节制自身的食欲，而中国人的饕餮是因为残害了生灵。西方的地狱惩戒

规约的是自我的人性欲望，中国的地狱调适的是个人和外界的关系，包括个人和其他个体、个人和社会、个人和外界生灵之间的关系。

这几部宝卷中的地狱，其实质是人间生活的一种反映，《包爷三下阴曹宝卷》中的地狱是一个执掌公平正义的象征所在，包拯三次下地狱，在阴间的徇私舞弊、颠倒黑白面前毫不气馁，终于查清了真相。地狱在这里代表、折射了人们心中对真理的追求，对世间公道的怀疑。历经挫折追求公道，维持人间正义的一份强烈愿望。《唐王游地狱宝卷》中的地狱是人间官场的一种折射，反映出官官相护以及玉皇大帝、唐王、泾河老龙王、阎君这些特权阶层之间的勾心斗角、利益纠葛。在民众的潜意识中，某种政治的运作遍及天上、人间和地狱。中国人的生老病死、今生来世裹挟在政治的漩涡里。政治规则不仅维护着老百姓的日常生活也统治着人们的精神世界。

河西民间相信地狱的真实存在，生前做过的事情死后一一受到审判，得到应有的惩罚，民间流传的地狱在具体结构上有所不同，但都有孽镜台，将你生前的所作所为照得一清二楚，无人可以逃脱。地狱中孽镜台的存在类似于西方的"末日审判"，这种根深蒂固的观念，让人们自觉地甄别自己的行为，不做恶事，使心灵变得纯洁高尚。地狱的存在有一种威慑力与规范性，让人们在日常行为中有了很强的自律意识。但同时地狱的存在也如同枷锁一般，用封建礼教的正统观念将民众的思维和生活紧紧地禁锢起来，让人们失去了主观能动性，不敢按自己的主体意志行事。总之，地狱的存在一方面加强了人们的自律意识，使人生的选择朝着善的方向发展；另一方面地狱夺去了人们的主体意识，从某种意义上说，地狱的存在是封建制度的一种枷锁，捆绑和禁锢了变动社会的能动力量。

河西宝卷中的死亡并非生命的结束，而是生存环境、形式的转变，是轮回中的重要环节。死亡不代表终结和消亡，只是灵魂存在空间和形式的一种改变。在因果报应观念的影响之下，死亡是一种阶段性的审判，死亡可能会让生命免于轮回，进入永恒的"四圣"，在净土乐园中逍遥自在，永享快乐；死亡也和各种可怕的刑法相联系，堕入地狱将度过一段痛苦而凄惨的生活，死亡赋予了人们又一次选择存在方式的机会。

河西地区流传着《目连救母幽冥宝卷》和《目连三世宝卷》，《目连救母幽冥宝卷》（见《酒泉宝卷》第四辑）写得较为散乱、冗长，主要记述了傅家三代长斋，目连的母亲因丈夫去世，儿子不在家，在恶人的挑唆之下开了荤，后半部缺失。前面这部分洋洋洒洒，主要宣扬了佛教的因果报应，梁武帝前生是一位樵夫，极其孝顺，心性纯良，广积阴德。一日大雨滂沱，见破庙中佛像被雨淋，心中不忍，施斗笠以遮金身，种下佛缘，所以今生贵为帝王，掌立朝纲。又因前世打樵时有猴子偷食了干粮，一念之差，寻猴洞而塞之。今生最终被反贼侯景围困在台城，内无粮草，外无救兵，被活活饿死。

在《目连三世宝卷》《新刻岳山宝卷》中死亡都和中国的孝文化联系在了一起。《新刻岳山宝卷》（见《凉州宝卷》）中的李敖来到阴间见到母亲被压在大石板下受罪，受罪的原因是在生自己时血水污秽了天地神明，为此李敖辞去官职，离家修行，修得正果超度了母亲。《目连三世宝卷》（见《民乐宝卷精选》）主要写了目连的至孝打动了佛祖，佛祖赐予目连衣钵和禅杖下地狱救母亲，目连遍游了地狱，最终在阿鼻大地狱里找到了母亲。他因救母心切用禅杖打破了地狱大门，结果使八百万鬼魂逃出地狱投生人间，无奈之下目连两度投生，第一世投生黄巢，杀死八百万人，将鬼魂收回地狱。第二世投生屠户，杀了牛羊无数，将地狱门大开时逃走的牲畜也收回了地狱，将功补过。因其孝心感天动地，再加上功德圆满，最终带着母亲离开了地狱。

各宝卷里都有血湖、血池这样的地狱，血池地狱首先代表了一种禁忌，主要是女性月经，是关于生养孩子后流血的一种禁忌。《唐王游地狱宝卷》（见《民乐宝卷》）中"十六层血池狱，说与妇人仔细听。大生小养都一样，身上不净怎出门？走东窜西自不知，衣服脏彰冲神灵。死后打在血盆狱。"主要指的是女性月经的禁忌，生养小孩、例假期间要避免到处乱转，因为这是一种冒犯神灵的行为。在《香山宝卷》《李敖度母》和《目连三世宝卷》中血湖地狱的超生又和儒家的孝文化联系在了一起，母亲因生养孩子，流了很多的血，血水玷污了土地、河流,所以很多女性死后都会被打入血湖狱受尽折磨,儿女有责任做法事、善功超度母亲。

据车锡伦在《中国宝卷研究》中记录:"江苏靖江做会讲经的'破血湖'仪式,是专为老年妇女做的一种消罪仪式。靖江民间信仰:妇女的经血和生孩子时流的血露污染衣物,清洗这些衣物又污染水源,有人用这些污染过的水祭拜神灵,冲犯神灵。这些污秽的水聚集为地狱中的'血湖池'。妇女死后要下血湖池地狱,受血水浸淹之苦,必须饮尽这些污秽的血水,方可超生。"① 车锡伦记载了完整的江苏靖江的破血湖仪式,在举行破血湖仪式过程中请佛后,佛头接唱《血湖宝卷》,即《目连宝卷》。

《香山宝卷》中胡修音血湖度母,胡修音之母前生本性迷昧,造下罪孽堕入地狱。儿子胡修音见母亲张氏身故,立志修行,得遇光明法师,指示玄牝之道,度化了母亲。忽见天光下照,血湖池中现出一朵五色莲花,张氏坐在其中,天衣罩体,大海祥光捧升,功曹引其在天地门安养。②

河西宝卷中的魔怪行为还有入冥还魂,入冥还魂说明地狱不光是人死去后灵魂的归宿,很多活着的人也可以来到阴间,这些人在旅程结束后又返回了阳间。河西宝卷中写到入冥还魂经历的有《包公错断闫查三宝卷》(见《甘州宝卷》)中包公三下阴曹地府,可以说,阴间对他来说是来去自如,他能到达阴间是凭借了一件宝物"阴宝床"。他下地狱是为了断案,查明杀死柳金蝉的凶手。可悲的是,阴间的判官张洪是李保的舅舅,判官徇私舞弊篡改了生死簿,在上面写下闫查三害死了柳金蝉,包公三下阴曹终于弄清了真相。这里包公入冥还魂的经历表明他为了公平正义出生入死在所不辞。

宝卷中还有很多人还魂的经历符合了大团圆的故事结局,好人特别是那些善良弱小的好人终会有好报,《方四姐宝卷》(见《民乐宝卷精

---

① 车锡伦:《中国宝卷研究》,广西师范大学出版社2009年版,第348页。
② 何登焕编:《永昌宝卷》,永昌县文化局印(内部发行),2003年,第33页。

选》）中方四姐被婆婆虐待至死，宝卷通过四姐死后七个舅母给四姐过七七（河西民俗）折腾于家，以此表达对婆婆的愤怒之情，可是，在那样的社会制度下，可怜的方四姐毫无出路，娘家救不了她，丈夫救不了她，她的悲苦命运无法改变。于是安排她死后还魂这样一个结局，既表达了人们对她命运的无限同情，又是那个黑暗社会中苍白的一笔。

包拯入冥还魂是因为有阴宝床，睡在阴宝床上就到了阴间，从阴间回来即可下床进入阳间的生活；柳金蝉、闫查三、方四姐还魂是因为阳寿未尽，阎君派金童玉女把他们送回了人间；唐王被善恶二童子带到了阴间，与泾河老龙王对质完毕，无罪，遍游地狱后回到了人间；目连带着佛祖的禅杖进入了地狱；香山公主由黄龙真人陪伴来到了阎罗殿；白素贞借灵芝仙草救活了许仙。《张聪还魂宝卷》（见《甘州宝卷》）中张聪死后在白蟒山化成了白骨，"有一道人从此山路过，看见有一堆白骨宣天，便急忙把白骨收堆，用先天后地之阴阳神气吹了一口，只见三百六十个骨节现出原形，那七万八千个毛窍样样俱全，道人看到左边差三根肋巴，急忙在旁边柳树上折了三根枝条，金口念动了真言咒语和符水法，骷髅立刻复活，三魂七魄附上了身体。道人言'骷髅，你还不起来！还等几时？'只听那张聪'哎哟'了一声，醒了过来……"[①]

由此可见，具有特殊身份的帝王、菩萨、尊者等有特权进入地狱；特殊的工具可以帮助人们出入地狱，如阴宝床、狼牙棒、照魂镜等；阳寿未尽、受了冤屈，阎君会送你回人间；肩负特殊的任务下了地狱，如刘全进瓜，杨海棠绣红罗袍，在任务完成后就能还阳。进入阴间并不困难，有许多途径和机缘都可去地狱遍游。这些去过地狱又返回者的叙述加强了地狱的可信度，人们相信地狱的真实存在，相信地狱是一些灵魂游历过的地方，是每个灵魂最终的去处。

再来看看游历地狱的作用，黄氏女、观音、唐王、目连等人的地狱之游，丰富了人生经历，深刻体会了人间的善恶，阴间的报应，为更好地为王、修炼、成仙奠定了基础。包公三番五次下地狱，是为了维护人

---

① 宋进林、唐国增：《甘州宝卷》，香港：中国书画出版社2009年版，第526页。

间的公平正义,他的经历表现出了一种伸张正义、出生入死的可贵精神,也说明包公断案如神,他拥有在阴阳两界断案的特殊本领。张聪、方四姐、柳金蝉、闫查三等返回阳间的情节迎合了中国人喜欢大团圆结局的心理,也表现了无力反抗黑暗社会的一种无奈。刘全去阴间进瓜,杨海棠去阴间绣红罗袍都是统治者压迫人民的现实社会的反映,但从刘全、杨海棠个人的角度来看,这是一次吃苦的经历,应了中国人的一句古话:"吃尽苦中苦,方为人上人。"刘全替唐王下地狱进瓜,杨海棠在地狱绣红罗袍十二年,这两个小人物既勇敢又能干,此行虽然十分艰难,可是走完痛苦的旅程,他们都为今后的幸福赚足了资本。

地狱之旅在河西民间产生了深刻的影响,地狱中可怖的酷刑、入冥还魂非同寻常的经历都已深入民心。这些宝卷中所塑造的地狱各不相同,描写的详略侧重也不一样,但在民间信仰中地狱、人间、天庭三界相通。三界的规则人情关系完全一样,唐王从地狱回来,一班文武大臣问道:"吾王去游地狱,那阴间法度同也不同?"唐王说:"阴阳一理。"[①]"阳世三界人捣人,阴曹地府鬼捣鬼。"[②] 地狱是人间的折射,地狱如人间一般缠绕着浓浓的人情世故,泾河老龙王犯了天条,玉帝令人曹官魏徵监斩,老龙王连忙向唐王讨人情、走后门。当唐王被老龙王告到阴司而自知理亏不敢前去打官司时,丞相魏徵立即为他写了一封讨人情的书信,乞请"八拜之交"的判官崔珏予以关照。这位执掌生死文簿的判官,护着唐王度过了地狱的重重难关,以致十殿阎君也只好放他回去。"枉死城"里无数冤魂围住唐王讨命,唐王在崔珏的帮助之下,"买转了鬼魂"才得以脱身。不论是人世间还是阎罗地狱,都是徇私舞弊,官官相护。而且三界的当权阶层互有往来,封建的官僚阶层不但统治着人们的现实世界,也禁锢着人们的精神世界,人们的今生、来世、永生都被纳入了现有的统治秩序与规则之中。

本节对《包爷三下阴曹宝卷》《唐王游地狱宝卷》《香山宝卷》

[①] 李中峰、王学斌主编:《民乐宝卷精选》,民乐县政协(内部发行),2009 年,第 799 页。

[②] 何登焕编:《永昌宝卷》,永昌县文化局印,2003 年(内部发行),第 324 页。

《刘全进瓜宝卷》《目连救母幽冥宝卷》《目连三世宝卷》《新刻岳山宝卷》《绣红罗宝卷》等文本做了细致的分析，魔怪原型包括地狱原型、魔怪形象、残酷的刑法和死亡原型，魔怪原型的中心场合都是在地狱之中，魔怪是地狱中的魔怪，残酷刑法在地狱中执行，死亡并非生命的终结，而是一段奇妙的地狱之旅。

本节的分析论证运用了比较法，比较了河西宝卷中的地狱和但丁《神曲》中的地狱。从构造上看，河西民间形成了阎罗十殿和十八层地狱的基本观念，宝卷中的地狱在平面上展开，在平面的八个方向上组成了圆形，《神曲》中的地狱在纵深的方向以上大下小的漏斗型建构。这样的构造方式体现了中西方不一样的思维方式，正如李泽厚所言："中国建筑的平面纵深空间，使人慢慢游历在一个复杂多样楼台厅宇的不断进程中，感受生活的安适和环境的和谐。瞬间直观把握的巨大空间感受，在这里变成长久漫游的时间历程。实用的、入世的、理智的、历史的因素在这里占有明显的优势，从而排斥了反理性的迷狂意识。"

通过对中西方残酷刑罚的比较发现：西方的地狱惩戒规约的是自我的人性欲望，中国的地狱调适的是个人和外界的关系，包括个人和其他个体，个人和社会，个人和外界生灵之间的关系。残酷的刑罚一方面加强了人们的自律意识，使人生的选择朝着善的方向发展；另一方面地狱夺去了人们的主体意识，残酷的刑罚在某种意义上说是封建制度的一种枷锁，捆绑和禁锢了变动社会的能动力量。

最后分析了死亡原型在河西民间的影响力，旧社会民间坚信地狱的存在，死亡是一次非凡的地狱之旅，死亡和可怖的酷刑、入冥还魂等非同寻常的经历相联系。地狱中的统治秩序、人情世故和人间完全一样，这说明封建社会的官僚秩序不但统治着人们的现实世界，也禁锢着人们的精神世界，人们的今生、来世、永生都被纳入了政治规则之中。

二　民间场域中性欲的妖魔化

性欲以及与性欲相关的文化在民间生活中的重要性，在河西宝卷中有着突出的表现。"而色（性），是一种隐文化，它有着较之食更为强烈的人类理性与非理性、禁忌与越轨、社会性和自然性之间的冲突。正是这种禁忌、理性约束和性本身的隐秘特征，造成了一种'压抑'，一种集体无意识心理。所以它成为文艺的一个潜在永恒的创作领域，成为一个永远的原型。"① 民间场域产生了强大的有形无形的力量将性欲妖魔化。民间从未公正、自然地看待性欲——人之本性。民众对待性欲的态度是厌恶、禁忌、排斥、丑化、压抑。

在民间场域人们视性欲为"万恶之源"，过分的压抑让性欲积聚了很强的能量，到了不得不疏导性欲，为性欲找到合理的疏散通道之时，民间产生了种种畸形的方式，母亲将自己难以排遣的性欲投射在了儿子身上，以虐待儿媳妇的方式，实现对儿子的占有欲；女性被引导进行宗教修炼，全面禁欲，百折不回即可实现虚无缥缈的得道成仙；被压抑的男性失去了阳刚之气，在伦理一遍遍教导下将他们的性欲转化为权力欲。

（一）欲望的压抑与反抗

河西宝卷中并没有赤裸裸的性欲描写，这和河西宝卷念唱的集体性密切相关，河西宝卷的念唱是一种集体行为，往往是不分男女老少济济一堂，一人念卷，多人接卷，众人听卷的一种场面。这种集体的、社会性的活动必然会受到伦理道德的规约。性欲以象征性的隐喻形式表现，性欲在河西宝卷中以爱情、偷情、调情等为代名词，以梦境、意象、追求爱情的情节为表征。民众将性欲看成是祸国殃民、破坏礼教、残杀亲人等的罪魁祸首，接下来就《风雨会宝卷》视性欲为万恶之源的具体情况作出分析。

《风雨会宝卷》（见《民乐宝卷精选》）讲了唐明皇和杨贵妃的爱情故事。杨玉环原系唐明皇儿子李瑁的妃子，唐明皇爱其美貌，占为己有，封为贵妃。唐明皇本是一个颇有作为的皇帝，但安逸日久，寄情声

---

① 程金城：《原型批判与重释》，甘肃人民美术出版社2007年版，第220页。

色，生活荒淫，惰于朝政，养虎为患，败坏江山，从而招致了祸患唐朝的安史之乱，使生灵涂炭，遭到历史和人民的谴责。这部宝卷立场坚定、态度鲜明，明确表示唐明皇与杨贵妃之间的爱情祸国殃民。

宝卷中首先极力贬低杨贵妃，写她的不贞与魅惑皇上："婆姨嫁三嫁，衣裳边儿会说话。"写她"一人得道，鸡犬升天"。父母、兄弟姐妹全都封官加爵，从此权震朝野，无人敢侧其左右。写她吃醋争宠放火暗害梅妃。写她和义子安禄山有私情，玄宗若不在杨贵妃宫中住宿，安禄山便公然留下过夜。后来，杨玉环为了好遮掩，便禀知玄宗，为义儿安禄山做了一个大襁褓，时不时地将安禄山裹在自己的身边，丑态百出。写她最后命丧马嵬坡，在众军士如雷的鼓噪声中，早已失去了昔日作威作福的气势，三魂七魄丢到了身骨外，只剩下瑟瑟发抖。那些围观的军士，挽绫结环，将其身投入，须臾气绝，身与名俱灭。这些节外生枝的细节，无不在贬低和丑化杨贵妃。

白居易的《长恨歌》与洪昇的《长生殿》，歌颂的是唐明皇与杨贵妃生死不渝的爱情，而民间的《风雨会宝卷》斥责唐明皇和杨玉环爱情的祸国殃民，饱受罹患的普通民众对社会动乱深恶痛绝。同时将战乱的矛头指向个人私欲、男女私情，将性欲妖魔化，这种观念的实质就是强调社会道德高于个人情欲，民间对女性的基本要求是贞节、善良、贤淑。对男性的要求是爱江山不爱美人，性欲的目的主要是传宗接代，所以宝卷从民间立场出发，贬低、丑化性欲。《风雨会宝卷》中的帝王妃子的爱情被彻底改写，体现了民众对一个理想君王与君王伴侣的期待，在这种期待中寄托了一种政治理性。其本质是一种禁欲思想，甚至觉得男女私欲祸国殃民，这些都体现了对性欲妖魔化的一贯做法。

此外，在《小儿祭财神宝卷》《苦节图宝卷》《乌鸦宝卷》这几部宝卷中都体现出了民间对性欲特别是女性生理欲望的丑化、扭曲和极力打击。在《小儿祭财神宝卷》中王章的妻子马氏怂恿丈夫杀了前妻的儿子祭奠财神，她是一个恶毒的继母，是为了家里的财富不择手段的女人，而这个女人最丑陋的行径莫过于和家里的两个伙计都有私情，男女间不正当的关系是引起家庭矛盾、亲人间仇杀的主要原因。以民间的观点来看，女人不能有性的诉求，但凡哪个女人有了一点满足自我欲望的追求，必定会伤风败俗、破坏礼教、祸国殃民。在《苦节图宝卷》中寡妇钱氏与情人间的亲密被描述为"瞎驴碰到了草垛上"，叙述者的声音充满了讽刺、挖苦的味道。他们的私情成了迫害烈妇白玉楼的主要原因。在《乌鸦宝卷》中刘玉莲为了追求性欲的满足走上了陷害自己父亲和哥哥的道路。性欲被彻底妖魔化，在不断地打击、扭曲中备受压抑，但是哪里有压迫，哪里就有反抗。

在河西宝卷中，我们也能够听到另一种截然相反的大胆追求爱情的声音。《张四姐大闹东京》宝卷中的张四姐是七仙女的姐姐、玉皇大帝的第四个女儿，她大胆自由地追求爱情的故事，表现了情欲冲破一切封建礼仪、伦理道德的肆无忌惮。

张四姐大胆泼辣，毫无忌惮地表达了自己的心愿，来到崔文瑞面前找他攀谈，直截了当地提出愿与崔文瑞婚配成夫妻。崔文瑞面对这样的唐突和自己的贫穷拒绝了张四姐，张四姐手一指，让崔文瑞昏昏欲睡，一觉醒来崔文瑞浑身疼痛不宁，张四姐立逼崔文瑞成婚。在封建的旧社会里，妇女深受三从四德的裹挟，这样大胆热烈的爱情表达是令人震惊的。张四姐追求人间的幸福生活，成婚后拿出自己的聚宝盆、摇钱树变了很多钱，夫妻俩在人间过起了美满富足的生活。后来嫉妒崔文瑞美妻、家财的王半城设计陷害，将崔文瑞抓进了监牢，崔文瑞被屈打成招。面对邪恶势力的破坏，张四姐进行了勇敢坚决的反抗，她打死王牌军，打散张知县调来的三军，震动朝野。宋仁宗派包公来捉妖。包公也降服不了张四姐，上天庭、入地府探查张四姐的身份。仁宗派出呼延庆和杨家将两路兵马，结果被张四姐收进了收魂瓶。宋仁宗派出的杨家女将也被打败。包公从天上搬来了救兵，水龙太子、哪吒、孙悟空全都不是张四姐的对手，直到最后王母娘娘带了六个仙女下凡，好言相劝四姐，才从收魂瓶里放出了呼、杨二将。张四姐毫不畏惧地来到玉皇大帝面前说明了情况，玉帝无奈请人明察，得知崔文瑞是李老君的金童，他的母亲是月中婆婆，玉帝顺水推舟同意他母子二人荣登天界，夫妻二人天上团聚。

这部宝卷是各种历史人物、神话传奇的大杂烩，突出表现了张四姐大胆追求爱情的经历。在真挚热烈的爱情面前，天庭的戒律、人间的法令、天上的神仙、人间的文武大臣都得让位。正如方步和所言："河西是封建统治者宣扬'贞操观'的顽固阵地。《甘州府志》《敦煌县志》《武威县志》《永昌县志》等地方史志，成篇累牍地宣扬年轻寡节、贞节牌坊，紧紧地钳制住妇女的思想。在如此禁锢中，冲出张四姐，这是向封建礼教宣战的大纛，意义就更为深远了。"①

《侯美英宝卷》（见《临泽宝卷》）中的侯美英和张兰英的所作所为、所感所想是女性情欲的外化，欲望冲出了社会文化的禁锢和束缚，从原型的角度我们可以更深刻地理解这部宝卷。侯美英做了一个春梦：梦见从天上落下一只猛虎变成一个青春男子。这个梦预示着女孩子青春意识的觉醒。第二天她就在学堂里遇见了龙文景，两个人一见钟情。起初，侯美英对爱情的态度是消极等待，她一再嘱托龙文景回家征得父母的同意来家里提亲，她也希望在伦理规范的范围内、在社会的认可中得到真挚的爱情。可是龙文景回家后说出了婚姻的期望，遭到了父母的反对，龙文景打算功成名就之日再娶侯美英，便一心读书不再胡思乱想，可是身陷爱情泥潭的侯小姐回家等不到龙文景的音信，相思成疾、不思饮食、变得面黄肌瘦。我们看到侯美英对爱情的渴望是强烈的，但在行动上还是遵守着社会的基本规范，消极地等待着。

可是接下来事态的发展完全违背了她的意愿，她父母答应了王员外的提亲，结婚之日打算强行逼娶的王员外父子，被武艺高强的侯美英打得鼻青脸肿，丢人现眼。从此一发不可收，侯美英走上了积极的反抗道路，她把出主意陷害龙文景的王媒婆打得鲜血淋漓，一命呜呼。媒婆的下场传达出了旧社会女子对媒妁之言婚姻的无比痛恨，最后为了轰轰烈烈的爱情侯美英彻底造反了。唐王震惊，朝廷出兵，侯美英打得几员大将人仰马翻。

---

① 方步和编著：《河西宝卷真本校注研究》，兰州大学出版社1992年版，第355—356页。

如果说侯美英的爱情在开始时还是含蓄的，还是忍受着内心煎熬的，期望在社会伦理道德认可的范围内得到幸福的婚姻，还曾对社会有过美好的幻想。而张兰英追求爱情的方式则十分泼辣。龙文景遭到王员外父子的陷害，外出逃命，被山贼抓到了山上。一眼看中龙文景的张兰英（山大王的女儿）当夜就把龙文景关在自己的房中与他成了亲，男欢女爱，如鱼得水，等哥哥发现的时候他们早已配成夫妻好多天了。得知此情的父亲恨得有了杀女之心。面对前来阻挠自己爱情的父兄，张兰英果决地将他们全部捉住，绑在了路边，带着自己的如意郎君溜之大吉。

宝卷的结尾依旧是异常俗套的夫妻团圆，全家人接受唐王册封，这样的结尾说明：那样大胆热烈的爱情除非像张四姐一样带着心上人重返天庭，在人间是无处安放的，只能归顺于作为封建道德集权代表的朝廷，侯美英、张兰英还得接受一夫两妻，委曲求全。但从原型的角度我们可以看到女性强烈的欲望追求，为了满足欲望她们内心深处产生了激烈的反抗意识，现实生活中有几个女孩子能杀会打，这只是一种潜意识的外化，在压抑中渴望自己有强大的力量去反抗外部世界。

（二）恋子情结

情结是一个心理学术语，指的是一群重要的无意识组合，或是一种藏在一个人神秘的心理中强烈而无意识的冲动。弗洛伊德在《梦的解析》一书中指出："对父亲的态度充满矛盾冲突和对母亲专一的充满深情的对象关系在一个男婴身上构成了简单明确的俄狄浦斯情结的内容。"[①] 这一情结体现了三个人之间的微妙关系：父亲、母亲和儿子之间血缘亲情，母亲是儿子潜意识中的性对象，父亲的存在让儿子的这种隐秘渴望遭到了巨大威胁，儿子在占有母亲的同时还产生了消灭潜在欲望的念头。西方的俄狄浦斯情结中的行为主体是儿子。而在中国母子间隐秘欲望的主体是母亲，于是被消灭的对象变成了儿媳妇。这种情结最

[①] 林尘等编译：《弗洛伊德后期著作选》，上海译文出版社 1987 年版，第 88 页。

早体现在诞生于2世纪初的我国汉乐府民歌《孔雀东南飞》之中，河西地区的《方四姐宝卷》是现代版的《孔雀东南飞》。

《方四姐宝卷》在河西地区流传十分广泛①，主要讲述了婆婆于氏虐待儿媳妇方四姐致死的故事。《方四姐宝卷》中婆婆于氏迫害儿媳妇方四姐是恋子情结作用的结果。细读文本我们发现了这样的信息：于婆对儿媳妇的虐待是出于一种强烈的嫉妒心理，儿子于克久对媳妇方四姐的疼爱偏袒成为婆婆虐待媳妇的诱因。第一次，在洞房花烛夜时，于婆在门外偷听，她的偷听不是出于子嗣的原因，她窥探儿子的不正常行为是因为过度的恋子之情。当她听到儿子对媳妇的温存之意就怀恨在心，第二天，她提出让四姐去很远的地方打水，可以说，于郎对妻子的偏爱之情是母亲虐待媳妇的直接动因。

第二次，四姐在花园偶遇于郎，夫妻间的亲密举止，使婆婆怒气冲天，在她毒打四姐时于郎赶来求救，甚至为了妻子冲撞母亲，引发了母亲的勃然大怒，在家中掀起了轩然大波。于员外作为家中权威出场了，他的决定理所当然地维护了家庭秩序，以牺牲儿子的幸福为代价维护家长制的权威，把于郎送进南学去读书。

第三次，在外读书的于郎向老师告假回家探望，此时，四姐已是面黄肌瘦，身体难看，夫妻俩只是躲在自己的屋里痛哭，于郎能做的就是给方四姐买了些膏药贴在身上。于郎一心想再劝劝母亲，但最终还是无可奈何地去了学堂，比起第二次母亲打四姐时于郎激烈的反抗，这一次不论他是害怕适得其反，还是无力与母亲争锋，他的表现都表明他已败下阵来。就这样，于婆又打了四姐一顿，怒骂她在丈夫面前诉苦了。不知于婆是又一次偷听了，还是妄自揣测，总之夫妻间的亲密，儿子对媳妇的偏爱总会点燃婆婆折磨媳妇的怒火。

---

① 被收入了《金张掖宝卷》《酒泉宝卷》《甘州宝卷》《山丹宝卷》《民乐宝卷》《临泽宝卷》《永昌宝卷》《凉州宝卷》《河西宝卷选》九部宝卷当中。在《金张掖宝卷》《甘州宝卷》《河西宝卷选》《民乐宝卷》中作《方四姐宝卷》，在《山丹宝卷》中作《房四姐宝卷》，在《凉州宝卷》中作《四姐宝卷》，在《酒泉宝卷》中作《余郎宝卷》，在《临泽宝卷》中作《于郎宝卷》，在《永昌宝卷》中作《方四姐》。

弗洛伊德提出了俄狄浦斯情结，即弑父娶母情结。他用三部文学作品佐证了自己的心理学观点。这三部作品分别是《俄狄浦斯王》《哈姆雷特》和《卡拉玛左夫兄弟》。西方弑父娶母原型有这样一个视点，就是儿子对母亲的欲望。而在河西宝卷文学中我们发现了这一欲望的另一个角度，这个角度就是母亲对儿子的欲望，民间社会中母亲和儿媳妇紧张关系的心理原因是母亲对儿子的占有欲望。方四姐宝卷中婆媳矛盾隐含了婆婆对儿子欲望的原型。母子结合原型，最早出现在古希腊神话之中，地母该亚和自己的儿子天神乌拉诺斯结合。这也是人类社会初期乱伦的缩影。虽然随着伦理道德的建立，乱伦关系已受到了东西方社会的强烈反对，但人们内心隐秘的情感和欲望却一直保留着，西方文学突出了作为男性的儿子对母亲的强烈情感，以及欲望受压抑的矛盾心理。在中国民间则体现了作为女性的母亲对儿子的欲望和情感。

同一原型在中西方独特的文化环境中发生了变化。相对来说，西方文化是一种阳性文化，张扬个性，凸显欲望。中国文化是一种阴性文化，注重伦理，压抑欲望。这种隐秘的情感表现在于婆身上，在其儿子新婚之夜她竟然在门外偷听，听到儿子说对未曾谋面的媳妇感到满意就怀恨在心，她的嫉妒心让她一次次暴打方四姐，还怂恿于员外把新婚不久的儿子送出去求学，拆散这对新婚燕尔的夫妻。于婆表现出了对儿子强烈的占有欲。生理欲望受到过分压抑的女性内心被扭曲、人性被异化。

（三）女性欲望的宗教疏散

在民间社会场域中女性欲望受到了无情的压抑，哪里有压迫，哪里就有反抗，《侯美英反朝》《张四姐大闹东京宝卷》《三神姑宝卷》都运用神话思维传达了女性对爱情的大胆追求，且都有圆满的结局。《乌鸦宝卷》写了现实语境中女性追求自我欲望满足的故事，结局之悲惨令人扼腕。

《乌鸦宝卷》（见《金张掖民间宝卷》）主要讲述了汴梁城外四十里百木村的一对夫妻王晓泉、刘玉莲。丈夫为了养家糊口，别离已有身孕的妻子，出门做生意赚钱。先在四川，后遇到了云南商人兰半城，一起去了云南。这一去就是五年，妻子独自抚养儿子。这期间结识了替夫送信的本村生意人相龙，让儿子拜相龙做干爹。儿子取名相保子，相龙照顾孤儿寡母三年。在丈夫全无音信的情况下，相龙与刘玉莲相爱，暗自偷欢。正当他们情投意合之时丈夫回来了。刘玉莲趁丈夫熟睡砍下了丈夫的头，"将尸首剁碎下锅熬汤，把衣服烧成灰烬"，并赶走了丈夫骑回来的黑驴。这头黑驴竟然回到了刘玉莲的娘家。刘玉莲嫁祸父兄杀了自己的丈夫，其哥哥被捕入狱。最终包拯明察秋毫，断出了真相。刘玉莲和相龙被千刀万剐。

河西宝卷大都宣扬忠孝贞节的妻子，刘玉莲这样的反面形象在宝卷中并不多见。偷情的刘玉莲和相龙最终被千刀万剐，剐下的肉丢在地上让狗吃了。宝卷让不守妇道，不遵循乡间伦理的男女受到了残酷的惩罚，目的是维护既有的秩序。但从宝卷的叙事中我们看到了刘玉莲欲望的饥渴，矛盾后的偷情以及对压抑她欲望的父亲、兄长、丈夫的残酷报复，从刘玉莲的行为中我们看到了女性对父权、夫权极其强烈的反抗。

在丈夫刚刚离家的时候，刘玉莲本本分分地过日子，全心全意地照顾儿子。相龙来送信时对刘玉莲一见倾心，可这时的刘玉莲并无非分之想，后来因给孩子起名字两人有了交往，在丈夫长久没有音信的情况之下，刘玉莲心思有了变化。这种变化是因为她的内心备受煎熬，一段[哭五更]唱出了刘玉莲内心的痛苦和寂寞：

一更里来好伤情，一床棉被半床空。眼望苍天无依靠，家中独自我一人。我的天呀！我的冤枉对谁诉。

二更里来睡不着，哭哭啼啼好难过。一心只要见他人，除非相龙到家中。我的天呀！慌得两手忙扯定。

三更里来恨丈夫，几年光景不回程。在外没有思家心，奴在家中好难过。我的天呀！可怜半夜奴独宿。

四更里来想亲人，这种日子怎么过。小小冤家搂在怀，为儿娘把心操碎。我的天呀！单身无靠冷清清。

五更里来金鸡鸣,一夜未睡到天明。自从四川来了信,到了云南无影踪。我的天呀!一去全然无音讯。①

刘玉莲并不是一开始就背信弃义,而是在丈夫离去三年后,在杳无音信的情况下才对一直照顾自己和儿子的相龙产生了感情,这是合理的情感,可是在封建社会,有的只是压迫、对生命无止境的压抑。后来的刘玉莲和情夫相龙联手杀死了她的丈夫王晓泉,而且将尸首剁碎下锅熬成汤倒进了圈里。眼看着自己的兄弟银铛入狱且有性命之忧,刘玉莲毫无恻隐之心。刘玉莲的所作所为表面上看是在毁尸灭迹,消除自身的嫌疑,其实质反映了女性潜意识中对压抑自己生命欲求的父权、夫权非理性的报复意识。在这种不近情理的压抑中,女性内心充满了疯狂、血腥的决绝力量,这些悄然涌动的暗物质在宝卷中得到了体现。

此外,绝大多数宝卷中的丈夫外出都是考取功名,在这部作品中我们看到了经商的王晓泉。大多数宝卷中考取功名的丈夫最终都衣锦还乡。王晓泉虽然赚到了银千两,回家却惨遭妻子和情夫的杀戮。王晓泉、相龙都是经商的,中国社会重农轻商,为商人安排了悲惨、不幸的结局。

不论是张四姐等仙女为了爱情和整个国家、天庭的精兵良将相对抗,打得天上地下兵士人仰马翻的乐观幻想,还是如刘玉莲一般在现实生活的压抑中做出血腥而又变态的残酷报复,其背后的问题都是女性潜意识中的强烈欲望在当时的社会生活中得不到正常充分的释放,于是产生了更加奇葩的宗教排遣方式。郑振铎在《中国俗文学史》中这样评价女性修行宝卷:"描写一个女子坚心向道,历经苦难,百折不回,具有殉教的最崇高的精神。虽然文字写得不怎么高明,但是像这样的题材,在我们的文学里确实很罕见的。"女性修行宝卷的实质是女性欲望的宗教疏解。接下来就河西宝卷中典型的《香山宝卷》《何仙姑宝卷》做出分析。

---

① 徐永成主编:《金张掖民间宝卷》,甘肃文化出版社2007年版,第285页。

《香山宝卷》主要讲了香山公主修行的故事，《何仙姑宝卷》主要讲了吕洞宾度化何仙姑的故事。《香山宝卷》又名《观音宝卷》，讲的是观音菩萨即慈航尊者在大罗天宫慧眼遥观东土众生贪迷酒色财气，罪孽深重，当即启奏瑶池金母、无极天尊，她有意下凡，普度众生，指点迷津。这是一部讲述佛教故事的宝卷。《何仙姑宝卷》讲的是八仙之一的何仙姑，是一个道教故事。香山公主和何仙姑都十分聪慧，何仙姑面对吕洞宾开出的药方对答如流，香山公主五六岁时，聪慧异常，凡读到的书过目不忘，谈吐言辞与众不同。她们都深得父母的喜爱。接下来就她们修行的目的、修行的过程、修行的结果做出分析。

虽然香山公主是佛界的观音，何仙姑是道界的八仙之一，但她们修行的目的有相同之处，慈航投胎是为了"咱今番下东土好言垂训，愿舍身游苦海度醒原人。转女身做一个后世把柄，使下界妇女学我修行……"①何仙姑修行是因为八仙中缺一位女仙，吕洞宾下凡度化，好在三年后一起赴瑶池蟠桃会。香山公主修行是为了出苦海脱尘劳；何仙姑修炼是为了免堕地狱之苦。她们修行的目的都受到了佛教思想的影响，人生无常，因果报应，唯有修行可以帮助她们摆脱六道轮回，免受地狱之苦。

整个修炼过程中最能体现香山公主一心向佛、坚贞不渝、百折不挠的就是她誓死不嫁。当其父亲提出为她招驸马的时候，她滔滔不绝地向父母诉说人生如梦的无常，六道轮回的痛苦，气得其父亲只给她留下了随身蔽体的衣服，就把她赶进了花园里，让她挑水浇花干粗活。低贱的工作、繁重的劳动丝毫也没能让香山公主退缩，她反而以此为乐，之后姐姐们的劝诫也未能奏效。

气急败坏的父亲把女儿赶到了白雀寺，希望寺院清苦的生活能够让她迷途知返，可是香山公主依旧不知悔改。诸位尼僧受庄王之托以修行之苦劝解香山公主回家，香山公主以一篇经文相对，赢得众人的称赞。公主在寺里将扫地、打柴、挑水、舂米、焚香等活全部干好，竟不以为

---

① 赵旭峰编：《凉州宝卷》，甘肃人民美术出版社2014年版，第108页。

苦。还和白雀寺里暗自修炼的黄长老叙谈妙礼，相互切磋。没过多久，朝野内外传出了公主和黄法师彼此达媒的流言蜚语，笑话庄王。庄王盛怒，找亲信之人放烈火焚烧白雀寺。熊熊烈火未能伤及香山公主，更没有改变她的初心。忍无可忍的庄王把女儿押解到了法场，即使刀架在脖子之上，受到死亡的威胁，香山公主也不答应嫁人。

何仙姑在纯阳老祖带着青年男子变化成亲戚的多次劝诫中未曾动心，在父亲拿着绳子要把她勒死的威胁面前不曾气馁。在二人修炼的过程中，她们除了一再宣扬不可杀生、努力行善等修行原则外，真正付诸行动的就是誓死不嫁，在修炼过程中所遇到的最大阻碍就是父母一心希望女儿嫁人。女儿与父母及家人之间就出嫁的问题产生了激烈的冲突。读完这两部宝卷会给人留下这样深刻的印象，女子誓死不嫁，保持童贞，压抑欲望即可修炼成佛、得道成仙。

"从这一点可以看到，女性在修行中，既解脱了自身的肉体，同时也找到了自己的价值。可以说，女性修行对于女性的价值再寻有着十分重要的意义。同时，由于修行女性对'善'的追求，客观上增进了家庭的和谐、社会的稳定。当然，不可否认，女性修行绝不是女性问题的实质性解决。"[①] 女性修行这种中国文学中少见的主题，这种近乎虚幻、荒诞的表达在旧社会被广大民众特别是女性所接受，其实质是女性欲望的宗教疏解。

（四）男性欲望的政治集结

在中国古代爱情类叙事文学较有影响的作品中，较普遍的一个现象是女主人公的形象比男主人公更丰满、动人、突出，我们把这种现象称为"女强男弱"[②]。"女强男弱"也符合河西宝卷中人物形象塑造的基本特征。

比如说巫山女神与楚怀王的神话故事，在中国文学史上可以说是一

[①] 尚新丽、车锡伦：《北方民间宝卷研究》，商务印书馆2015年版，第298页。
[②] 田富军：《中国古代文学中的"女强男弱"现象的文化读解》，《宁夏社会科学》2001年第5期。

个不断置换变形的原型母题。"在这个神话中，美貌的巫山神女主动要求与楚怀王发生性关系，并因此向楚怀王承诺保佑他的子孙后代""这一神话诞生在父权社会产生之后，所以它必然深深地打上男权意识的烙印"。男性对女性奢望的背后，则必然深藏着男性的某种匮乏感。"神女的奉献，其实表达的是楚怀王对自己及王国命运的无能为力之感，是想借助外力的这种无意识的心理变形。"①

巫山女神与楚怀王的神话故事，是男性柔弱、无助内心世界的一种白日梦式的补偿，补偿对象就是一位神女，神女美貌多情满足了男性的性欲，神女本领非凡满足了男性自我实现的欲望。河西地区《白蛇宝卷》中的许仙遇到了白素贞；《劈山救母宝卷》中的刘彦昌遇见了三圣母；《三神姑下凡宝卷》中的闫天佑遇见了三神姑；《张四姐大闹东京宝卷》中的崔文瑞遇到了张四姐；《天仙配宝卷》中卖身葬母的董永遇见了七仙女。至此这些柔弱男性的命运发生了变化，不但得到了美妻，而且转眼间或医术高明，或上天成仙，或金榜题名，或加官晋爵。白素贞、三圣母、七仙女、三神姑、张四姐、七仙女等形象的塑造恰恰是柔弱、无助、空虚的男性心理的补偿。

宝卷中男性欲望以意象的形式得到了体现，中国文化中的蜜蜂意象，常常与情爱的追逐相联系，并且有大量成语流传下来：蝶乱蜂狂、蝶使蜂媒、蝶意莺情、蜂缠蝶恋、蜂蝶随香、蜂狂蝶乱、蜂迷蝶猜、狂蜂浪蝶、浪蝶游蜂、招蜂引蝶。这些成语蜂蝶并用，蜜蜂和蝴蝶成为文化意义上爱情的象征，人们从日常生活中常见的自然形态引起了联想，同时在文化渲染中反复出现，使这一联想经典化，取得普泛的认同。这两点的契合造就了民俗文化的固定意向，从而被广泛使用且源远流长，这就是民俗中的逻辑。蜜蜂意象除了象征情爱的甜蜜外，性的表达更为强烈。民间的联想多有依据，大多是约定俗成的文化积淀，借用意象避开禁忌和伦理规范表达了出来。

河西宝卷中的蜜蜂意象出现在《黑蜜蜂宝卷》（见《临泽宝卷》）

---

① 王萌：《神女原型与中国男性的依附心态》，《中州学刊》2001年第3期。

中，其中的男女主人公石桂英和张川蜂前世分别是王母娘娘花盆里的牡丹花和飞来的黑蜜蜂。王母娘娘厌恶黑蜜蜂，失手将牡丹花打下了凡间。二人今生为夫妻，都是前世蜜蜂戏牡丹的结果。另外在《蜜蜂宝卷》（见《金张掖民间宝卷》）中，宝卷以蜜蜂命名除了情节方面的原因外，大有深意。宝卷开篇就简单明了地写到续妻吴氏："那吴氏青春年少来到董家，其他方面都事事随心，唯有那被中枕上之事不能如愿"。接下来还出现了宝卷中少有的细节描写："董良才在花亭读书，不觉困倦就伏在书案上睡着了，正巧吴氏也来花园散心，见良才细皮嫩肉，睡梦中双眼含笑，不由动了春心，便有意挑逗。"[1]

吴氏勾引董良才被拒绝，遂恼恨在心，在丈夫面前诬陷儿子调戏自己，丈夫不信。她满头抹满了蜂蜜故意来到花园里，蜜蜂逐蜜而落，她大惊小怪，叫来儿子帮忙，蜜蜂越赶越多，儿子情急之中抱住了继母，吴氏做出逃脱之状。在远处看着的董员外相信了妻子的谗言，气愤地有了杀子之心，接下来的故事精彩非凡。公子落难、借尸还魂、私订终身、寺庙打劫、男扮女装、女扮男装、梦中相恋、无巧不成书等民间文学常见的母题在这里组合，符合了民间喜欢热闹的审美倾向，民众将无法实现的梦想寄托在了没有逻辑的幻想之中。

宝卷中的董良才是懦弱无能的，靠妻子考取状元，靠妻子荡平了贼寇。其中不乏男性的坐享其成，女性追求自立而又离不开依靠的矛盾心理。但"或许，我们之所以需要讲故事，并不是为了把事情搞清楚，而是为了给出一个既未解释也未隐藏的符号。无法用理性来解释和理解的东西，可以用一种既不完全澄明也不完全遮蔽的叙述来表达。我们传统中伟大的故事之主要功能，也许就在于提供一个最终难以解释的符号"[2]。

这部宝卷中的蜜蜂意象不只是整个故事的一个引子，更是一种内心欲望的表达，暗指董良才和继母吴氏之间的不伦之恋。但在整个宝卷的

---

[1] 徐永成主编：《金张掖宝卷》，甘肃文化出版社2007年版，第491页。
[2] ［美］希利斯·米勒：《解读叙事》，申丹译，北京大学出版社2002年版，第14页。

叙事之中家庭伦理秩序得到了强化，性的欲望显得格外矛盾，被压抑，被发泄，扬抑之间对抗激烈，最终的结局是将性欲转化成了政治欲望，遵循了家庭伦理道德，压抑性欲就可能得到更多的社会认可。宝卷传达了这样一种欲望疏导：董良才压抑了对继母的非分之想，就可功成名就，妻妾成群，性欲向政治欲望集结。

　　本节从原型的角度分析了河西宝卷的深层意指，河西宝卷的深层含义指向人类的本能欲望——性欲。所有宝卷作为一个整体的场域，其中人性欲望处于压抑与反抗的激烈矛盾之中，一方面受到封建社会伦理道德的制约，河西宝卷提出了一系列禁欲主义的思想，特别是对女性欲望的压制，《风雨会宝卷》中帝王妃子的爱情被彻底改写，体现了民众对一个理想君王与君王伴侣的期待。这种期待寄托了一种政治理性，其本质是一种禁欲思想，甚至觉得男女私欲祸国殃民，这些都体现了对性欲深刻的偏见和谬误。另一方面，宝卷中的张四姐、侯美英等天上人间的女性奏响了一曲轰轰烈烈的追求自由爱情的凯歌。她们个个身怀绝技，用武力搅得天上地下不得安宁。这些都是女性潜意识的真实流露，渴望自己有强大的力量去反抗外部世界，满足自己的欲望。

　　本节分析指出，女性欲望宝卷写了神话思维中女性对爱情欲望的大胆追求，写了现实语境中女性为追求自我欲望满足而惨遭整个社会的血腥屠戮，还通过女性修行这种中国文学中少见的主题，用一种近乎虚幻、荒诞的宗教方式疏解女性欲望。总结了河西宝卷中"女强男弱"形象塑造的基本特征，指出白素贞、三圣母、七仙女、三神姑、张四姐等丰富的女性形象的塑造是柔弱、无助、空虚的男性的一种心理补偿。接下来通过蜜蜂意象分析了男性欲望的合理疏通，那就是遵循家庭伦理道德，压抑性欲就可能得到更多的社会认可，将性欲转化为政治欲望。通过分析我们可以清楚地看到民间将人的本能欲望——性欲彻底妖魔化，在民间场域，人们视性欲为"万恶之源"，民众对待性欲的态度是厌恶、禁忌、排斥、丑化、压抑。

第五章　河西宝卷原型文化因素分析

　　河西宝卷中的原型表现为"母题""意象""故事类型""结构""仪式"等多种形式，其中母题是研究民间文学的基本单位，是故事的"最小叙述单位"，是对完整故事所做的切分。母题不是单个故事的分解片段，而是以搜集的所有民间故事为范围，对比多个故事，从中找出重复部分。故事母题是对情节、时间的最简单归纳，往往不表达价值判断，因而具有客观性。简单地说，"意象"就是以意表象，即以具体的物体（象）表达抽象的概念（意）。结构主义是"关于世界的一种思维方式"，结构主义认为："事物的真正本质不在于事物本身，而在于我们在各种事物之间的构造，然后又在它们之间感觉到的那种关系。"①

　　"母题""意象""结构"这三个概念表述虽然各有侧重，但是都具有复现的特征，正如希利斯·米勒所言："任何一部小说都是重复现象的重复组合，都是重复中的重复，或者是与其他重复形成链形的重复的复合组织。在这种情况下，都有这样一些重复，它们组成了作品的内在结构，同时这些重复还决定了作品与外部因素多样化的关系。"宝卷中的重复即"母题""意象""结构"的重复。作为河西宝卷原型载体的"母题""意象""结构"等明显受到了中国神话和儒释道文化的影响。

　　接下来分析中国神话对宝卷原型的影响。中国洪水神话很丰富，其中广为人知的有女娲补天、鲧禹治水、雷公姜央、鳖灵治理洪水、李冰

---

① ［英］特伦斯·霍克斯：《结构主义和符号学》，瞿铁鹏译，上海译文出版社1987年版，第8页。

诛杀蛟龙的故事等。而如此丰富的中国洪水神话只是世界洪水神话中的一部分，马克·埃萨克在《世界洪水故事》中指出，全球共有181个国家和民族流传着洪水神话，故事文本多达500多种。各民族和地区在大洪水侵袭世界的背景之下，衍生出了众多细节不尽相同的神话故事。比如，《旧约》中记载的希伯来洪水神话：耶和华看到地上的人类作恶多端，决定发大洪水清洗世界，唯独提前警告拯救了挪亚，挪亚遵循上帝的指示提前造好了方舟，和挪亚一起在方舟里躲避洪水的还有挪亚的家人及各样有血肉的活物。

希腊洪水神话说道：青铜时代的人类堕落不堪，主神宙斯到人间察看后，对人类很愤怒，决定用洪水灭绝人类。普罗米修斯的儿子丢卡利翁事先得到父亲的警告，造了一条大船。当洪水到来时，他及其妻子皮拉躲进大船，幸存了下来。大洪水退去后，大地荒芜，丢卡利翁及其妻子听从神谕，把石块朝身后扔去，重新创造了人类：丢卡利翁扔的石块变成了男人，妻子皮拉扔的石块全变成了女人。

列维·施特劳斯说："神话故事也是，或者看起来是任意的，无意义的，荒绝的，然而，它们也一再在全世界重复出现，我的问题是试图发现在这种表面的杂乱无章后面是否有秩序，仅此而已。"中西洪水神话有很多共同因素，比如洪水泛滥的原因都是人类的罪恶触怒了神灵，洪水之后都提到了人类再生。但是中西神话的不同之处也显而易见，中国洪水神话突出"治水主题"，也就是突出神或英雄在洪水消退中所做的积极努力。女娲积灰土止淫水，鲧为了治水偷到了上帝至宝息土，禹子承父业治水十三载，披星戴月，呕心沥血三过家门而不入，鳖灵、李冰都在治水过程中做出了积极的努力。

河西宝卷中的洪水神话和英雄岳飞的出生联系在了一起："那姚氏安人抱了岳飞，方才坐在缸内，就听见天崩地裂的巨响，滔滔洪水漫地而来，两丈来高的水头，霎时八个岳家庄，荡成一片汪洋，一村百姓随水漂流。正是：波浪洪涛滚滚来，无辜百姓遭飞灾。"[1] 大洪水原型在

---

[1] 王学斌纂集：《河西宝卷集萃》（上卷），中国人民大学出版社2010年版，第34页。

第五章 河西宝卷原型文化因素分析

宝卷中出现已发生了重大的置换变形。中外典型的洪水神话都包括了这样的原型模式：人类罪恶—洪水惩罚—人类再生，宝卷中的洪水神话褪去了罪恶与惩罚的主题，突出了英雄的传奇经历，并将人类再生置换为英雄再生。大洪水神话出现在许多国家和地区是人类古老生活的原始记忆，对人们的情感经历产生了重大的影响，宝卷把中国民间这样激荡人心的经历和民族英雄岳飞的出生联系在一起，突出英雄重生的卓尔不群。除此之外，中国古老神话中神和英雄积极进取、努力抗争的精神内涵也被继承了下来。虽然在不同时代的社会境遇中斗争的对象不同，古人和自然做斗争，封建社会中农民最惨痛揪心的经历莫过于外敌入侵、战争蹂躏。惨痛的经历唤起了他们心中最原始的记忆：大洪水的肆意蔓延，与洪水斗争的惊天动地深深埋藏在他们的心中。在不同的历史文化环境中洪水原型发生了置换变形，某些远古的记忆片段、精神影像在宝卷的洪水神话中得到了再现，当然，宝卷的大洪水原型也包裹了浓厚的时代地域文化，与某些神话因素相比已是面目全非。正如弗莱所言："由此可见，原型批评有赖于两种具有活力的节奏或范型，一是循环反复，一是矛盾对立。"①

中国四大民间传说中的白蛇故事很长时间以来一直在河西地区以宝卷的形式流传着，在《河西宝卷集萃》中作《白蛇传宝卷》，在《山丹宝卷》中作《白蛇宝卷》，在《金张掖宝卷》中收录了《白蛇传》。就原型批评来说，白蛇形象可以追溯到人首蛇身的"伏羲女娲"，通过对远古信仰及神话资料《山海经》《搜神记》等的分析发现，白蛇形象包含了古老的"生殖"和"图腾"崇拜。

河西宝卷中的中国古代神话之"原"，不仅以上文所提到的大洪水、白蛇等神话因子的形式出现，古代神话对河西宝卷的影响还表现在思维方式上。在人类社会的发展中主要有两种思维方式：一种是神话思维方式，其主要特征是充满了神奇的想象；另一种是科学的思维方式，科学的思维方式讲求逻辑、精确。很明显，河西宝卷中保留了远古神话

---

① ［加］弗莱：《批评的解剖》，陈慧等译，百花文艺出版社2006年版，第152页。

里充满想象、感性、直观的思维特征，最主要的是神话对神秘世界的崇拜敬畏在宝卷中得到了体现。除了古代神话外，佛教、道教、儒家文化都是河西宝卷重要的文化因素，接下来对之逐一进行分析。

一　佛教文化因素

佛教起源于印度，自西汉末年传入中国以来，佛教的落地生根、繁衍发展、与中国固有文化之间的排斥融合是一个极为复杂的过程，佛教绵延至今，已经成了中国文化不可或缺的部分。有史记载，佛教的传入是在汉明帝永平七年（64年），汉明帝夜里做梦梦见了金人，甚感蹊跷，由此派人前往西域求访。他们同印度僧人走到大月氏，遇见了两位法师迦叶摩腾和竺法兰，他们偕两位大法师于公元67年回到了洛阳，并带回了经书和佛像，开始翻译佛经，相传就是现存的《四十二章经》。同时还建造了中国第一个佛教寺院，就是今天还存在的白马寺。虽然佛教传入中国早于汉明帝时代，但佛教作为一种宗教得到政府认可，在我国初步建立可以说始于汉明帝时代。[①] 佛教最初从西域传入关中，河西走廊是必经之路。河西走廊的佛教文化是中国佛教的重要组成部分。

在中国佛教的形成和发展过程中，河西地区起到过宗教传播枢纽的作用，一度曾成为中国佛教的传播中心。在历史上，河西地区对我国佛教的两大分支——汉传佛教、藏传佛教的传播都产生过深远的影响。河西地区的十几处石窟以及与其人口数量极不相称的大量寺庙，表明河西地区既是佛教文化的传播站，又是佛教艺术的冶炼所。从一定意义上说，外来的佛教就是从这里向内地传播、辐射，并开始它漫长的中国化进程的。因此，在河西地区，汉传佛教和藏传佛教的寺庙并存，僧侣杂居，呈现出彼此相容、和谐相处的景象，这也成为河西地区佛教文化的

[①] 赵朴初：《佛教常识问答》，九州出版社2012年版，第81页。

第五章 河西宝卷原型文化因素分析

一大特点。

在河西走廊，自西向东，著名的石窟寺有敦煌莫高窟、安西榆林窟、玉门昌马寺、酒泉文殊寺、肃南马蹄寺、武威天梯山等；还有一些寺庙如武威海藏寺、莲花寺、天祝天堂寺、张掖大佛寺、西来寺、文殊寺等。而敦煌莫高窟、安西榆林窟历来是佛教圣地，寺内的佛像，大者数十米，小者仅寸余，"或石或塑"，仪态万方。这些洞窟造像、石塔雕像和寺院塑像真实地记录了佛教文化在古代河西走廊流行的盛况。笔者在田野调查中发现，在张掖临近马蹄寺的安阳、花寨、大满、小满都是宝卷的流行地区，武威毗邻天梯山石窟的张义乡也是宝卷流传的中心。石窟文化和宝卷内容及流传情况之间的关系有待进一步考察。

明末清初，民间艺术河西宝卷和佛教之间产生着相互影响促进的作用，郑振铎在《中国俗文学史》中提出："后来的宝卷即变文的嫡派子孙，也即谈经等的别名。"谢生保从变文与宝卷的一些基本问题的比较、依据宝卷音乐对变文音乐的继承，依据宝卷讲唱仪式、方法对变文讲唱仪式方法的影响，变文与宝卷宗教思想的相似性四个方面做了细致的分析，认为："宝卷与变文相比较，虽有变异，但从文体形式、讲唱方法、宗教思想上，基本继承了变文的衣钵，确为变文的'嫡系子孙'。"[1] 研究者在文本阅读和田野调查中发现佛教文化从名称、内容、仪式、音乐、传播方式等多方面对河西宝卷产生了重要影响。

翻开一部部宝卷，佛教与宝卷之间的亲密关系一目了然：《康熙宝卷》（见《酒泉宝卷》第一辑）开卷言道：

> 当今宝卷才展开，诸佛明王降临来。
> 康熙私访到山东，劝化黎民仔细听。

编者在这部宝卷后面对明王做了注释，"明王：菩萨名，有一头四臂或二臂者，驾孔雀，故曰孔雀明王，佛典有《孔雀明王经》。据《真

---

[1] 谢生保：《河西宝卷与敦煌变文的比较》，《敦煌研究》1987年第4期。

伪杂记》卷十三所载：'明者光明义，即像智慧……智慧为摧破烦恼业障之主，故云明王。'"①

《昭君和番》（见《永昌宝卷》上）宝卷开卷道："这部宝卷才展开，诸佛菩萨降临来。天龙八部生欢喜，保佑大众永无灾。"

《护国佑民伏魔宝卷》（上）（见《临泽宝卷》）开篇言：

敕封　三界伏魔大帝
　　　　神威远振天尊
伏魔宝卷，法界来临，诸佛菩萨降来临，随处结祥云，诚荐方殿，诸佛现金身。
南无灵感观世音菩萨
南无普贤菩萨
南无地藏王菩萨
　　　　开经偈
佛魔宝卷立意深，传流后世劝贤人。
有人信授伏魔卷，万劫不踏地狱门。

明王、诸佛菩萨、普贤菩萨、观世音菩萨、地藏王菩萨都出现在了宝卷开篇处，念卷人和听卷人都有这样一种观念，打开宝卷念唱，和神佛同在。首先诸佛保佑大众无灾无难。其次诸神也关乎人们的精神世界，不论你是受苦受难，不论你是例行善事还是作恶多端，一切都在神佛的眼中。神佛既是精神依靠，也代表了巨大的惩戒与威慑。整个念卷活动是和神佛的潜在融为一体的，在念唱宝卷的过程中一遍遍接卷"阿弥陀佛"，以仪式的形式确认神佛在场。在这些程式化的仪式之外，宝卷的内容也包含了很多佛教内容，接下来就从"缘起论"与"佛传"两方面细致分析佛教文化因子对河西宝卷产生的深厚影响。

---

① 酒泉肃州区文化馆编：《酒泉宝卷》（第一辑），甘肃文化出版社2012年版，第158页。

(一)"缘起论"与宝卷原型

佛教经籍非常繁杂,而佛教教义的最基本内容就是世间之苦,世间之苦包括苦谛、苦的原因、苦的消灭和灭苦的方法,而四谛所依据的根本原理就是缘起论,缘起论是佛教教义的根基所在。佛曾给"缘起"下了这样的定义:

若此有则彼有,若此生则彼生;
若此无则彼无,若此灭则彼灭。

佛经中的缘起论有十一个义,这十一个义归纳为四个重要论点[①](见表5-1所示)。

表5-1　　　　　　　　　缘起论

无作者义	无造物主
有因生义	
离有情义	无我
依他起义	
无动作义	
性无常义	无常
刹那灭义	
因果相续无间断义	因果相续
种种因果品类别义	
因果更互相符顺义	
因果决定无杂乱义	

无造物主即是十一义中的"无作者义"和"有因生义"。这里讲的是佛教最基本的世界观,否定了原初的造物主,世界的存在是一个必然的因果系统,没有一个绝对的第一因。这样的世界观是众生平等的坚实

---

① 赵朴初:《佛教常识问答》,九州出版社2012年版,第47—56页。

基础。比如在道教的观念之中女娲娘娘造人，所以我们要敬奉娘娘，民间认为娘娘还能送子。在基督教的创世观念中，上帝不但创造了世间万物，还创造了第一个人——亚当，所以基督徒拜服在上帝脚下。在佛教观念之中世间万物包括人的存在都是现象，主张任何现象都是"有因生义"，受到了必然的因果律的支配。

"无我"的道理包含在"离有情义""依他起义"和"无动作义"中。"有情"指的是有感情的存在物，是物质和精神的聚合体，物质主要包括六大元素（地、水、火、风、空、识），六大元素和身体组织相对应——地为骨肉，水为血液，火为暖气，风为呼吸，空是身体的种种空隙，识为主观能动的活动。"有情"的精神组织主要是指五蕴，五蕴指的是色、受、想、行、识。综上所述，有情是种种物质和精神的聚合体，这些聚合体都存在着偶然性，用佛教的话来说是刹那的，依缘而生灭，我的存在是各种不确定因素的聚合体，这就是无我的意义。

"无常"指的是宇宙万物都没有恒常的存在，表现为刹那间的生灭，正如佛经所言"诸行无常，是生灭法"。"诸行"指世间的一切现象，世间的一切现象都是迁流变动的。"生灭"包括现象的"生、住、异、灭"四种状态。一种现象的出现、开始叫作"生"；一种现象又作用影响他物称为"住"；一种现象的作用发生变化称为"异"；一种现象的消失、结束叫作"灭"。"生灭"存在于刹那之间，这个世界只有变化是永恒的。

"因果相续"首先是指因果从不间断；其次是指因果井然有序地呈现，一丝不乱。佛教认为，因果的法则是恒定的，因果相续于过去、现在和未来三世，诸佛也不能改变。也就是十一义中所说的"因果相续无间断义""种种因果品类别义""因果更互相符顺义"和"因果决定无杂乱义"。

河西宝卷受到了佛教的深刻影响，整个河西宝卷就是对"缘起论"所做的脚注，典型地体现在"人生是苦""因果报应"两种原型之中。佛教的人生是苦的："从缘起论和因果律的理论出发，人生生死流转不

第五章 河西宝卷原型文化因素分析

止，是莫大的痛苦。人生无常，不能自我主宰，毫无自由。人的生老病死的自然变化过程就是苦。人间世界犹如火宅、苦海。芸芸众生，困陷于熊熊火宅之中，备受煎熬。沉沦在茫茫苦海之内，饱尝苦难。出世解脱指的是由于一切因缘和合的事物都是无常的，人生是苦，一切皆空，应舍弃一切执着，达到寂灭境界，以求证得解脱。这种出世解脱，称为'涅槃寂静'，是人生摆脱苦难的唯一出路，也是最高的理想境界。"[1] 河西宝卷的悲情苦难吸收了佛教人生是苦的原型。佛教云，人生有八苦，分别是：生苦、老苦、病苦、死苦、爱别离苦、怨憎会苦、求不得苦、五阴炽盛苦。

河西宝卷中充满了人间的各种苦难，从内容上看，大致可以分为三类：第一类是自然灾害带来的痛苦，如饥饿、寒冷、地震、水灾、旱灾等。第二类是社会性的苦难，如官府欺压、罹患战争、出塞别亲。第三类是家族内的苦难，继母虐待儿子、妻子外遇杀夫、婆婆虐待儿媳等。[2] 从河西宝卷的演唱曲调来看，也是悲调居多，《酒泉宝卷》的调查研究者指出，在其所收集到的17部宝卷中，[哭五更]调被使用了24次，有三部宝卷使用了两次。王文仁指出，在河西宝卷至今还流传的曲牌中，[哭五更]运用的次数最多，达200次以上，与河西"家家藏宝卷，卷卷哭五更"之说基本吻合。[3]

"人生是苦"是河西宝卷的审美原型，"因果报应"是河西宝卷的结构原型。"因果报应：佛教思想的理论基石是缘起论，即认为一切事物都是由原因和条件和合而生出的结果，因产生果，有因必有果。人生也是这样，是一种因果关系的体现，受因果报应律的支配。人生根据自身的行为，在过去、现在、未来三世中轮回流转、永无终期。"[4]

在《黄氏女宝卷》中，黄氏女前世是曹州大佛寺住持月兰道人。因为私扣了寺里的银两，第二世投胎为大蟒蛇，大蟒蛇转世为黄五姐，

---

[1] 方立天：《论佛教文化体系的结构与核心》，《佛教文化》1990年第7期。
[2] 本书在第二章第二节中对河西民间的苦难做了详细的论述，此处不再赘述。
[3] 王文仁：《河西宝卷的曲牌曲调特点》，《人民音乐》2012年第9期。
[4] 方立天：《论佛教文化体系的结构与核心》，《佛教文化》1990年第7期。

这一世黄五姐一心向佛，坚持日夜诵经。十六岁时嫁给屠户赵令方，生下两个女儿一个儿子，日夜坚持诵读《金刚经》，并且劝解丈夫放下屠刀，吃素念佛。一天，其丈夫看见一头被屠杀的猪幻化成人，从此悔过，与黄氏女一起修行。一日，阎王把黄氏女请到了阴间念诵《金刚经》，黄氏女游历了冥府，在奈河桥下救出了父母，一路观览了地狱。阎王问黄氏女《金刚经》，黄氏女对答如流，纤毫不差，阎君钦佩，放黄氏女还阳，投胎为曹州张家儿子，取名张世亨。张世亨十六岁参加科举考试高中，与赵令方的儿子、女婿同登科第。后来张世亨协助知府修复城隍庙，画上十八层地狱，和赵令方相遇，说明了前世姻缘，赵家人全家共享荣华富贵。

《黄氏女宝卷》只是反映因果报应的典型一例。综合来看，可以毫不夸张地说，河西宝卷中所有的卷本无一例外都是宣扬因果报应的模式，宣扬善有善报，恶有恶报。由此可见，因果报应已成为宝卷建构的深层模式。这样的模式所表达归纳出的思维特征、审美取向被民间广泛接受，进一步形成了因果报应结构的期待视野，两者之间相互影响，根深蒂固。这种思维和结构模式也体现了价值观念一元性的特征，人们在趋同心理的支配之下，寻求并遵循着共同的世界观和价值观。这一模式虽然走向了机械，失去了活力，压抑了人们的主观能动性，却有利于形成井然有序的社会秩序，也避免了个体内心的分裂与痛苦，他们笃信纯洁，行动整一，过着规避了矛盾与分裂的简单生活。

因果报应的结构模式也让河西宝卷失去了艺术的丰富性，显得千篇一律，但正如杨义所言："这种因果报应也只是一个框架，只是一个外壳，细加分析和剥离，就可以发现其中包含着某种情绪的内核，甚至是以民心民情对某些历史公案和人间遭际的特殊形态的评说。"[1] 我们的研究目的在于剥开宝卷因果报应的外壳寻踪其隐含的文化内涵。

---

[1] 杨义：《中国叙事学》，人民出版社1997年版，第154页。

（二）"佛传"主题与宝卷原型

任何一种宗教教主的生平传记都被写进了本宗教的经典作品之中，教主的传记都具有很强的宣教和感染作用。关于释迦牟尼的生平主要有南传佛教的"四相"说和北传佛教的"八相"说。南传佛教的"四相"说即释迦牟尼的出生、成道、说法、涅槃。北传佛教的"八相"说，又称八相成道、释迦八相、如来八相、八相示现、八相作佛等，一般指降自兜率、入胎、诞生、出家、降魔、成道、说法、涅槃八阶段。[①]所谓"八相成道"，汉译佛传经典将佛陀的生命历程归纳成八段重要的情节，"包括第一降自兜率相，世尊由兜率天宫下生人间；第二入胎相，世尊乘坐白象由摩耶夫人右胁入胎；第三诞生相，世尊从摩耶夫人右胁降生；第四出家相，世尊有感于人之生、老、病、死的苦而出家学道；第五降魔相，世尊成道前降服群魔的扰乱，正定不为所动；第六成道相，世尊经过六年苦修，终于在菩提树下等成正觉；第七说法相，世尊成佛后，四处行化，广说法教；第八涅槃相，世尊最后双数下入于涅槃。"[②]

河西宝卷中虽然没有释迦牟尼生平传记的直接记载，但可以明显看到传记原型的再现，释迦牟尼传记中的兜率相、入胎相、诞生相再现于河西宝卷之中。具体表现在《香山宝卷》中关于香山公主的出生有着这样的描述：慈航尊者，在大罗天宫慧眼遥观，见东土众生，贪迷酒色财气，冤孽深重。慈航当即启奏瑶池金母、无极天尊，表示有意下凡，普度众生，指点迷途。金母慈悲大开洪恩，准航下凡。慈航下世投胎伯牙国母怀中，娘娘十月胎足生下公主，报与庄王，庄王欢喜曰："长女妙音，次女妙元，伊取名妙善。"妙善自幼不食荤乳，长大之后秉性善良，聪慧异常，凡读书过目不忘，出言吐词，与众不同。

《精忠宝卷》中的岳飞是佛顶的护法鸟下凡转世。《红匣记宝卷》

[①] 郑阿才：《敦煌佛教文学》，甘肃教育出版社2010年版，第150页。
[②] 郑阿才：《敦煌佛教文学》，第160页。

中的玄奘是释迦佛祖身边的金蝉长老，关于他的转世投胎有一段生动有趣的描写：一天，西天雷音寺的释迦佛祖吩咐四大天王、八大金刚、地藏王菩萨诸位神灵到殿前听经，有那金蝉长老忽生困意闭目养神片刻，却被佛祖看见了，佛祖怪他神思有乱诵经怠慢，着其洪州洪龙县投胎。那长老趁着时辰，来到陈夫人处投了胎。《湘子宝卷》（见《武威宝卷》）中的韩湘子乃东海灵岸边的一只白鹤，食风啄露，持心修炼，偶遇南极仙修道真诀，得了灵气。林英女是东海灵岸边的一株千年灵芝，吸收了天地万物之灵光，亦悟了真道。

出家相、降魔相、成道相、说法相在河西宝卷中也多有体现：妙善公主在母亲怀中就不食荤乳，长大后受尽父母软磨硬泡也不嫁人，宁愿被父亲杀死也要出家，后来遍游了十殿地狱；韩湘子夫妻同房，坐怀不乱，受到韩愈的严厉责罚也不改出家的初衷。目连在父亲去世后就出家修道。在母亲去世后，他赶赴西天寻找父母，目连在救母途中受到神仙的考验，神仙变化出的老母、美女一再逼他留下为婿，继承家业，目连意志坚定，不为其所惑。以死赴西天寻找父母，得知母亲已坠入地狱，便毫不犹豫地下了地狱，因救母心切，打破了地狱大门，以至恶鬼逃脱，目连犯下了大错。为了弥补错误，目连两次转世投胎，收回恶鬼，历尽艰险终于救母亲脱离苦海。平天仙姑在修炼的过程中，面对猛虎、毒蛇、妖怪气定神闲。

他们都具备了释迦牟尼佛一般百折不回的精神，不畏艰险和诱惑一心向佛，终得正果。成道后，普度众生，平天仙姑修好了黑河上的桥供两岸人民通行，惩罚进犯的夷人；韩湘子成道后三番五次回家终于度化了妻子林英、父母及叔叔和婶婶；香山公主在父亲得重病后化身和尚救助父亲，引亲人上香山，让他们也终得度化；目连得道后度化了母亲。

如上所举，明显地可以看出河西宝卷的佛教度化中融入了浓厚的孝道思想，然而，这种孝道并非仅仅是儒家文化因子，在佛教释迦牟尼的传记中也有所体现。"释迦牟尼自成道至开始传布佛教期间，因为他父王的想念，曾传命要他回国，他就先遣弟子一人，回国显现神通，然后亲自回来，为父亲净饭王说法，使他心得解证。同时又感化了对他有养

第五章　河西宝卷原型文化因素分析

育之恩的姨母摩诃波阇波提和他的妻子耶输陀罗,使得她们后来也都从佛出家。……后来……他的父亲因老衰而病重垂危,很想见他一面,他又率领了阿难陀和罗睺罗等回国,亲行饲终大典,于父王临终时,随侍在侧,以手抚心,使其平安逝去。同时依礼与堂弟难陀,从弟阿难及儿子罗睺罗等,分秩肃立在父王遗体的头足两旁,恭谨护灵。父亲梓宫出殡,他也亲为臼举,以表哀悼。最后奉父王梓宫到王舍城的灵鹫山,在他自己安居清教化之地,火化起塔,一切遵礼如仪,以教为人子者,应该善尽养生送死之道。这是何等至情至礼的表露。"①

河西宝卷受到释迦牟尼传记影响的还有出生尊贵说,西方基督教中的耶稣出身木匠,生在了马槽里。一出生就遭到西律王杀害的威胁,逃到了埃及。伊斯兰教的亚伯拉罕是个牧羊人。相比之下,中国的儒释道三教,教主的出身都不同寻常或受到后世的渲染。孔子是周室之后,做过鲁国的司法部长,老子是周朝的图书馆长,庄子做过梁国的县太爷。出生最高贵的是释迦牟尼,一般认为,释迦牟尼于中国周灵王七年的四月初八出生在迦毗罗卫城东的蓝毗尼园,出身极为高贵,是迦毗罗卫城的王子。出身尊贵在河西宝卷中形成了思维定式和程式化的表达模式,香山公主、华岳娘娘、目连尊者、韩湘子、沉香子、岳飞、唐僧各个出生不凡,还有民间故事宝卷中的许多主要人物,也都大有来头,有下凡转世的文曲星、紫微星、月老、金童玉女、王母跟前的牡丹花等。

出生尊贵的说法,首先是佛教因果相续观念的表达,此生的尊贵都是前世之因,任何事情都有原因,今生的果是前世种下的因。其次,出生尊贵说也是中国人浓厚的家族观念的体现,每个人都是集体中的个人,这个集体首先就是家族,浓郁的家族观念,让个人不再是自我的体现,而是家族力量的代表,人生莫大的意义就是光宗耀祖。其次社会看待个人的眼光也是从家族的威望、荣誉、利益出发的。在中国,英雄要问出处,在家族观念的影响之下,不同凡响的人必定出自尊贵世家,在天上、佛界、人间拥有很高的社会地位,其实质是人们头脑中封建等级

---

① 南怀瑾:《中国佛教发展史略》,复旦大学出版社2016年版,第43页。

制度在宝卷中的再现。

(三) 从舍身饲虎到割肉侍亲

萨陀那太子以己饲虎，尸毗王割肉救鸽子的传记内涵相似的故事在河西宝卷中反复出现，《大藏经·本缘部（上）》第三卷记载了萨陀那太子舍身饲虎的故事。打猎的萨陀那太子遇见了一只母虎带着七只小老虎，全都饿得奄奄一息，萨陀那太子决定用自己的生命和肉体去解救世上苦难的生灵。他脱掉衣服躺在了母虎面前，母虎已濒临死亡，连吃肉的力气也没有了。见此情景，萨陀那太子救虎之心更加迫切。他想若再延误时间，这八条生命就要在自己面前消失，自己将永远良心不安，于是他急忙爬到了山崖上，折下一根树枝刺破全身，然后纵身一跃落在了老虎面前。母虎舔舐了太子的鲜血，慢慢恢复了力气，带着小老虎吃掉了萨陀那太子。还有一则故事讲的是尸毗王割下自己全身的肉让鹰吃，只是为了让老鹰放过正在捕杀的鸽子。

这两则故事都体现了这样的含义：第一是肉体和精神相分离，肉体的痛苦可以成就精神的飞升，这样的观念也体现在基督教耶稣受难的过程中。在这种观念的影响之下，教徒们往往把肉体的痛苦当作修行的必备条件，为折磨和残害自己的身体找到了教义的支持。甚至使肉体受折磨、消亡殆尽，是灵魂得以飞升的必要条件，肉体成了灵魂的禁锢者。折磨乃至最终消灭肉体，才能使灵魂得以自由的超脱。第二是突出众生平等的观念，众生平等，鸽子、老虎的生命和人的生命一样重要，当然，这两则故事也包含了血淋淋的自残。

河西《张青贵救母宝卷》《观音宝卷》《卖苗郎宝卷》《葵花宝卷》《牡丹宝卷》中的割肉情节显然受到了佛教故事的影响。如《张青贵救母宝卷》中的张青贵面对重病在身的母亲，割下左臂上的肉让母亲吃。在《女忠孝宝卷》中，面对饥饿难耐、想吃点肉的婆婆，儿媳妇割肉侍亲，河西宝卷中的割肉情节在佛教众生平等的意义之外被赋予了孝亲的成分。儿子、儿媳妇割下自己的肉给饥饿的母亲、婆婆吃，用这种极端残忍的方式来成为至孝的榜样。

第五章 河西宝卷原型文化因素分析

《张青贵救母宝卷》这样写到:"张青贵左臂上割下肉两块亦有半斤,血水通红,李氏(张青贵的妻子)一见说:'天爷爷,不好了!'放声大哭。青贵说:'你这大胆的奴才,你哭不要紧,要是让老娘听见这还了得!'李氏见丈夫左臂上无肉,吓掉了三魂。青贵说:'妻子,把肉拿去快与母亲造饭(方言)',李氏把肉拿在手中昏昏沉沉来在(方言)厨房,把肉炒了一碗,为娘端在面前便叫:'母亲,起来吃肉。'母亲说:'什么肉?'媳妇却说:'我割来的羊肉。'母亲说:'为娘的正想吃些羊肉,拿来娘用。'媳妇把肉递与婆婆的手里。陈氏把那一碗肉都吃了,吃了个美味香甜,自觉得疾病退了几分。"这段类似恐怖片的描写中没有了灵魂的飞升,失去了众生的平等,只是将中华文明中的孝亲推向了愚昧残暴的境地,让孝亲这种高尚的道德情感变得如此畸形,人性的至纯至洁的情感被利用,成为巩固专制统治的工具,维护特权的利器,失去了原有的人性光辉。

自佛教传入伊始,丝绸之路上的河西地区就成了佛教文化的集散地和中转站。本书关于河西地区的佛教文化,首先对河西地区历史上五凉和唐朝两个重要时期佛教的传播状况做了介绍,此外,总结了河西地区佛教的总体特征,历数了见证河西佛教发展历程的佛教石窟文化。其次谈到了宝卷的产生流传、形式与佛教有着千丝万缕的密切联系。本书关于"缘起论"与宝卷原型,首先介绍了佛教中的"四圣谛"和"缘起论"的基本内涵,之后列举大量实例论述了河西宝卷的审美原型——人生是苦,河西宝卷的结构原型——因果报应。

本书关于"佛传"主题与宝卷原型,首先对佛教教主释迦牟尼的人生传记"八相说"做了总结,河西宝卷中虽没有直接出现释迦牟尼的生平事迹,但在香山公主、目连、湘子等人的生平事迹中可以明显看到"八相说"的影响,具体表现在"出生尊贵说""孝道的人性至纯"等上。其次对河西宝卷中割肉侍亲故事情节的佛教文化因子做了分析,并对这种在移花接木后严重异化的文化因素进行了深刻批判。

二 道教文化因素

　　佛教由印度传入，道教却是中国土生土长的民族宗教。道教创立至今已有近两千年的历史，我国古代的宗教信仰是道教产生的基础。早在殷商时代就有卜筮吉凶和祈福禳灾的巫师，他们的作用是沟通神天。周代对鬼神的信仰进一步发展，形成了天神、人鬼、地祇的神鬼系统，这些都成为道教产生的源泉。在此基础之上，沿袭了战国时期的仙道、西汉初期的黄老之说，东汉初期，佛教在传入中国后，激励了神仙方士创立宗教的信念，他们推崇以老子为教主，以老子的《道德经》为主要经典，对其进行了宗教性的阐释。道教以神仙信仰为根本追求，认为人可以通过炼服丹药成为长生不死的神仙，还可以获得各种神通变化的能力。道教在中国经历了汉魏两晋南北朝的开创时期，隋唐宋元的发展时期，直到明清时期，才随着封建制度的没落而进入了衰落期。

　　道教在河西和西域地区的影响，最早可追溯至汉魏时期。至唐代，随着中央政权在河西和西域地区的政令畅达，尊崇道教的国策直接贯彻到这一地区，道观和道教组织也同内地一样建立起来。两汉时期，河西地区聚居着氐、羌族等古代民族，其原始宗教信仰与天师道—五斗米道有密切关系，在凉州即盛行巫鬼道术。魏晋时期，大批信奉五斗米道的巴夷西迁秦陇，与西北氐、羌杂居，号称"巴氐"，其五斗米道信仰因此影响了氐羌族人，并传播于河西地区，这是很有可能的。西晋末，中原发生大规模战乱，文化学术遭受严重损害，而凉州未受其影响，故能较多地保留包括道教在内的文化传统。439年，北魏攻占凉州，此后直至唐代中后期，河西地区始终在中原王朝的控制之下，加之诸朝采取的扶持道教的政策，使得道教在河西地区得以盛行。据王卡考证，在敦煌道经中，有的抄本末尾附有题记，记录抄写和监校者的姓名、身份、抄写地点、年代、事由，以及道师传经受戒的盟誓词，合计有50余条。天宝十四年（755年），中原爆发"安史之乱"。吐蕃统治者乘唐朝内

第五章　河西宝卷原型文化因素分析

乱，出兵进占河西地区。此后，直到大中二年（848年），张义潮起兵占领沙洲，并一度占据整个河西地区，经朝廷批准，建立归义军政权，河西地区方在名义上归附唐朝统治，由于吐蕃信奉佛教，故道教呈衰落态势。①

刘守华指出："按照我的理解，道教学说的中心就是对'道'的信仰与探求'道者，虚无之至真，变化之玄伎也'。道教把天地人视为一体，着力探求贯穿其中的道，认为得其道，即可长生不死，变化通神，役使万物，统摄宇宙，无所不能。"②正如鲁迅所言："中国的根柢全在道教。"道教是以"道"命名的民族宗教。老子《道德经》开篇第一句就说："道，可道，非常道；名，可名，非常名。"所谓"道"指的是哲学意义上宇宙的本原、本体，就是大自然的变化规律，就是客观存在的自然法则，世间万物都是由此派生而出并发展演变而来的。《道德经》第四十二章说："道生一，一生二，二生三，三生万物。"道教徒吸收了道教精髓，提出"道"生宇宙，宇宙生元气，元气生天地、阴阳、四时、五行，天地、阴阳、四时、五行生万物的认识。道教提出的"道"让这种宗教上升到了哲学观认识论的高度。道教的另外一个显著特点，就是充满了浓郁的乡土气息，和中国各阶层人士的世俗生活联系在了一起，不论是帝王将相求仙问道，祈求长生不老，还是穷乡僻壤的农民祈求灶王、土地保一家平安，道教和河西人的生活息息相关。

道教文化对河西宝卷原型的影响，显著地表现在神谕世界的建构之中，没有道教，宝卷中就没有洞天福地，神仙的数量也会大量减少；没有道教，就没有关于宝物的神奇幻想；没有道教，人生就会缺少修炼成仙的积极进取之心。没有道教，就没有神谕世界；没有神谕世界，现实生活就失去了提升的空间，精神的升华、愿望的实现、神性的追求都将无处安放，道教扩展了民间的精神空间。

---

① 樊光春：《西北道教史》，商务印书馆2010年版，第267—273页。
② 刘守华：《道教信仰与民间叙事的交融》，《文化遗产》2012年第4期。

（一）土地神与灶王爷

火在原始人的生活中至关重要，关于火的含义有这样一些解说，一种是"太阳说"，是出于对太阳的崇拜。火是太阳能量的补充，其目的在于保证人类和万物、大地和庄稼能够享有太阳的光和热。另一种是"净化说"，认为火的意义并非建设性的、补充性的而是防范性的，火原来是净火，它会烧掉一切危害生物生存的物质和精神的不洁之物。古希腊哲学家赫拉克利特提出世界本原是火。古希腊神话中的火神赫淮斯托斯又是锻造之神，可见，早期的火和锻造冶炼制造工具的活动紧密相关，对土地的崇拜更是古已有之。

河西宝卷中土地和火的原型被置换变形为土地爷和灶王爷两个形象，这和社会生产、生活方式的转变有着密切关系。土地和灶王二神在全国范围广泛流行。土地神，又称"土地爷""土地公""土地""福德正神"。先民封土为社，祭之以求五谷丰登。《孝经纬》载："社者土地之神，能生五谷。""灶者，五土之总神。土地广阔，不可遍祭，故封土为灶而祀之，以报功也。以句龙生时为后土官，有功于土，死配灶而食。"[①] 西汉文帝时，视地祇后土为与皇天上帝相对应的大神，由国家统一祭祀，汉武帝以后历代帝王都将祭祀后土列入国家祀典。

河西民间的土地神，一般被称为土地、土地爷、土地奶奶，即道教中的"后土皇地祇"，全称是"承天效法厚德光大后土皇地祇"。后土在整个道教诸神中拥有很高的地位，是道教尊神"四御"中的第四位天帝。土地崇拜源于原始社会中的自然崇拜，原始民族都是先亲地后尊天，比如希腊神话中先有了地母该亚，而后该亚生下了天神乌拉诺斯，先有地后有天。《礼记》中记载："地载万物，天垂象，取材于地，取法于天，是以尊天而亲地也。故教民美报焉。"

土地崇拜源于盘古开天辟地的神话，"天地混沌如鸡子，盘古生其

[①] ［日］安居香山、中村璋八辑：《纬书集成》中册，河北人民出版社1994年版，第970页。

中。万八千岁,天地开辟,阳清为天,阴浊为地,盘古在其中,一日九变。神于天,圣于地。天日高一丈,地日厚一丈,盘古日长一丈。如此万八千岁,天数极高,地数极深,盘古极长。故天去地九万里。"① "首生盘古,垂死化身:气成风云,声为雷霆,左眼为日,右眼为月,四肢五体为四极五岳,血液为江河,筋脉为地理,肌肉为田土,发髭为星辰,皮毛为草木,齿骨为金玉,精髓为珠石,汗流为雨泽。"② 盘古神奇的诞生、开天辟地的伟绩、负载山河又孕育万物的神秘,让上古先民对大地十分崇拜。传说中的五帝之一轩辕黄帝,非常崇尚黄土,认为黄土是宝贵的祥瑞之物,所以以土为象征,因土德而为王。

后土在中国文明的发展历程中被赋予了阴性的特征,古代的阴阳五行哲学认为天阳地阴,民间有后土娘娘的称谓。考查"后土"的本义,也有女神的意思。"后"字的初义,就是指女性,在甲骨文和金文中"后"字都为女人形状,有明显的双乳,近代学者王国维说:"后字皆从女,或从母、从子。像产子之形。""土"字在《释名·译天》一书中有"土,吐也,能吐生万物也",这句话包含了大地孕育万物的神奇力量。

春秋末年,人们就开始祭祀灶神,到了汉代已逐步演化为一种习俗,灶君身为东厨司命,受一家香火,保一家平安。他受命观察一家人的是非善恶,并如实地向玉皇大帝——汇报。当玉皇大帝核对了灶君的汇报结果后,会对那个家庭酌情实行奖惩。土地和灶王是河西民间十分流行的道教神仙,在河西宝卷中此二神出现得十分频繁,有很多是卷中的次要人物,在卷本中起到推动情节发展的作用,如《沉香子劈山救母宝卷》中三圣母生下了沉香子,就是托付土地把孩子交给其丈夫刘彦昌的,土地是善良的神仙,救人于危难之中,上传下达,土地管一方,灶王爷管一家,他们在河西民间都是和人们的日常生活息息相关的,是和人们十分亲近的神仙。

---

① 《太平御览》卷二引《三五历纪》。
② 《绎史》卷一引《五运历年纪》。

河西宝卷原型研究

通过细读文本，可以发现河西宝卷中的土地和灶王二神具有如下特点：首先，土地和灶王形象十分生动，土地、炉灶在宝卷中都被拟人化了。《灶君宝卷》（见《民乐宝卷精选》）中写到，这灶君原是先天火德星君，在昆仑山上，坐在火石上修道成真。玉皇大帝降旨，命灶君执掌人间烟火，稽查一家善恶。灶君承旨，分身变化：一个化五个，色分青黄赤白黑，位列东西南北中，五个又各化千千万万个，变作各户众姓灶君，俯伏凌霄宝殿谢恩。《佛说福德土地真经卷》[①]中土地的出场和形象都显得惟妙惟肖："太上老君正在上清宫，九叶莲殿盘膝打坐，默运元神，正演妙法，忽有一老人站立一旁。"这个站立的老人就是土地，"头戴三山帽，手指曲木杖，髯髯银条，身穿素衣，腰系皂带，脚蹬皂履"，太上老君吃了一惊问道："你是何人？"土地老上前做了自我介绍，一并介绍了自己的本事，太上老君被折服，请来诸神听土地讲法。

其次，土地和灶王全都神通广大，无所不能，《灶君宝卷》中玉皇大帝不但给灶君封了官职，还给了特殊的权柄："上通天界无阻碍，下达地府各个坎；寿数长短凭你判，富贵穷通任你分；加福增禄皆由你，生灵降祸依卿行。"《佛说福德土地真经卷》中土地的本事令太上老君钦佩：

　　常养万物育群生，镇守家庭福禄永无穷。久住人间，上通天界，下查地理，中晓人民，五方八卦，十二相生，法年甲子，寿命长短，福禄衣食，贫穷富贵，察人善恶，吃斋念佛，修舍功德，孝顺父母，恭敬三宝，每月初二、十六吾当监察人间祸福，善者佑之，恶者罚之，难者赦之，灾者悯之，贫者助之，老者安之，少者怀之，修者护之，道德尊之，谤法加之，朋友信之，一切士农工商，无所不灵，无所不感。

---

①　笔者在田野调查中看到这部宝卷，在张掖民间道士代继生手中。在搬新房、修房子等"动土"的活动中代继生会被当地民众邀请念此卷。

148

最后，土地、灶君二神敬仰中包含着鲜明的民间禁忌。土地神有很多禁忌，如选良辰吉日动土，不可用血水污秽土地神等。在《灶君宝卷》中灶君接到玉皇大帝的谕旨，让其在山中，恭拟禁约十二条敬呈御览：

一禁约，怨寒暑，呵风骂雨，天与神，地与祇，敬礼宜诚；
一禁约，逆父母，不敬翁姑，兄与弟，夫与妇，俱宜和亲；
一禁约，虐子女，打骂婢妾，待媳妇，待卑幼，当存慈心；
一禁约，轻尊长，不祀先灵，妯与娌，姊与妹，亦有恩亲；
一禁约，敲锅灶，掷毁器皿，遇米谷，遇字纸，敬惜宜勤；
一禁约，贪口服，妄杀生命，牛与犬，燕与鲤，永勿煮烹；
一禁约，露身体，歌唱哭泣，厨房中，新产妇，更宜避身；
一禁约，提屎尿，灶前打骂，厨灶下，切莫放，小小孩童；
一禁约，毛与骨，入灶焚烧，秽柴草，乱头发，捡弃勿用；
一禁约，猪圈厕，逼近厨房，臭秽气，宜远避，莫污神明；
一禁约，踏灶门，厨中缠脚，臭鞋袜，湿衣裤，勿烤勿烘；
一禁约，厨灶上，乱七八糟，饭毕后，收拾净，焚香恭敬。

同时不敬灶神还要遭到严厉的惩罚，《鲁和平骂灶》（见《永昌宝卷》）中的鲁和平自来不信佛法，欺神灭像，在家常咒骂灶神，被灶君听闻一一记录下来，到了腊月二十三奏上天庭。鲁和平狂妄至极，骂灶君枉受香奉，骂玉帝坐凌霄宝殿无所作为，毫无敬畏之心，气焰极为嚣张，终究受到了应有的惩罚，在妻子生产当夜受到了雷击：

有鲁达遭雷击如同焦棍，二鬼夫将魂灵拿在幽冥。
秦光王一见面冲冲大怒，将金银炼化了灌入口中。
扒心肝挖眼睛抽肠割肚，石姜窝捣碎了卸水还魂。
鲁和平皮肉绽遍身流血，哭啼啼上刀山疼痛难忍。
下油锅卧铁床悲悲切切，抱铜柱寒水卧哀哀痛痛。

散面风漂成雨—风不漏,死又活活又死受尽非刑。
鲁和平转尽了三十六狱,造下了七世猪碎骨粉身。
再转那九世驴磨道受苦,受尽苦再叫他转为蛆虫。①

中华民族有这样一种传统民俗:小年夜祭灶。即在腊月二十三,献上供品,焚香化表,磕头祷告,求灶君老人家"上天言好事,回宫降吉祥"。祭祀土地活动,在修房子、搬新房的日子里念卷,向土地祷告,感谢土地的丰厚馈赠,也请土地原谅"动土"之冒犯,祭祀土地活动一直延续到现在。对神灵灶君和土地的信仰是河西先民在特定的历史阶段中,为了满足生存与发展的需要,特别是心理安全的需要而创造和传承的一种文化现象。

两位神灵形象生动、神通广大,民间充满了对二神的敬畏之情。从原型的角度来看,这两位神灵的民间信仰有以下特征:首先体现了人民对火和土地的原始崇拜。火和土都关系到人们的食物和温饱等基本的生活需要,很多食物都是从土中长出来的,食物需要用火烹饪。人们在土地上建造房屋并用火取暖。土和火与人们的生活息息相关。原始人在生活中强烈依赖土与火,这种古老的记忆和人们长久的生活方式交织在一起,对火与土的崇拜油然而生,千年不灭。

其次,灶王和土地二神比起其他道教神仙最鲜明的特点是"神在身边",太上老君、玉皇大帝管的是天上人家,土地掌管一方,灶王爷专管一家。灶王爷每年腊月二十三归天,将一家人的善恶诸行如实汇报。生死福禄、因果报应由此而生。《岳山宝卷》中李熬的母亲死后归阴司被压在了大石板之下,就是因为生李熬时不知禁忌,洗下血水,落泼污秽,冒犯了天地神明,是灶王把李熬娘的名姓记在了黑簿之上,只等她阳寿满,拿在阴司受罪。灶王爷是"日日查记,月月报奏""灶君天尊圣明君,纠察阎浮世上人;奉敕下界来掌火,详记人间善恶因;为恶人多为善少,时时记得碧波清。"灶王和土地神的供奉与崇拜体现了民间

---

① 何登焕编:《永昌宝卷》,永昌县文化局(内部发行),2003年,第659页。

的敬神思想，神灵就在身边，时刻都能得到神灵的庇佑，同时所有的善恶行为也在神的眼中，受到神的监督。

"民间文学是透视民间灵魂的一面镜子。透过女娲、葫芦、息壤这三个古老而又有着内在联系的形象，我们可以较清楚地发现民间的崇土意识具有丰富的文化历史内涵。在不同的历史时期，表现为不同的特点：在母系氏族阶段，它主要表现为地母崇拜，在父系氏族阶段，它表现为土地崇拜与生殖崇拜的结合，在父系氏族晚期向奴隶制过渡阶段，它则表现为土地崇拜与英雄崇拜、祖先崇拜的结合。而从总的发展趋势看，它又有着从崇尚土地的自然属性向崇尚土地的社会属性演变的规律。"[1] 河西民间的土地、灶神体现了鲜明的社会属性，这种社会属性中融入了佛教的因果报应观念和儒家基层官吏的特征。

（二）得道成仙

对于"得道"，唐代著名道教思想家司马承祯认为："生之所贵者，道。"[2]"得道"就是"神与道合"，就能"形随道通，与神合一，谓之神人"[3]。道教所言"成仙"，既指肉体成仙，又指精神成仙。在早期，道教多强调肉体成仙，认为人经过一定的修持，服食金丹，可以飞升成仙。晚唐以来，道教淡化了肉体成仙的宣传，侧重于精神成仙的追求，转向灵性不灭的"成仙论"。"成仙"是与"得道"联系在一起的。

道教最吸引人的地方，在于平常之人通过修炼可以达到"形神俱妙，与道合真"的境界，成为神仙。得道成仙的理想是道教徒的终极追求，是他们通过宗教解脱的主要方式。这种方式，与基督教肉体受难灵魂解脱的方式不同，也和佛教在因果报应、转世轮回中停止作业达于涅槃的解脱方式不同。得道成仙虽有一定的诀窍，但其成功的关键在于人自己，专心修炼、长生不老、洞天福地、得道成仙，道教充分发挥了人

---

[1] 何红一：《中国上古神语与崇土意识初探》，刘守华、黄永林主编：《民间叙事文学研究》，华中师范大学出版社2005年版，第141页。
[2] 司马承祯：《坐忘论》（见《道藏》第22册），文物出版社1988年版，第892页。
[3] 司马承祯：《坐忘论》（见《道藏》第22册），第896页。

的主观能动性，道教徒相信"我命在我不在天"的信条。

河西宝卷中得道成仙的故事有《湘子度林英宝卷》《洞宾买药宝卷》（见《酒泉宝卷》）、《何仙姑宝卷》（见《金张掖民间宝卷》《酒泉宝卷》《临泽宝卷》）、《敕封平天仙姑宝卷》（见《临泽宝卷》）等。韩湘子得道成仙的故事在《河西宝卷集萃》《民乐宝卷》《河西宝卷续选》中作《湘子度林英宝卷》，在《山丹宝卷》中作《三度韩愈宝卷》，在《酒泉宝卷》中作《新镌韩祖成仙宝卷》。

在这几部宝卷中都出现了民间十分流行的八仙中的何仙姑、吕洞宾和韩湘子，《洞宾买药宝卷》写了吕洞宾和汉钟离之间的对话以及吕洞宾游戏杭州城，痴迷于由菩萨变身的民女。这段精彩的故事展现了道仙身上酒色财气等浓郁的世俗气息。吕洞宾是八仙中影响最大，故事传说最多的一位。道教中的全真教奉其为北五祖之一，通称"吕祖"，元代封其为纯阳孚佑帝君。吕洞宾在八仙之中虽然只排在第六位，但其名气远在其他七仙之上。

《列仙全传》说他"生而金形木质，道骨仙风，鹤顶龟背，虎体龙腮，凤眼朝天，双眉入鬓，颈修颧露，额阔身圆，鼻梁耸直，面色白黄，左置角一黑子，足下纹起如龟。……身长八尺二寸，喜顶华阳巾，衣黄练衫，系大皂绦。状类张子房。"吕洞宾"黄粱犹未熟，一梦到华胥。"顿时彻悟，拜汉钟离为师，祈求度世之术。吕洞宾擅长剑术，"步履轻捷，顷刻数百里"，他个性飞扬，弃儒学道，仗剑云游，四处扶弱济贫，除暴安良；他还是一位酒仙，指"洞庭为酒，渴时浩饮；君山作枕，醉后高眠""化水为酒"，吟诵出"无名无利任优游，遇酒逢歌且唱酬""行即高歌醉即吟"的豪迈诗句。吕洞宾除了有"剑仙""酒仙""诗仙"的雅号之外，还被称为"色仙"。神魔小说《东游记》讲述了吕洞宾三戏白牡丹的故事。吕洞宾集"剑仙""酒仙""诗仙""色仙"于一身，成了一位充满人情味的大仙，受到人们的喜爱。

在《何仙姑宝卷》中吕洞宾和汉钟离于蟠桃大宴后立在云端往下观望，他们的谈话正是围绕吕洞宾的风流经历洞察人间的酒色财气，虽已为仙，吕洞宾依旧叹息人间"燕飞南北怕寒暑，人走东西为名利！"

依旧贪慕人间的浮华，收云揽雾落在了杭州城里，菩萨变身民女，吕洞宾显然经不住诱惑。在他身上体现了人性欲望的光辉，这种光辉和中国的豪侠剑客形象相融合，让吕洞宾行走民间，所向披靡。

何仙姑是八仙中唯一一位女仙，在河西地区流传的《何仙姑宝卷》中吕祖师指出，上八洞福星、禄星、寿星、张仙、东方朔、陈博、彭祖、骊山母共为八仙，下八洞广成仙祖、鬼谷子、孙膑、刘海、和合二仙、李八百、麻姑女共为八仙。上八洞有骊山老母，下八洞有麻姑仙女，而我班之中缺少一位仙女，于是遍寻天下，在钱塘江的药铺找到了诵经念佛、悟道修行、仙风道骨的何仙姑，将其度化。宝卷中的何仙姑有两个鲜明的特点，首先是聪慧且悟性极高；其次是一心向佛毫不气馁。

何仙姑的聪慧和极高的悟性，体现在从容应对吕洞宾开出的药方上，吕洞宾开出的第一个药方是：

一要家和散，二要顺气汤。
三要消毒饮，四要化气丹。

这样一剂药方令伙计束手无策，何仙姑从容应对给出了如下良药，令吕洞宾暗自称赞：

父慈子孝家和散，弟忍兄宽顺气汤。
妯娌和睦消毒饮，家有贤妻化气丹。

其后，洞宾和何仙姑通过药方相互切磋，他们的药方有为人处世的道理，有休养生息的奥妙，有佛道修炼的真谛。这些对答充分体现了何仙姑的灵心巧智。何仙姑修行之心是十分坚决的，主要体现在坚决拒绝父母提出的招赘之要求上，亲朋好友的劝诫，仙人的试探，父亲拿着麻绳以勒死她相逼，都未能使她回心转意，受尽千辛万苦终于得道成仙。

《武威宝卷》写了韩湘子和林英的前世："东海林河岸边有一白鹤，

食风啄露，持心修炼，偶得南极仙修道真诀，得了灵气。这白鹤修道之处，有一千年灵芝，吸收天地万物之灵光，亦悟真道。一日，那白鹤见灵芝上面有一露珠闪耀，便想啄露止渴。谁料灵芝量小吝啬，想道：你要食我清露，凭的什么？便将露水抖下身去。白鹤未食到露水，怀恨在心，恨道：也罢，你闪我一时，我定要闪你一世。"仙鹤投胎韩愈之侄韩湘子，灵芝投胎林国之女，二十年后两家联姻结亲，洞房花烛夜，韩湘子修行去了终南山，正是"只因抖露水白鹤未食，今世里我定要闪你一世"①。韩湘子最终度林英成仙，但今生终未能做成夫妻。

这部宝卷的前世今生之缘，不禁令人想起了《红楼梦》中贾宝玉和林黛玉的木石前盟："这个石头，娲皇未用，自己却也落得逍遥自在，各处去游玩。一日来到警幻仙子处，那仙子知他有些来历，因留他在赤霞宫中，命他为赤霞宫神瑛使者。他却在西方灵岸山上行走，看见那灵河岸上三生石畔有棵绛珠仙草，十分娇娜可爱，遂日以甘露灌溉，这绛珠草始得久延岁月。后来即受天地精华，复得甘露滋养，遂脱了草木之胎，幻化人形，仅仅修成女体，终日游于离恨天外，饥餐秘情果，渴饮灌肠水。只因尚未酬报灌溉之德，故甚至五内郁结着一段缠绵不尽之意。常说：'自己受了他雨露之惠，我并无此水可还。他若下世为人，我也同去走一遭，但把我一生所有的眼泪还他，也还得过了。'"② 不论是在古典《红楼梦》中，还是在民间的宝卷中，甘露意象都暗含了男女情爱，为一滴甘露闪了一生，为了报答甘露滋润流尽了一生的眼泪。

韩湘子的故事记载于《酉阳杂俎》《韩仙传》《仙传拾遗》《青琐高议》《韩湘子全传》《东游记》《八仙得道》中，但河西地区的《韩湘子宝卷》明显受到了《韩湘子全传》的影响。张灵在其博士论文中指出，小说《韩湘子全传》叙述了韩湘子得道的故事，其前生为白鹤投胎，随钟、吕二仙师学仙修道，历众试炼，终成道飞升；后又十二度韩愈，韩愈感化飞升，复卷帘之位，湘子之母、叔等人亦皆受度成仙。

---

① 赵旭峰编：《凉州宝卷》，甘肃人民美术出版社2014年版，第70页。
② 曹雪芹、高鹗：《红楼梦》，上海古籍出版社2009年版，第3页。

第五章 河西宝卷原型文化因素分析

宝卷后于小说成书，考其情节，对小说的借鉴与改编非常明显，可以说是亦步亦趋的，我们可以发现二者在很大程度上的因袭痕迹。张灵对宝卷和小说的章回做了细致的对比，认为宝卷是小说的一个删节改写本，它保留了小说的主要情节，重点叙述了韩湘子修道证果和十二度韩愈的过程，其中散文部分在很大程度上保留了小说文字的原貌，是宝卷改编小说蹈袭型作品的最明显案例。张灵所比较分析的文本属于南方卷本，河西地区的卷本有着十分明显的简化叙事和改编的痕迹。从目录对比中即显而易见。这样的改编和简化，去粗取精，主要突出了韩湘子得道成仙及度化亲人成仙的经历。

韩湘子得道成仙的经历，以《酒泉宝卷》中的《新镌韩祖成仙宝卷》为主，现综合其他宝卷内容进行分析探究。《新镌韩祖成仙宝卷》共二十三回，分回的宝卷不多见，这部宝卷明显受到了章回体小说的影响，每一回下面有开卷偈及散韵结合的叙事，这是宝卷的明显特征。这部宝卷共二十三回，缺最后的结尾，此外在"序"中也写到"述编二十四回"，在研究过程中综合比较了其他宝卷的结尾。这部宝卷中的二十三回分别如下：

出身过继、训侄遇仙、二仙传道、议婚成亲、林英回门、父公责侄、越墙成仙、林英自叹、南坛祈雪、火内生莲、杜氏自叹、湘子寄书、花篮显圣、私度婶娘、林英问卜、画山观景、湘子化斋、点石化金、韩愈谪贬、林英服药、火焚飞升、文公走雪、地府寻亲。

《民乐宝卷精选》更为简练，章节题目如下所述：

仙种寻根、议婚成亲、韩愈责侄、林英悲叹、降雪度亲、贺寿再度、梦度婶娘、两度娘亲、花篮显圣、私度婶娘、林英问卜、书山观景、湘子化斋、点石化金、韩愈遭贬、林英服药、林英归隐、文公走雪、地府寻亲、全家证仙。

结合这两部宝卷来看，湘子宝卷是在介绍道教八仙之一的韩湘子，又和中国历史人物相混合。据《示侄孙湘》等记载，历史上确有韩湘子其人，是韩愈的侄孙。宝卷中把他写成了韩愈的侄子。韩愈一生地位尊贵，文学成就名垂千古。但他一生立主排佛运动，自古以来佛道乃一家，自然遭到道家的不满，所以宝卷中叙述的韩愈极其顽固，最终走投无路，顺从侄子之度化，是他最终的归宿。一个一生排佛的人只能升天成仙，解脱人世的纷争与痛苦。可以说是对他排佛运动无言的讽刺。排斥者尚且如此，其他人更是心甘情愿一心修炼了。

宝卷中的何仙姑、吕洞宾、韩湘子、平天仙姑的得道成仙除了其自身一心向佛、百折不挠、潜心修炼外，最主要的是受到了仙人的试探、度化。汉钟离和吕洞宾立在云端观望污浊尘世，苦海波浪之内，大地众生贪恋酒色财气，造下无边大罪，怨气冲天，各个都在轮回之中，找不到出生之路。汉钟离正误酒色财气，吕洞宾也强词夺理，可是在汉钟离离开之后，他还是心中烦恼，口中偈赞四句：

弃却瓢囊击碎琴，如今不恋汞中金。
自从一见黄龙后，始觉从前错用心。①

韩愈为韩湘子上街找先生，此时惊动了李老君，李老君吩咐钟离祖，又传吕洞宾，下山度湘子，白鹤转天庭。②平天仙姑多次受到骊山老母的试探，骊山老母告诉她，黑河桥段之日就是仙姑成仙之时；吕洞宾度化了何仙姑，他先是扮成买药人出药方试探何仙姑，最后度化了何仙姑。得道之后，平天仙姑为民修桥，逼退进犯的夷人，救助了周秀才、王志仁、单氏母子等善良可怜的人，惩罚了毒害婆婆的忤逆媳妇，把她变成了狗。而韩湘子和何仙姑修成正果后都度化了自己的亲人。

总体而言，河西宝卷中"得道成仙"的基本原则是"自然无为"。这种原则在老子的《道德经》中有深刻的论述，书中提出"道法自然"，又说"道常无为而无不为"。"自然"和"无为"突出了两种行动原则：一种是自我和社会之间的修炼原则，另一种是自我修炼的原则。如《太平经》说："无为之事，从是兴也。"《抱朴子内篇》说：

---

① 何国宁主编：《酒泉宝卷》，甘肃文化出版社2011年版，第4页。
② 程耀禄、韩起祥：《临泽宝卷》，临泽县政协（内部发行），2006年，第568页。

第五章 河西宝卷原型文化因素分析

"无道无为,任物自然,无亲无疏,无彼无此也。"《黄帝阴符经》说:"圣人知自然之道不可违因而制之。"

得道成仙寄托了人们超越现实的理想追求,神仙形象弥补了人们日常生活中实际能力的不足,人在面对各种无法控制的自然力量和社会力量时,身心承受了巨大的压力,恐惧的情感油然而生。为了使自己的恐惧感得到疏导,人在自我意识之外分离出一种独立于自我的精神力量,这种力量与有着不同寻常能力的人物形象相组合,逐渐形成了一种可感受的精神实体。道教神仙具有人的形象特征,神仙实际上代表了一种超越人的现实生活的力量。神仙主要是指通过修炼而能够长生不老,或者死而复生,超越生命的有限性,战胜令人不解而恐惧的死亡和病痛的折磨。延长生命的欲望无限膨胀发展为不死的追求,当这种追求转化为行动时,得道成仙的愿望就产生了。

这个愿望体现了民间把握生死的主动性,民众认为,死亡可以通过积极的行动而改变。河西民间的得道修炼表现出以下特征:禁欲和"守一""存思"。何仙姑坚决拒绝结婚,吕洞宾等诸仙幻化成青年男子,她不曾动心,幻化成亲人苦口相劝也不奏效,即便父亲以死威胁也不改初心。韩湘子在成婚当夜离家出走,未曾接近妻子。民间不论佛道修炼都遵循了禁欲的原则。道教"守一"的内容不一,但其基本旨趣却是一致的,以一念代万念,集中精力,心无旁骛。"存思"主要是精力集中的对象,精力集中的对象可以是内景即身体的脏腑,可以是外景即日月星辰、大地、大海、流云等,也可以是内景外景的相互关照结合。[①]

宝卷中得道成仙的何仙姑、韩湘子、平天仙姑等就遵循了禁欲的原则,拒绝了婚姻。他们的修炼讲究无为而治,遵循了"守一"和"存思"的基本原则。平天仙姑修炼独自静坐,修炼那精神魂魄四符的功夫。面前出现了斑斓猛虎、喷血毒蛇、山鬼野精,平天仙姑岿然不动。坚持正道,顺序而行。外道不侵,猛虎远遁。蟒蛇潜形,山精野鬼,悉

[①] 詹石窗:《道教文化十五讲》,北京大学出版社2003年版,第236—240页。

化为尘,功德圆满,平地上青云。①

　　本小节主要探讨了三个问题:河西地区的道教文化,河西民间的土地和灶君信仰以及道教的得道成仙在河西宝卷中的体现。道教在河西和西域地区的影响,最早可追溯至汉魏时期,至唐代,随着中央政权在河西和西域地区政令畅达,尊崇道教的国策直接贯彻到这一地区,道观和道教组织也同内地一样建立起来,自古以来道教在河西地区的影响十分深远。

　　河西民间普遍信奉土地爷和灶君,土地爷和灶君形象十分生动,神通广大,无所不能,在民间是深受人们喜爱和尊敬的神仙;民间通过这二位神仙表达了鲜明的禁忌要求,违反禁忌或是不敬神灵都要受到严厉的惩罚。此外,这二位神仙还具备了亲民性,神在身边,脚下的土地、自家的炉灶就是神仙。人们时时得到神仙的庇佑,行为举止也受到了神灵的监督,土地爷和灶君信奉体现了古老时代人们对大自然的崇拜之情,崇拜自然的土地和火。随着社会的发展,土地爷和灶君信仰也被打上了封建等级制度的烙印。

　　最后讨论的是得道成仙的问题,通过对《湘子宝卷》《何仙姑宝卷》《敕封平天仙姑宝卷》的仔细分析,发现得道成仙体现了民间超越苦难现实的无限追求和向往,充分发挥了人的主观能动性,道教徒相信:"我命在我不在天"。修炼都有着禁欲的要求,修炼遵循了"守一"和"存思"的基本原则。道教的修炼和佛教、儒家思想熔为一炉,道教修炼也遵循因果报应的善恶观,修炼讲究眷顾亲情,遵循孝道。得道成仙的诸仙大都积极入世,造福一方民众。

三　儒家文化因素

　　儒学在汉朝传入河西地区,五凉时期已经成为河西地区官方正统思

---

① 程耀禄、韩起祥:《临泽宝卷》,临泽县政协(内部发行),2006年,第5—7页。

想文化，封建社会各个统治者助力推行儒家文化，儒家文化成为维护统治的重要工具。儒家文化逐步渗入民间乡土社会，成为建构民间政治秩序和文化体系的主导思想，与本土的道教、外来的佛教相互融合流进了河西民间文化的毛细血管之中。在河西宝卷这种集体娱乐、教化、信仰的社会性活动中，儒学以一种正统、权威的姿态统领了乡土社会的思想、文化和基本的价值取向。接下来我们就从儒学倡导的"忠义""孝悌""三从四德"三个方面具体分析儒学对河西宝卷原型的影响。

（一）"忠义"观念对英雄原型的塑造

孔子讲："君使臣以礼，臣事君以忠。"（《论语·八佾》）君臣的关系是对应的。"忠"是儒家伦理中君臣关系的重要原则之一。鲁穆公问子思："何如而可谓忠臣？"子思回答说："恒称其君之恶者，可谓忠臣矣。"能够不畏皇权，不计较自身利益的得失，不屈意奉承讨好君主，当面指出国君错误的行为就是"忠"。"忠"的对象是有道明君。"忠"的目的，是保护江山社稷的长久，维护和平稳定的社会秩序，"忠义"是河西宝卷中民间英雄的基本品质和特征。

河西宝卷中的"忠"更多地和民间疾苦联系在了一起，"民能载舟亦能覆舟"，众多宝卷突出体现了民生疾苦和国家江山社稷之间的关系。河西宝卷中出现了多位皇帝：《孟姜女哭长城宝卷》中的秦始皇，《唐王游地狱宝卷》中的李世民，《精忠宝卷》中的宋高宗赵构，《袁崇焕宝卷》中的崇祯皇帝等，这些皇帝都遭到了民间的贬斥。

民间判断一位皇帝的准则，并非看他的丰功伟绩，江山沉浮，而是看皇帝的治理政策是给民间带来了繁荣稳定还是生灵涂炭。秦始皇不论在中国历史上地位有多高，在民间他就是一位昏君，因为修筑长城，劳民伤财。李世民杀死两位哥哥的行为，违背了民间最基本的亲情伦理，赵构的委曲求全伤害了民众的民族自尊心，万历皇帝偏听偏信失掉了江山，这些皇帝都不得民心。

河西宝卷中突出颂扬的两位明君分别是康熙和乾隆。这和宝卷流传的时间有关，河西宝卷于明末清初开始在河西地区流传，在流传过程中康乾盛世给河西地区带来了繁荣稳定的生活,这两位皇帝成了人们心中"忠"的对象。接下来就以《康熙访山东宝卷》(见《民乐宝卷精选》上)为例分析河西宝卷所表达的"忠"的内涵。《康熙访山东宝卷》中塑造了三位忠臣形象,分别是王复同、施不全和王进忠,他们"忠"于的对象是民间十分认可的康熙皇帝。整个故事因山东大旱而起,"山东六府,一连旱了三年,赤地千里,寸草不生,五谷颗粒未收,黎民百姓饿死大半"。面对这样的危机,出现了"忠""奸"之间的较量,这场较量的胜负完全掌握在康熙手中,康熙能否了解民间真实情况,控制局面,惩罚奸佞?康熙为了解实情,微服私访。这样的故事情节突出了皇帝与黎民百姓之间的利益是完全一致的,都追求江山稳定,国泰民安。而"奸臣"索三的目的是压住灾荒的奏折不上报,力争逼反灾民,趁乱夺取皇位。

在这种情况之下出现了三位忠臣,他们各具特点。王复同作为基层官员,他的特点是体恤民情,急民所急,关键时刻不顾王法开仓放粮,救民众于死亡的边缘,同时积极努力,应付各种艰难险阻,向康熙汇报民间灾荒的实情。施不全是一位朝中权臣,他和皇帝沾亲带故,作为"忠"臣,他在朝廷上和奸臣索三相抗衡;他又是地方小官员的保护伞,王复同在向康熙汇报灾情的途中,碰到了索三,险些被杀,施不全及时出手搭救了王复同和后来为康熙送信的李忠与周富贵,并在关键时刻带了三千军队搭救被困的康熙,正直勇敢,为康熙做主及时配送了赈灾粮食。王进忠是康熙身边的近臣,他主要负责康熙的饮食起居和生命安危,康熙去山东私访,身边带的就是他,他的特点是鞍前马后尽职尽责。

这部宝卷塑造了三位"忠"臣,分别是权臣施不全、近臣王进忠、地方官员王复同。这三个形象寄寓了民众对于"忠"的期望,这种期望就是权臣运筹帷幄,帮助皇帝维持正义,救国救民。近臣忠于职守,陪同皇帝了解民情。地方官员清正廉明,爱民如子,不畏权势替民做主。这部宝卷以"忠"为轴架构起了一个理想的社会体系,这一体系中皇帝和民众的利益是完全一致的,皇帝追求江山稳固,国泰民安,民

第五章　河西宝卷原型文化因素分析

众希望社会安康，丰衣足食，稳定的社会才能保证江山的千秋万代，在稳定的社会里老百姓才能过上幸福的生活。皇帝与民众之间存在的主要矛盾是消息不畅通，灾荒之年，民众相信皇帝一定会赈灾，被拖延的原因是奸臣另有所谋，封闭了消息，而忠臣们的主要任务就是帮助皇帝了解灾荒的实际情况。在中国封建社会里，"忠"是大臣与皇帝政治关系的根本之德。

"义"字最早出现于甲骨文里，西周时产生了"义"这一范畴。后经先秦诸子的发展，"义"的概念得到了丰富，它既属于一般伦理范畴，也属于政治伦理范畴。孔子讲："君子喻于义，小人喻于利"。孟子讲"何必曰利"，荀子说"羞利"，董仲舒主张重义轻利，"正其谊不谋其利，明其道不计其功。"张岱年在《中国伦理思想研究》中指出，中国古代伦理学问题涉及"义"的有四点：一是道德的最高原则与道德规范的问题；二是礼义与衣食的关系问题，即道德与社会经济的关系问题；三是"义利""理欲"问题，即公利与私利的关系以及道德理想与物质利益的关系问题；四是"力命""义命"问题，即客观必然性与主观意志自由的问题。

河西宝卷中的"义"主要是指人在物质利益面前能不能保持人性的纯洁，维护道德的基本原则，控制住自己的不良之举。河西宝卷遵循着佛教的因果报应，善有善报，恶有恶报。苏格拉底讨论过"善"，认为"善"是一个抽象的概念，在具体的情境中会发生变化。仔细考察河西民间的"善"，发现它带有浓厚的伦理色彩，其主要内容就是儒家伦理道德准则："忠孝节义"，所以宝卷中关于"义"的宣扬，遵循了"义"有善报，"不义"有恶报的原则。

《丁郎寻父宝卷》（见《民乐宝卷精选》）中的李虎欠了一位布客的银子，无力偿还，找年七借钱，年七提出要他诬陷高仲举。李虎为了钱杀了布客，还把布客的尸首立在高仲举家门口，高仲举一出门，尸首倒在了他的怀中。李虎见利忘义，为了钱杀害了布客的性命，还栽赃高仲举。《金凤宝卷》中的段廷嫌贫爱富，背信弃义，为悔婚不惜诬良为盗，贿赂官员，陷害无辜，欲置张文焕于死地。这部宝卷再次向民间宣扬：义就是要诚实守信，诚信就是良心，是一种品质，一种文化，一种文明，也是人生最宝贵的财富，是每个人安身立命的根本。做人要守信，主张"言必信，信必果"，否则"人而无信，不知其可也"。《包爷三下阴曹》中的卜子虫为了金银首饰杀死了柳金蝉。与此相反，《二度梅宝卷》中的王喜童舍命救主，《沉香子宝卷》中的秋哥替沉香子偿命，这些都是"义"的具体表现。

（二）"孝悌"观念对宝卷原型的影响

孝悌观念是儒家伦理道德思想的核心内容，《论语》指出："孝悌者，其为仁之本欤。"钱穆曾经称中国文化为"孝的文化"，谢幼伟在《孝兴中国文化》一书中也强调中国文化在某种意义上可谓"孝的文化"。孝道的核心实质是敬畏，不断变化的只是敬畏的对象。"孝在商以前，为敬天之意，周人赋予其敬祖的人伦意义。孔孟以后，孝道思想有更进一步的扩张，扩张到使人世间一切事务、一切德行莫不以孝为中心。《礼记》把孝看作放诸四海而皆准的普遍真理，系统地提出了'父子笃、兄弟睦、夫妇和'的家庭伦理，并提出了'父慈、子孝、兄良、弟悌、夫义、妇听'的具体规范和要求。"[①]

孝道原型从敬天之意转变为孝亲的家庭伦理，正如冯友兰所言中国的哲学是轻宗教、重伦理道德的，也就是说，中国传统哲学的功用在于提高人的心灵境界使其获得高于道德价值的价值。[②] 孝道原型的形成和我国独特的地域文化有关，在农耕社会里，老人掌握了更多的自然生产常识和规律，在社会上受到了更多的尊重。世界上很多民族都存在"弑老"的风俗，而伦理成熟较早的中华民族，则形成了敬老尊长的优良传统。

儒家认为，父子关系是人伦之本。父子至亲，父子关系是建立在血缘基础之上的，是与生俱来的，也是无法选择的。父子之间的道德准则

[①] 薛改辉：《〈礼记〉家庭伦理思想研究》，硕士学位论文，河南大学，2013年，第11页。

[②] 冯友兰：《中国哲学简史》，涂又光、赵复三译，北京大学出版社2005年版，第8页。

是父慈子孝。做子女的要孝敬父母。孔子说："事父母几谏，见志不从，又敬不违，劳而无怨。"（《论语·里仁》）"父在，观其志；父没，观其行；三年无改于父之道，可谓孝矣。"（《论语·学而》）

牛郎织女的传说是中国民间四大传说之一，牛郎织女的爱情故事在《古诗十九首·迢迢牵牛星》中被表达为"盈盈一水间，脉脉不得语"。秦观的《鹊桥仙》赞美了这种爱情："金风玉露一相逢，便胜却人间无数。"民间传说的浪漫色彩在《天仙配宝卷》中已荡然无存。《天仙配宝卷》有着浓郁的儒家文化的特色，这部宝卷完全成了封建伦理道德的传声筒。

这部宝卷宣扬了儒家的"孝"，宝卷中的董永卖身葬母，"卖身葬母是大孝，后世扬名董秀才"。董永的孝心感天动地，玉皇大帝派了七仙女下凡与他婚配，为他赎身。"孝"是整个故事发生的动因。"孝"产生的强大效应统领了整个故事。宝卷中附会董永和七仙女的儿子是汉朝开一代新风的儒学大家董仲舒。

宝卷中的孝道原型从正面宣扬和反向惩戒两个方面得以叙述。正面宣扬孝道原型的有《张青贵救母宝卷》《沉香子宝卷》《鹦鸽宝卷》《丁郎寻父宝卷》《五猪救母宝卷》《割肉孝亲》等。反向惩戒的有《敕封平天仙姑宝卷》中的儿媳妇不但不孝敬婆婆，还谋算用毒药毒死婆婆，受到仙姑的惩罚变成了狗。《黑骡子告状宝卷》中的刘玉莲杀死了丈夫，栽赃嫁祸自己的父兄，最后受到了严厉的惩罚。《黑蜜蜂宝卷》鞭挞了为人子的不孝行为。

在儒家家庭伦理思想中，兄弟伦理关系主要有"兄友弟悌"及"长幼有序"。兄弟伦理是孝道观念的合理延伸和有益补充，孔子教育自己的学生"入则孝，出则悌"。《荀子·君道》指出："请问为人兄？曰：慈爱而见友。请问为人弟？曰：敬诎而不苟。"就是说，兄长应当爱护弟弟，弟弟应当敬爱兄长。

孝道原型保留了人类最基本的敬畏之情，在古老的原始社会里，视神秘的自然为诸神。随着社会的发展变化，科学给予很多自然现象以合理的解释，可是，人们心目中对生命对世界的敬畏之感亘古不变。孝道原型在河西宝卷中不断出现,一方面以家庭关系为基点维护既有的社会秩序,另一方面在孝道的伦理大旗下,生活的艰难、人性的残忍也悄然蔓延,比如继母、婆婆在孝道伦理的大权之下虐待晚辈。还有割肉侍亲等悲剧的发生,也让"孝道原型"继续置换变形。在《闫小娃拉竹笆》这个宝卷中,我们看到敬畏对象发生了变化的种种矛头。

《闫小娃拉竹笆》带有浓郁的民间地方色彩。它的主要的故事情节如下:儿媳妇不孝顺,婆婆去世后,老公公度日艰难。儿子出门做生意,孙子上了南学堂,儿媳妇整天串门不做饭,太阳落山才回来。回家故意做了个硬锅盔。公公没牙咬不动,饥肠辘辘,锅盔难以下咽。公公与儿媳妇有了矛盾,儿媳妇心生毒计,在其丈夫面前诬告公公调戏自己。丈夫听信谗言编了个竹笆将老父亲送进深山之中绑在了石头上。孙子早已偷听到了父母的计划,尾随他们来到了山上。儿子弃父而去。孙子解开了绑爷爷的绳子,但却背不动虚弱无力的爷爷。孙子便先带着竹笆回家了,孙子把竹笆供在了供桌上,父母问其缘由,孙子说保存好了竹笆,等父亲老了也背到山里扔了。父母惊愕,儿子尤为惭愧,把老父从山中接了回来。儿媳不罢休,又商量着在饭里下毒害死老公公。恰巧又被孙子听见了,孙子提出以后爷爷的饭他要吃一半。孙子教育了父母,一家人安安稳稳地过日子,善待老人,孙子也安心地去了学堂,家中老人得以善终。聪明能干的闫小娃学习成绩十分突出,那一年皇王开科场,闫小娃上京赶考,不久来信让父母一同上京。父母在上京途中遇见了妖风,刮散了夫妻二人,父亲被刮进了深山之中,幸得两位砍柴人相救。母亲被风刮到了花城中,以乞讨为生,在穷途末路之际,竟然和寺中老和尚鬼混,几经辗转夫妻会合,一同来到了京城。那一日正赶上儿子高中状元,上街夸官。突然间妖风四起,响雷贯耳,一个霹雳竟然烧焦了母亲,烧伤了父亲的耳朵。状元闻讯而来与父亲相认。

可以看到这部宝卷对民间孝道伦理的颠覆。老公公体弱衰老无能,儿媳妇爱串门,儿子不明真相,娶了媳妇忘了爹娘。一家的主心骨成了孙子。孙子小小年纪明事理有心计,妥善解决了家庭矛盾,最终还高中了状元。这个故事反映了乡间百姓真实的审美及价值取向。从创作者、念卷者到听卷人对后代都有着浓烈的偏爱之情、赞誉之情。"孝"的实质内涵到底是什么?"孝"的前提应该是尊敬。宝卷中的老人已不再被尊敬,也不值得被尊敬,他们只是被怜悯和同情的对象。这部宝卷中的"孝"只是孙子完美形象的秀场道具。这部宝卷产生的时间可能较晚,反映了时代生活的些许变化。孝道处于悄无声息地被颠覆之中,对后代的崇拜心理日趋明显。正如吴晓东在评论《百年孤独》时所指出的:家族制、宗法制的社会是一种前喻文明,即以祖辈、父辈为绝对中心,祖辈拥有一切,包括最主要的东西:经验,一代代地传给下一代,在匠人、手工艺人那里尤其如此。而今天的社会则是"后喻文化",意味着父一辈要向子一辈学习,尤其是学习新的信息知识。

《白鹿原》中的白嘉轩打算重修祠堂,同时在翻修的祠堂内办学,他和鹿子霖把想法告诉朱先生时,朱先生跪倒在地,特别感谢他们为子孙办学造福的创业举动。朱先生这一跪,传统孝道风向标的转向赫然醒目,中国社会已从"前喻文明"时代进入了"后喻文明"时代。此外,宝卷《闫小娃拉竹笆》中出现了父母外出寻儿的情节,这在其他宝卷中是少见的。而这种情节恰恰是现代人的生活现状,不是儿子回到了父母所在的故乡,而是父母来到了儿女漂泊的城市。

(三)"三从四德"与欲望原型

传统的家庭关系包括血缘关系和姻亲关系,其中亲子关系隶属于血缘关系,夫妻关系隶属于姻亲关系。父子间的孝道是纵向的家庭伦理,夫妻间的妇道是横向的家庭伦理。妇道,是指妇女所要遵从的道德规范,也就是所谓的"三从四德"。"三从"指的是"从父、从夫、从子",是对女性一生隶属关系的规定。早在《周易》中就提出了"四德"即妇德、妇言、妇容、妇功。《礼记·昏义》中也提及了"四德"。"三从四德"的妇德要求,剥夺了女性生命的自主性,让女性一出生就隶属于男性,从父亲、兄长到丈夫、儿子,压抑了女性的生命意识,通过妇德行为规范,使妇女极其敏感地意识到男女有别,"三从四德"是一个女性的立命之本,生存之基,强烈地压抑女性的生命本性,在宝卷中最突出的是对女性贞节的要求。

河西宝卷中的妇德主要表现为女性视贞节高于生命。《丁郎寻父》中的于月英年轻貌美，在去往东岳庙降香的路上偶遇地方恶霸年七。年七被于月英的美貌所吸引，久久不能忘怀，想尽一切办法勾引于月英。他派人跟踪查明了于月英的住址，之后和于月英的丈夫高仲举拜为异性兄弟，趁相互拜访之机，年七屡屡勾引于月英，遭到拒绝后丧心病狂地不惜借机陷害高仲举。高仲举离家出走，孤儿寡母任由年七欺凌。年七托媒婆逼婚，万般无奈的于月英拿剪刀剜掉左眼，放在手中，血淋淋的场面吓退了媒婆，逼退了年七。女性为了贞节而不惜自残。

《闺阁录宝卷》收于《酒泉宝卷》第三辑中，编者注释说系清代木刻版本，具体刻印时间因卷本残缺而无法考证。目前尚未见其他版本和手抄本，原本是1972年在故纸堆里发现的。全卷由《土神受鞭》《雷打花狗》《金腰带》《稽山赏贫》《医恶妇》《活人变牛》《鸣钟诉冤》《坠楼全节》《古庙咒妻》《桂花桥》十个民间故事说唱小段组成。就其形式而言，这个宝卷讲唱结合，散韵并存宝卷，只是没有像其他宝卷那样有正宗的开卷偈语。从主题思想来看，这十段讲唱都以"劝善教化"为目的，宣扬"因果报应"，和绝大多数流行的河西宝卷并无二质。

《闺阁录宝卷》通过十个扬善惩恶的故事提出了封建社会女性的行为准则，可以看到旧社会对女性的无情戕害。波伏娃在《第二性》中提出："一个女人之为女人，与其说是'天生'的，不如说是'形成'的。没有任何生理上、心理上或经济上的定命，能决断女人在社会中的地位，而是人类文化整体，产生出这居间于男性与无性中的所谓女性。"宝卷中的女性是妻子、母亲、小姑子、嫂子、妯娌、婆婆、媳妇等，唯独没有自我。在以男性为中心的世界之中，女性心甘情愿、无条件地做出一切牺牲。

《闺阁录宝卷》对女性最主要的要求是贞节，必须保贞节万无一失，对女性穿戴打扮的要求是："不穿红着绿，不簪花戴朵。""自从来在你家里，打扮好像老家婆。胭脂花粉未曾抹，青布帕子搭脑壳。围腰

第五章 河西宝卷原型文化因素分析

常在腰前裹，棉布衫子短濯濯。……放在箱里未曾摸。""杂色衣不正经须当早抛。……抹胭脂戴花朵好似狐妖。灯笼裤和窄裤一概不要，走路时莫敲假休把裙摇。自古道布衣服穿到老，凡打扮朴实些庄重为高。"这样的穿戴要求完全剥夺了女性爱美的追求，这样的要求是为了滴水不漏地让女性忠于自己的丈夫，不在外人面前招摇，避免一切不忠的可能。不抛头露面，不入庙焚香，不观灯看戏，不接见三姑六婆，与小叔表兄不通信息。宝卷中反复宣扬：女子以贞节为重，能全贞节，鬼神敬重，好马不配双鞍，烈女岂嫁二夫。《坠楼全节》中的张满珍，夜晚掌灯上楼回房，房内暗藏一人行奸，无路可逃，就从楼上跳了下去，这样的行为受到了包括作者在内的民间话语权力者的极力吹捧。女性的贞节高于生命。这样的道德要求，这样的审美观念，是从男性利益出发的。剥夺了女性的生命活力、自我价值与意义的追求。

《土神受鞭》主要宣扬了对寡妇的要求：一是丈夫亡故后要守节，"好马不配二鞍，好女不嫁二夫"。二是要替丈夫孝敬高堂，杨氏女卖了儿子给婆婆买肉吃。她还用自己的行为举动教育了另一位寡妇王兰英，王兰英满面羞愧，顿时明白"我但知守节为重，哪知要兼尽孝。"接下来就详细说明了如何尽孝：公婆失去了儿子，就要宽慰他们，公婆所喜爱的，要做到爱屋及乌，公婆的舅爷、姨娘、女婿等亲戚都要热情款待，小心事奉。在公婆面前立身为大，给公婆做饭菜要切细，饭食要蒸软，冬天烘被，夏天奉茶解渴。即便讨饭，也必须婆婆吃完自己再吃。

《金腰带》中的杨氏也是妇女的好榜样，她的先锋模范事迹首先是苦苦相劝好赌的丈夫，比着稗草的例子，做苦瓜饭劝慰丈夫。丈夫不听，杨氏细细道说赌博的多种坏处：第一是玷污祖先，第二是败家业，第三是失家教，第四是惹是生非，后院失火。妻子用她的智慧、耐心劝慰丈夫回心转意。接下来面对丈夫误会后的毒打逆来顺受，最终受封贤德夫人的荣誉称号。《闺阁录宝卷》中妻子面对丈夫时的行为规范还不止这些，为了丈夫的幸福特别是传宗接代的大事，要做到妻容妾，妾尊妻。《医恶妇》中的正妻张氏凶恶无比，臭名远扬。轩辕四十岁无子，他的老师、朋友帮他娶了一房姜,以续子嗣。为了让张氏改邪归正,在续姜当日,轩辕的朋友借故抓住张氏的头发打了好几巴掌,张氏非但不改,反而变本加厉,日夜磋磨轩辕之姜,施尽淫威。最后,轩辕的朋友设下一系列计策,让张氏彻底醒悟,明白丈夫是自己最终的依靠,妻子必须全心全意依从丈夫。《桂花桥》中王必达娶妻谢氏,年近四十子女俱无。谢氏劝夫取姜林氏,林氏极为恶毒,自己生子后耀武扬威,见谢氏怀孕心中不乐,冷嘲热讽。丈夫去世后,姜林氏先是害死了生病在床的妻谢氏,又卖掉了谢氏的儿子。林氏最后犯了疯癫病,捶胸抓脸,扑在谢氏坟上吐血而死。

《闺阁录宝卷》中的女性被塑造成了男性眼中的两类形象:一类是"天使",一类是"妖妇"。天使们贞节、孝敬公婆、贤良侍夫,最后都有着圆满的结局,这些结局是皇上亲赐"节孝无双"四字,后享高寿,无疾而终,死时闻有笙箫古乐之声;或出嫁时乡街绅士同来拜贺,何等荣耀。妖妇们不忠于丈夫、不守节操、不容小姜、不尊正妻、挑拨是非鼓动分家,她们或变成了花狗,或遭到了雷劈,或暴毙而亡,生前遭人唾弃,死后下了地狱。

《天仙配宝卷》中的女性遵循着儒家思想的"三从四德",七仙女下凡不再是个人意志的自由追求,而是受到了父母的惩罚。七仙女绣错了花袍,又偷了王母的胭脂,犯下了罪孽,玉皇将她贬下凡间,与董永为妻,做工还债,受些灾难,三年姻缘满了仍回天宫。七仙女在天上没有多大自由,整天做女工绣花袍,犯了错误还得受惩罚。堂堂仙女没有称心胭脂只好去偷,犯下一些小错误就受到了父亲随意的惩罚。七仙女冲破神人界限,积极主动追求爱情的浪漫故事,在河西宝卷中已经变成了受父母之命去支持、安抚"孝子"的封建礼仪中的一个工具。七仙女到了人间,帮董永赎身,靠的是女工的娴熟技艺:"焚香请来六个姐姐,这寿鞋一夜两手做成。……男寿鞋绣麒麟百花绽开,女绣鞋绣凤凰百花围身。……请来了神姑姐妹七人,齐下凡织彩缎各显神通。你织的玉龙爪蛇龙戏珠,我织的虎猫狮滚绣球。你织的是凤凰飞禽走兽,她织的是仙鸟百鸟俱鸣。有花草和树木各样齐全,将蟠龙和鱼虾全都织上。

刚一夜织彩缎一十四丈……"① 七仙女下凡叫来了姐姐们帮忙,她们最大的本领就是做鞋、织布。

董永的母亲去世后,董永哭母亲:"……一哭母去归阴儿未还,二哭母受皇恩寿命不长。三哭父母早亡孤身无靠,四哭母守贞节受苦万千。五哭母遵父言叫儿读书,六哭母做针线昼夜不停。七哭母每日里纺棉织布,八哭母恩养儿受尽艰难。九哭母经千辛受万苦,十哭母活一世未得安然。"② 母亲最感动儿子的是她的守贞节、遵父言、做针线、纺棉织布。

七仙女织布做工赚钱替董永赎身,三年期满挥泪离别,她再次回来是送回他和董永的儿子,也就是董仲舒。她回来时董永已经中了状元,而且又有了两位妻子,这时的七仙女俨然一位宽宏大量的正妻,嘱咐两位妹妹和睦相处,嘱咐两位妻子同心协力抚养孩子长大。随后,七仙女回了天宫。

女性主义批评家提出男性文学中两种不真实的女性形象——天使与妖妇。天使都回避着她们自己或她们的舒适,或自我愿望,即她们的主要行为都是向男性奉献或牺牲,这种把女性神圣化为天使的做法,实际上一边将男性审美理想寄托在女性形象上,一边却剥夺了女性的生命,把她们降低为男性的牺牲品。妖妇形象体现了男性作者对不肯顺从、不肯放弃自私的女人的厌恶和恐惧,然而,这些女恶魔形象实际上恰恰是女性创造力对男性压抑的反抗形式。

本节主要论述了河西地区的儒家文化以及河西宝卷中儒家文化因子的鲜明体现:社会秩序中的"忠义",家族观念中的"孝悌",女性遵循的"三从四德"。河西地区的儒学经历汉朝的传入,五凉时期的巩固,已经成为河西地区正统的官方文化思想,历代封建王朝的屯田戍边,丝绸之路的开通繁荣,中原大家族为了躲避战乱移民河西,坚守家族私学等因素共同繁荣了河西地区的儒家文化。儒家文化经封建社会各

---

① 何登焕编:《永昌宝卷》,永昌县文化局,2003年,第106页。
② 何登焕编:《永昌宝卷》,永昌县文化局,2003年,第100—101页。

个时期统治者的助力推行，作为维护统治的重要工具，也渐渐深入了民间乡土社会，成为建构乡间政治秩序和文化体系的主导思想。

在社会秩序的"忠义"这一部分中，首先讨论了"忠"的对象，民间认为，"忠"于的对象必须是英明伟大的封建君王，宝卷中理想的帝王主要是康熙和乾隆，并以《康熙访山东宝卷》为例具体分析了"忠"的内涵。这部宝卷塑造了三位"忠"臣，分别代表了权臣、近臣、地方官员。在这三位正面形象身上寄寓了民众对于"忠"的期望，这种期望就是权臣运筹帷幄，帮助皇帝维持正义，救国救民。近臣忠于职守，陪同皇帝了解民情。地方官员清正廉明，爱民如子，不畏权势替民做主。"义"主要是人与人之间社会交往中所遵循的基本原则，主要指人们在利益、危险、权势面前守持为人处世的基本原则：善良、信誉、公平、正直等。

通过对《张青贵救母宝卷》《沉香子宝卷》《鹦鸽宝卷》《丁郎寻父宝卷》《五猪救母宝卷》《割肉孝亲宝卷》《敕封平天仙姑宝卷》《黑骡子告状宝卷》《紫荆宝卷》等大量河西宝卷卷本的分析得出结论：宝卷中的孝悌观念从正面宣扬和反向惩戒两个方面得以叙述。通过对《闫小娃拉竹笆》的分析，看到了后喻文明时代的到来。最后指出女性遵从的"三从四德"是河西宝卷宣扬的重要内容，儒家的"三从四德"导致了女性欲望的妖魔化。

附　　录

一　酒泉地区宝卷调查

（一）酒泉地区宝卷的编辑出版

酒泉地区的河西宝卷保护工作主要由肃州区文化馆承担。宝卷搜集整理工作开始于20世纪80年代，酒泉市文化馆（即现在的肃州区文化馆）组织工作人员搜集到了50多种100本宝卷卷本，并由郭仪、高正刚、谢生保、谭蝉雪对宝卷进行精选，编辑了《酒泉宝卷·上编》和《酒泉宝卷·中编》。最后他们与西北师范大学古籍整理研究所合作，经伏俊连老师校审，由甘肃人民出版社出版了《酒泉宝卷·上编》。2000年，酒泉市政府（现在的肃州区政府）投入经费，组织人员整理，内部发行了《酒泉宝卷·中编》，并且编辑了《酒泉宝卷·下编》。2005年，国家非物质文化遗产保护工作正式启动，2006年，肃州区申报"酒泉宝卷"国家级非物质文化遗产名录成功。酒泉地区在国家的支持下以更大的热情投入宝卷的收集编纂工作之中。将已有的《酒泉宝卷》上、中、下三编改名为《酒泉宝卷》一、二、三辑，并在此基础上编辑了《酒泉宝卷》四、五辑，于2012年公开出版，《酒泉宝卷》（全五辑）是比较全面的酒泉宝卷集成本。

（二）民俗馆里的宝卷展示

肃州区文化馆在其馆内设立了酒泉地区民俗馆，河西宝卷是其重要的展示内容。展览情况如下图所示。

乔玉安收藏的《三圣一源心印宝卷》

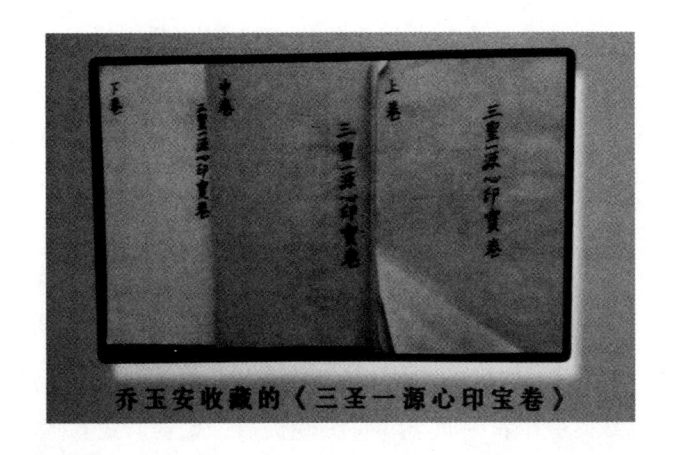

（三）国家级非遗文化传承人乔玉安①

乔玉安，男，汉族，生于1944年，甘肃酒泉人。2007年5月23日成为第一批国家级非物质文化遗产项目"河西宝卷·酒泉"代表性传承人。乔玉安从1962年开始学习念卷，是该地区念卷第三代传人。现有三名爱好念卷的入室弟子。

乔玉安的传承谱系：

第一代——乔登海，1880年出生，曾担任酒泉地区玉花堂堂主，1960年去世。从事念卷时间为1899—1960年，共61年。

---

① 乔玉安的基本资料收集于肃州区文化馆及王保尔公开发表的访谈资料。

第二代——乔德云，1924年出生，1987年5月去世。从事念卷时间为1950—1987年，共27年。

第三代——乔玉安，1944年出生，2019年3月去世，从事念卷时间自1987年至2019年。

乔玉安的传承活动：

念卷又称"宣卷"，因宝卷的结构为散韵相间，念卷不同于一般意义上的读书，念文需强调音律声调，因而，念卷非一般读书识字之人所能担当。1987年，乔玉安担任洪水片玉花堂堂主，并主持念卷活动。宣卷、唱卷时间主要集中在农闲时节和每天晚饭后，念卷形式有唱、说、诵，地点从庙会、广场、田间地头直至家庭村舍。宝卷内容寓教于乐，旨在劝人行善尽孝、勤劳节俭、诚实做人、温良恭谦等。宣卷之余，乔玉安已抄卷15万字，其中有肃州本土产生的第一部全韵文《生身宝卷》，宣扬三教合一的《三圣一源心印宝卷》。另外还收藏各类宝卷10本，为保护和传承这一古老的文化劳心尽力。乔玉安宣卷的代表作有《金凤卷》《牧牛卷》《黄氏女卷》《贫和尚出家宝卷》《生身宝卷》《黑骡子告状宝卷》等。

乔玉安传承弟子：

乔治中，男，1966年生，高中文化，肃州区上坝镇营尔村七组农民。

王明军，男，1965年生，高中文化，肃州区上坝镇福地村一组农民。

马世鹏，男，1964年生，高中文化，肃州区上坝镇小沟村二组农民。

于殿华，男，1953年生，初中文化，肃州区上坝镇九墩村七组农民。

王保尔在《人物·视点》的访谈资料中记录，念卷人乔玉安承袭了民间宗教组织，乔玉安手上有一份标有"大明（年号不祥）二十三年"的护教榜文手抄本，榜文写到：

奉天承运，皇帝诏曰：圣旨准许师侍郎李义政和太监李明格、礼部尚书赵钦、吏部尚书许贺、户部尚书李申、五部尚书刘志高、兵部尚书徐京、刑部尚书冠袁经历司部等钦奉知会各部衙门，出给榜文护持正教。颁行天下十三省布政司，各州府县、无为政教及道人等众生，每逢朔望日佛礼拜门径为见，祝延圣寿无疆。

凡系一切持斋僧道明心见性，果系学道参禅僧道许论抄自列录互道榜文随身执照，在前认径颁行。

圣旨：奉天承运，皇帝诏曰：准奏

绘结出榜文，护照天下玉花庵堂，在家男女修道之人等，护身执照颁布天下，各守清规，奉演三宗五派说法普度万民遵佛规国律，度人脱离出苦，永远太平。

发给酒、高、安、敦、玉、金、鼎七县玉花堂法师冯三品。

冯三品是新中国成立前酒泉、高台、安西、敦煌、玉门、金塔、鼎新七县的会道门玉花堂法师。乔玉安便是这一支。乔玉安的师傅于加儒是上坝镇新上村三组人，2011年4月（农历三月十三日）去世，享年九十。于加儒年轻时听周围的人说，营尔有个小伙子既会唱小曲又会念经、念卷，便主动上门了解情况，一来二去两人成了莫逆之交。1987年9月，两盒点心、一顿干面，乔玉安拜师于加儒门下。师傅教得认真，乔玉安学得仔细，从民间小调小曲、唱腔曲牌以及用嗓都得到了老人的真传。于加儒会念经，帮人料理丧事，乔玉安现在做堂主的本事也是从于加儒师傅那儿传钵的。

（四）谭蝉雪捐赠的宝卷资料

2015年11月6日，敦煌研究院副研究馆员谭蝉雪女士捐赠给甘肃省图书馆河西宝卷72种88卷（册）。大部分是谭蝉雪女士在酒泉工作时收集的相关资料，包括河西宝卷清代刊刻本、抄本、民国印本及民间手抄本和宝卷说唱录音磁带，以及谭蝉雪本人研究手稿、研究目录和部分日文影印本宝卷资料。

二　张掖地区宝卷调查

（一）张掖市文化馆的保护传承工作

张掖地区的县级文化馆是宝卷保护工作的基层单位，各县级文化馆收集的资料汇集在张掖市文化馆，张掖市文化馆是宝卷保护传承的中心，下面就笔者了解到的张掖市文化馆所做的保护传承工作做出总结。

1. 在甘州区、山丹县、高台县、民乐县、临泽县建立了五个传习所，甘州区的传习所建在花寨乡花寨村，传承人是代兴卫和代继生。山丹县的传习所建在东乐乡大桥村，传承人是陈多祝。高台县的传习所建在高台县文化馆，传承人是刘银花。民乐县的传习所建在民乐县民联乡太和村，传承人是张成舜。临泽县的传习所建在临泽县文化馆，传承人是王学友。

2. 2013年，张掖市文化馆组织了新一轮河西宝卷的普查工作。组织工作人员6人，利用两个月时间，普查乡镇52个。

3. 甘肃文化出版社出版了《金张掖宝卷》1—5集；山丹县委宣传部出版了《山丹宝卷》上下两集；临泽县政协出版了《临泽宝卷》；甘州区文化委出版了《甘州宝卷》；民乐县政协出版了《民乐宝卷》上、下两集。

4. 组织专业人员召开河西宝卷研讨会，精选了与张掖有密切联系的民间传说、故事20篇，投入资金15万元，编辑出版了《河西宝卷精品故事集》。

5. 创作并演出了以宝卷故事改编的剧目《仙姑传奇》，进一步提升了河西宝卷的影响力。

6. 举办全市非物质文化遗产保护暨免费开放工作培训班，邀请多名河西宝卷传承人参加。

7. 2014年11月，文化馆工作人员偕同宝卷传承人代兴卫、代继生在靖江参加了中国宝卷生态化保护与传承交流研讨会。

《河西宝卷·仙姑传奇》编创研讨会在张掖市文化馆举行

张掖市文化馆创编的剧目《河西宝卷·仙姑传奇》在传习所挂牌仪式上演出（图片由张掖市文化馆提供）

河西宝卷原型研究

张掖市文化馆从民间收集的原始宝卷（笔者摄）

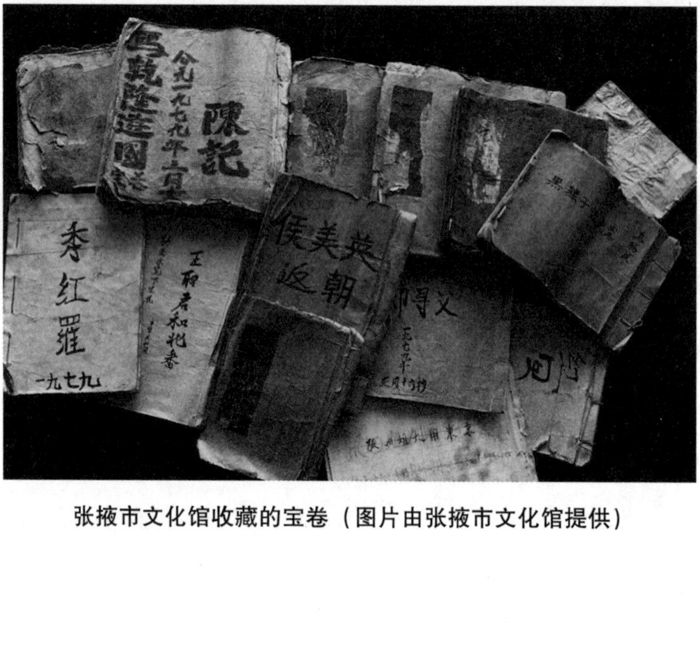

张掖市文化馆收藏的宝卷（图片由张掖市文化馆提供）

附　录

张掖地区已出版的五套宝卷（苗红摄　图片由张掖市文化馆提供）

张掖市文化馆收藏的宝卷（图片由张掖市文化馆提供）

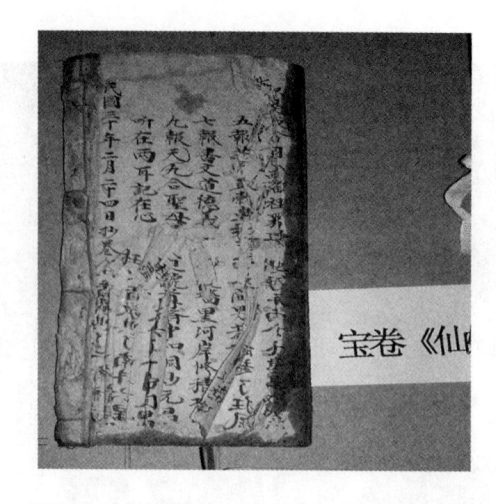

河西宝卷原型研究

张掖市文化馆收藏的《仙姑宝卷》（笔者摄）

张掖市文化馆制作的非遗画册（由张掖市文化馆提供）

(二) 非遗文化传承人代兴卫[①]、代继生[②]

代兴卫,男,1953年7月出生,小学文化程度,农民,河西宝卷国家级非物质文化遗产传承人。

代继生,男,1975年7月出生,高中文化程度,农民,河西宝卷省级非物质文化遗产传承人。代兴卫和代继生为养父子关系,代继生原名祁玉,是代兴卫的亲外甥,因代兴卫终身未婚,祁玉1岁多时就过继到了代兴卫名下,后改名代继生。现在父子俩一起生活,居住在甘肃省张掖市甘州区花寨乡。

家族传承情况

代别	姓名	性别	出生年月	文化程度	传承方式	学艺时间	居住地址
第一代	代登科	男	光绪九年	私塾	抄卷	不详	甘州区花寨乡
第二代	代进寿	男	1915.04.06	私塾	父传	不详	甘州区花寨乡
第三代	代兴卫	男	1953.07.13	小学	父传	1962年	甘州区花寨乡
第四代	代继生	男	1975.07.29	高中	父传	1985年	甘州区花寨乡

笔者于2016年8月2日下午来到张掖市花寨乡的代继生家进行田野调查,在他家看到了清末及民国时期的书籍及祖上几代抄写的经卷、宝卷几十本。当夜留在了代家,一方面了解他家的宝卷传承情况,另一方面根据一些旧物了解代家的家族文化史。在笔者看来,经历了"文化大革命"浩劫,十分贫困的农民家庭保存了清末、民国、新中国成立前的书籍、手抄本几十本,在甘肃农村是十分罕见的情况。近年来,许多造访者到他家拜访,他们无私地出示了自家的古旧之物,供拜访者品鉴。有单位拉来了复印机,把他家的纸质材料全部复印了一遍,朴实的农民说不清复制者是谁,但他们觉得是国家的东西,复印给国家是可以

---

① 代兴卫的基本情况和代继生一同介绍。
② 依据笔者田野调查的访谈笔录、音频、视频资料整理而成。

的。来访者之中有多人出高价买他们家的古书和其他物品，在代兴卫因中风而左臂不能活动，代继生左手残疾，五口之家生活十分贫困的情况下，他们从未卖过家中的一件物品，代家传承下来的不单是宝卷，宝卷的传唱技艺更是一种难能可贵的精神财富。

笔者统计了代继生家的古书旧物，情况如下：

宝卷28本（借给了张掖市文化馆）

1. 《绣红灯宝卷》
2. 《鹦鸽吊孝》
3. 《罗通扫北》
4. 《黑骡子告状》
5. 《侯美英反朝》
6. 《鲁尧与马壮》
7. 《贫和尚》
8. 《白玉楼》
9. 《丁郎寻父》
10. 《康熙私访山东宝卷》
11. 《施公案》
12. 《三搜索府》
13. 《张聪还魂》
14. 《张四姐宝卷》
15. 《洗衣记》
16. 《白玉楼》
17. 《观音宝卷》
18. 《薛礼宝卷》两本
19. 《女中孝》
20. 《马乾隆游园》
21. 《乾隆私访白雀寺》
22. 《蜜蜂计宝卷》
23. 《小老鼠告状宝卷》

24.《高郎休妻》

25.《仙姑宝卷》

26.《郑党打子》

27.《汗衫宝卷》

（共计 28 本，以张掖市文化馆 2016 年 4 月 13 日打给代继生的借条为准。）

其他宝卷：

1.《当方土地真经卷》

2.《孔雀明王经》

3.《佛说命之观音修行宝卷》

4.《护国佑民佛魔宝经卷》

5.《佛说穰星灯科九值十化十二押运经》

6.《佛说皇极金丹九莲正信皈宗还乡宝卷》

其他书籍：

1.《奇门遁甲》24 本 上海校注 山房试音 光绪三十一年

2.《麻衣相发大全》

3.《姜太公乾坤预知歌》

4.《阳宅八卦》

5.《推背图》

6.《绘图阳宅三要》

7.《绘图阴宅大全》

8. 私塾识字教科书（毛笔抄写，戴登科笔记）

9.《闹元宵曲子高药一本》（毛笔抄写，戴登科笔记）

10. 私塾先生的教科书，私塾学生的作业本共计 6 本，前后页有精美的图案、藏头诗等。

11. 家藏宝卷名录统计的红纸一张，上面记载了 30 部宝卷的名字，其中的《高兰卷》《十望景》《丹凤卷》《四圣归天》为《河西宝卷存目辑考》[①] 中未收入的宝卷。

其他物品：

1. 代登科和妻子保氏的灵位一个

2. 玉石道经师宝一个

3. 榔宝诰模板一个

4. 往生咒模板一个

5. 道场用的扇子一把

6. 中华民国十九年 100 元纸币 4 张，上面有毛笔字迹，内容大致是在记账（纸币在作废后，被当成了写字纸。）

民国三十一年面值 10 元的纸币 22 张，上面有用毛笔写的字，内容需进一步研究

7. 1969 年，代进寿写给八一公社革命委员会的检查一份，共 5 页

1969 年，代进寿写给张掖县革命委员会的检查一份

8. 1964 年 3 月 14 日清点现金条子 1 页

代继生家所藏宝卷，代登科用毛笔抄写（笔者 2016 年 8 月摄于代继生家中）

---

① 朱瑜章：《河西宝卷存目辑考》，《文史哲》2015 年第 4 期。

附　录

代进寿是旧社会的念卷先生，在"文化大革命"中遭受批斗（笔者 2016 年 8 月在代继生家中翻拍）

代兴卫、代继生父子（笔者于 2016 年 8 月摄于念卷人家中）

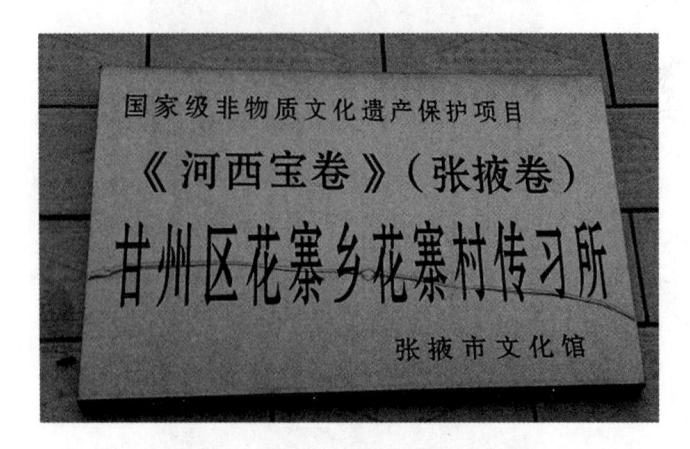

代继生家由张掖市文化馆挂牌成立宝卷传习所（笔者摄于2016年8月）

2006年代兴卫家中念卷场景（苗红摄，张掖市文化馆提供）

附 录

代兴卫收藏的宝卷（苗红摄，张掖市文化馆提供）

代兴卫收藏的宝卷（苗红摄，张掖市文化馆提供）

（三）宝卷传承人家族文化史思考

代继生家族文化史研究中的几个问题：

1. 代继生家藏有宝卷34本，他家的藏书是河西宝卷研究的重要宝库。一方面，他家藏有一些独有的宝卷，如《鲁尧与马状》《乌江度》《佛说命之观音修行宝卷》《佛说穰星灯科九值十化十二押运经》《佛说皇极金丹九莲正信皈宗怀乡宝卷》，这五本宝卷为《河西宝卷存目辑考》[①]所未能见到的，是对河西宝卷的有益补充。另一方面，即便是与已面世的宝卷同名或同故事的宝卷，代家的宝卷也有一定的独特性。这些独特性体现在，绝大多数宝卷的抄录者都是戴登科[②]，他是清朝末年的私塾先生，他所抄的宝卷毛笔字书写有功力，有一定的书法价值。此外，相比许多民间流传的宝卷，他家的宝卷错字、别字较少，语句通顺，很多句子显然经过了文人的润饰，很多宝卷的末尾还有作者对这部宝卷的简短评论，具有较高的文学价值。此外，很多宝卷的首页或末页配有精美的图画、藏头诗等，体现了文人的雅致。

2. 代家的宗教信仰是河西民间信仰的历史记录和活标本。代登科是佛家居士，他保留了《孔雀明王经》等佛教抄本。代家第二代、第三代、第四代全部改信道教。其家中藏有《奇门遁甲》《麻衣相发大全》《姜太公乾坤预知歌》《阳宅八卦》等道教书籍及玉石道经师宝、梛宝诰模板一个、往生咒模板一个、道场用的扇子一把，家族信仰变更是一个值得研究的问题。

3. 如今作为民间道士的代继生依旧在搬家、修房、学生升学、小孩留头等民俗活动中被当地农民邀请举行法事，是民间信仰、民俗文化的活态反映。

4. 代登科是清末的私塾先生，可以看到他当年教学时自编的私塾识字教科书四书五经的部分内容相关的书籍，他家的信仰和文化结构明

[①] 朱瑜章：《河西宝卷存目辑考》，《文史哲》2015年第4期。
[②] 他家姓氏中"代"和"戴"通用，现在上报的材料中用"代"，祖上抄写宝卷的签名中用"戴"。

显地体现了儒释道结合的特点，这既是宝卷生成的文化背景，也是一定时期内民间文化的组成结构。

5. "文化大革命"也在他家留下了重要的痕迹，即代进寿写给八一公社革命委员会和张掖县革命委员会的检查各一份。

6. 被当成写字纸使用的民国时期的纸币，1964年3月14日清点现金的条子，都是近100年中河西农村经济生活的重要研究资料。

7. 代兴卫和代继生会念唱近30部河西宝卷和几十首小曲子，具有非遗传承的重要价值。

8. 代兴卫对家族故事的回忆描述与实物相印证进一步还原了家族100多年的历史。比如，代兴卫回忆了家里用木质晾经架晒书的情形，第二代代进寿的婚姻，"文化大革命"期间代进寿在两个女儿日夜看护之下才免于自杀。代登科在自家院子里念唱宝卷，念到悲伤之处，满院子的邻里乡亲都泣不成声。

2016年8月8日，笔者再次走访张掖市文化馆，查看并逐个登记了代继生家宝卷的作者及抄录时间。

1. 主人公是高元、高芝、高兰的一部宝卷，宝卷名称不详，民国十七年九月二十五日起三十日止，戴登科抄录。

2. 《贫和尚》，民国十七年，戴登科抄录。

3. 《女中孝》，民国二十五年二月初五日，戴天恩。

4. 《方四姐宝卷》，民国时期，作者不详。

5. 《马乾隆游园》，民国五年二月二十八日抄，戴登科。

6. 《绣红灯》，作者、抄写时间不详。宝卷扉页上有画一幅。

7. 《乾隆宝卷》，民国二十一年，戴登科。

8. 《鲁尧与马状》，1979年4月上旬，戴进寿。

9. 《观音修行》，抄写时间不详。抄录人贾多财、许珩、门秉贤、李万斛。宝卷扉页上还有这样一句话：刘为兄张为弟兄弟们分君分臣异姓连成亲骨肉。

10. 《小狸猫》，民国二十三年三月二十六日抄写，戴登科笔迹。

11. 《薛礼征东》，抄于1981年，代兴卫。

12.《莺鸽吊孝》，抄写时间不详，戴登科毛笔笔迹。

13.《洗衣记》，抄写时间不详，代兴卫笔记，前面有画。

14.《三搜索府》，1958年正月二十二日，管元年抄。

15.《张聪还魂》，民国二十一年冬，戴登科笔迹。

16.《白玉楼卷》，民国二十七年四月十三日起十六日抄完，抄卷人戴登科，前后有画。

17.《侯美英反朝》，1979年2月13日，抄卷人代兴卫。

18.《施公案》，1979年农历四月初始，抄卷人戴进寿，有画。

19.《白马宝卷》，抄写时间不详，戴登科毛笔笔迹。

20.《罗通扫北》，抄写日期不详，钢笔字迹，抄录者者不详。

21.《薛礼征东》，1980年元月。

22.《薛礼征东》，中元1981年三月初一，代兴卫毛笔抄录。

23.《仙姑宝卷》，民国三十年二月二十四日，抄录者不详。

24.《乌江渡》，1981年2月，抄录者不详。

（四）张掖地区其他宝卷传承人

1. 陈多祝[①]

陈多祝，男，1943年7月出生，高中文化，现住甘肃省山丹县东乐镇大桥村，山丹县宝卷传承人。收藏的宝卷有《方四姐》《侯美英反朝》《张四姐大闹东京》等20多本，绝大部分交给了张掖市文化馆。

陈多祝十分高兴地向笔者介绍了他家的念卷情况。在他的印象中，1880年出生的爷爷陈德福是当地的识字先生，一辈子念卷；父亲陈子模，1901年出生，秀才，终生念卷，把念卷技艺教给了陈多祝的大哥陈多儒。大哥陈多儒1921年出生，从小听爷爷父亲念卷，是泡在宝卷里长大的。打记事起，陈多祝就围在大人身旁听卷，不知不觉中跟着大人接卷。1961年开始抄写《卖苗郎》《绣红罗》宝卷，1962年听哥哥陈多儒念卷时学习独立接卷，最早接《张四姐大闹东京》宝卷。1965

---

① 由山丹县文化馆提供的资料及笔者2016年8月拜访的笔录资料整理。

年开始在乡村红白大事上替乡亲们念卷，念《侯美英反朝》等，得到乡亲们的好评。1968年独立到外村念卷，1969年抄写宝卷《马乾隆游国》《包公错断闫查三》，1986年在甘州区和平镇紫家寨念唱《马乾隆游国》宝卷，1990年开始收徒传艺。

2006年参加中央电视台拍摄的念卷专题片。2008年被张掖市聘为河西宝卷传承人。2013年5月为张掖市文化馆制作的《仙姑宝卷》配音。2013年11月，张掖市文化馆在东乐乡大桥村挂牌成立市级传习所，陈多祝被确定为传习所负责人。2013年12月在张掖花寨乡代继生家念唱《黑骡子宝卷》，相互切磋技艺，在代继生家抄写宝卷。2014年接受《张掖日报》和张掖市文化局采访，接受张掖广播电视台采访并在电视上做专题报道。2016年1月创作新宝卷《说唱新农村》，发表在《山丹文苑》上。

河西宝卷山丹县东乐乡大桥村传习所门前的陈多祝（笔者摄于2016年8月）

2. 周国泰[①]

周国泰，男，汉族，1954年出生。原系高台县红崖子乡小泉村人士，1998年因生活需要搬迁至高台县骆驼城镇，现与老伴在骆驼城镇建康村务农。膝下有一子两女，现均已自立门户。

周国泰老人出生于新中国成立之初，经历过饥荒、"文化大革命"、人民公社、改革开放的他，对民间传统文化艺术情有独钟。其祖上几代均是文化底蕴深厚的"师爷""秀才"等，其太爷周万明饱读诗书，是当时本地"念唱河西宝卷"的第一代传承人，他将"念卷"的技艺传授给周国泰老人的爷爷周占恒，周占恒又传给周福仁（周国泰的叔叔），周国泰老人"念卷"的活儿正是从周福仁（已过世）老人那里学得的。

因家庭劳力少的原因，周国泰老人没读完小学就辍学在家务农。正是在这样的条件下，周国泰老人从小就对"念卷"、拉二胡、唱秦腔等传统文化艺术产生了浓厚的兴趣。在忙完一天的劳作，回到家里后，他就跟村里的老人们听卷，偶尔也参与念卷人"接佛声"。就这样，他和河西宝卷结下了不解之缘。成年后，村里"念卷"的活儿就成了他的"专利"，当时留传下来的卷本有《莲花落》《哭五更》《割韭菜》《红灯记》《韩湘子出家》等，因周老"念卷"时声音抑扬顿挫、唱腔清脆圆润，加上感情非常投入，经常听得村里的父老乡亲或悲伤得黯然泪下，或激动得报以掌声，所以，在当时听周国泰老人念唱河西宝卷就成了当地村民主要的文化活动。谁家给儿子娶媳妇或者嫁女儿，都要邀请他去念唱一部宝卷以助兴，他的念卷活动极大地丰富了本地百姓的文化精神生活。

改革开放以后，随着县乡文化活动的不断活跃，周国泰老人积极参加县乡组织的各类文艺活动。1990年至1995年曾任原红崖子乡小泉村"文艺娱乐团"（民间组织）团长，将其"念卷"、拉二胡、唱秦腔、排练舞蹈的本事展现在群众舞台上，并取得"文艺骨干"、文艺汇演个人"二等奖"等荣誉称号。

[①] 周国泰基本资料由张掖市文化馆提供。

目前，周国泰老人虽已年过花甲，但对"念唱河西宝卷"的热情未减，每逢县乡组织文艺演出，他都积极报名参加。同时，为了不让"念唱河西宝卷"这活儿在他这一代流失，老人收了周国江、周旭帮为"念唱河西宝卷"的传承人。在劳作之余，他耐心细致地向他们传授"念唱河西宝卷"的技艺，让这门传统艺术永远地流传下去。

周国泰念唱河西宝卷的主要形式是念唱过程中"韵""白"结合，有说有唱，以"接佛声"为主要手段吸引听众积极参与演唱。在白话部分，念卷人周国泰采用抑扬顿挫的朗读形式叙述故事情节、交代事件发展、铺叙人物关系、点明时间地点，主要以"讲"或"说"的形式来表现；在韵文部分，周国泰在念唱过程中为了寄寓善恶褒贬、推动故事情节发展、抒发爱憎情绪、烘托渲染气氛而采用"吟"或"唱"的形式来表现，其唱腔清脆圆润，情感丰富，能让听众真正融入故事情节之中。主要念唱的河西宝卷有《康熙宝卷》《花灯宝卷》《红灯记宝卷》《金凤宝卷》《黑骡子告状》等。

周国泰1966年到1975年跟随红崖子乡河西宝卷念唱人周福仁学习念唱河西宝卷之《康熙宝卷》《花灯宝卷》《红灯记宝卷》《金凤宝卷》《黑骡子告状》等。1979年起与本村周国录、周国江等搭班合伙念唱河西宝卷，其间拜访众多艺人，吸纳各种风格，博采众长，并搜集、掌握了大量传统曲牌。2005年至今，在骆驼城建康村组建"民间自乐班"，在劳作闲暇之余为乡亲们念唱河西宝卷，为传承传统民间艺术贡献了力量。

3. 周占明[①]

周占明，男，汉族，出生于1960年5月12日，高中文化程度，甘肃省张掖市高台县骆驼城镇骆驼城村一社农民。20世纪70年代，高中还没有毕业的周占明对河西宝卷传唱情有独钟，经常利用周末回家之际，偷偷跑到伯父家里跟随伯父和堂兄学唱宝卷。等到高中毕业后，他已能够独立演唱河西宝卷10多部，由于其表演艺术感很强，时而慷慨

[①] 基本资料由张掖市文化馆提供。

河西宝卷原型研究

周国泰与朋友念唱河西宝卷（赵鸿财摄，张掖市文化馆提供）

激昂、时而悲切婉转，让听众如身临其境。在生产力相对落后的年代，他演唱的河西宝卷成为乡邻茶余饭后最好的乐趣。随着社会生产力的发展，广播、电视、电脑等新媒体走进普通百姓生活中，传统文化受到影响，但周占明对河西宝卷的钟爱之情半分不减，他利用闲暇之余收集宝卷，进行演唱，或在田间地头，或在农家院落，时不时来上一段，为劳累的乡亲逗乐解闷。至目前，他已从艺近40年，能演唱河西宝卷20多部。2012年6月，在高台县电影院演出的河西宝卷《丁郎救父》情景剧中担任主唱。其演唱技艺娴熟，动作姿势丰富，声情并茂，诙谐幽默，深受观众欢迎。

传承谱系：

第一代——周永良，高台县原红崖子乡小泉村五社农民。

第二代——周万图，高台县原红崖子乡小泉村五社农民。

第三代——周占喜，男，出生年月不详，高台县原红崖子乡小泉村五社农民。

第四代——周占明，男，出生于1960年5月12日，高台县骆驼城镇骆驼城村一社农民。

第五代——王有寿，高台县骆驼城镇前进村农民。

——杨琴，女，高台县骆驼城镇健康村农民。

周占明收藏的宝卷（赵鸿财摄，张掖市文化馆提供）

周占明在家里和搭档念唱宝卷（赵鸿财摄，张掖市文化馆提供）

4. 王学有①

王学有，男，临泽县廖泉镇人，是临泽县第二批市级非物质文化遗产——河西宝卷传承人，他从青年时期起就跟随一些民间老艺人学习临泽宝卷，并经常阅读搜集一些教化类的宝卷如《仙姑宝卷》《包公宝

---

① 基本资料由张掖市文化馆提供。

卷》等，8 岁聆听老艺人王正兴念卷，后又接受了牛志杰和鲁千老人的念卷技艺。在参加工作以后，他一边教学，一边搜集、整理和补充河西宝卷二十多部。他整理的宝卷主要有《何仙姑宝卷》《于郎宝卷》《二度梅宝卷》《白马宝卷》和《张四姐宝卷》等。在退休以后，他进一步挖掘古老的临泽地方民间文学，自费几万元，走访张掖市内年岁已高的民间念卷老人，又进一步完善了河西宝卷的内容，并结集发行。他组建了临泽县河西宝卷传习所，把河西宝卷这门民间艺术传承和保护起来。为了使宝卷念唱后继有人，他又把宝卷念唱技艺传授给黄天宝和张丽萍，并组织一些宝卷爱好者组成了河西宝卷临泽传习所，从事河西宝卷的念卷和授徒工作。由于他学识渊博，又懂得乐曲知识，念卷声音洪亮，故得老艺人的赏识。在老艺人的传授之下，他学会了念卷，念卷的水平和技艺逐步提高，并利用自己懂乐器知识这一优势，把二胡、三弦子和碰铃等乐器有机融合进去，使昔日枯燥的念卷变为一门高雅的艺术。在念卷过程中，他懂得如何与观众进行互动配合。几十年来，他所念过的宝卷有 20 多部，所念宝卷深受广大听众的喜爱。

传承谱系：

第一代——王正兴，1890 年出生，不识字，临泽县廖泉镇人。

第二代——牛志杰，1928 年出生，小学，临泽县板桥镇东柳村人。

第三代——鲁千，1945 年出生，小学，临泽县廖泉镇双泉村人。

第四代——王学有，1955 年出生，中师文化，临泽县沙河镇沙河社区居民。

第五代——黄天保，1958 年出生，初中，临泽县沙河镇东关社区居民。

第六代——张丽萍，1962 年出生，初中文化，临泽县沙河镇东关社区居民。

河西宝卷过去多由老艺人念卷，因为受文化和场地以及器乐的限制，只能是老艺人凭死记硬背和口授的方式进行传授，念卷时无音乐，无伴奏，曲调单一，不押韵，平铺直叙，人们不易听懂。近年来，随着社会的进步和文化事业的不断发展，王学友在整理过去老艺人念宝卷经验的基础上，对内容做了进一步完善。在念卷的同时，他合成音乐，增加了三弦子、二胡、碰铃和木鱼等乐器，采取说唱和对白等方式，这样就使念卷人既轻松又活泼，场地气氛活跃，使念卷的内容既好听又能使听众听懂所念宝卷的内容，使听众在潜移默化中受到孝道等传统文化的熏陶。

王学有收藏了河西宝卷手抄本十多部，组织传习所人员多次到各镇和社区进行义务演出。

2009年荣获全县文化工作先进个人称号。

2013年荣获临泽县非物质文化遗产保护先进个人称号。

2015年1月5日宝卷传承人王学有在沙河社区念卷（张掖市文化馆提供）

5. 张成舜[1]

张成舜，男，甘肃民乐县民联乡太和村人，现年72岁。自幼受父亲的熏陶，对念卷有一份特殊的感情。旧时，他的父亲老是走村串户为人们念卷，他就很认真地听，晚上睡不着就缠着父亲教他念，天长日久就记下了很多曲调，如［小寡妇上坟］［哭五更］［割韭菜］［山坡羊］

---

[1] 基本资料由张掖市文化馆提供。

［莲花落］［平音七字符］［达摩佛］［耍孩儿］等。他经常跟父亲一同走村串户，慢慢地，从帮腔接音变成了念卷的主角。父亲保存了很多卷本，他一有空就主动抄卷，几年下来，只有初小文化水平的他练就了一手好字，旧时农村里会写字的人少，一手好字又派上了大用场，被村里人称为"张秀才"。

宝卷的主要形式是在讲唱过程中韵白结合，有说有唱，以"接佛声"为主要手段吸引听众积极参与演唱。白话是念卷人为了叙述故事情节、交代事件发展、铺叙人物关系、点明时间地点而采用的一种表演手法，以"讲"或"说"的形式来表现。宝卷形式活泼多样，道白可念可说可发挥，"接佛人"可多可少。而韵文则是为了寄寓善恶褒贬、推动故事情节发展、抒发爱憎情绪、烘托渲染气氛而采用的手法，以"吟"或"唱"的形式来表现。

宝卷曲调种类繁多，有十字调、七字调、五字调等，其曲调有［哭五更］［浪淘沙］［莲花落］［打官调］等，可根据不同内容灵活转化，交叉应用，不显得呆板。整个宝卷从头至尾，生动活泼。宣卷人在开始前要洗手漱口，点上三炷香，向西方（或佛像）跪拜，待静心后，就开始念卷。听卷者要宁心静气，不准喧哗、不准走动。在念卷人中途休息时，才可以活动。听众中还有几位"接佛人"。所谓接佛人，就是等念卷人念完一段韵文或吟完一首诗后，重复吟诵最后一句的后半句，再接着念"阿弥陀佛"。

为了弘扬中华民族文化遗存，让河西宝卷世代传承，发扬光大，张成舜又着手收徒传艺，现在，张成舜已收的两个徒弟，都已能独立开场子了。眼下正在拜师学艺的还有6个人。他要通过自己及行内艺人的言传身教，让国家级非物质文化遗产河西宝卷后继有人，世代传承下去。

张成舜传承谱系

代别	姓名	性别	出生年月	文化程度	传承方式	授艺时间	家庭住址
第一代	张吉庆	男	不详	不详	不详	不详	民联乡太和村
第二代	张志源	男	1921.03	大学	师传	1934年	民联乡太和村

续表

代别	姓名	性别	出生年月	文化程度	传承方式	授艺时间	家庭住址
第三代	张成舜	男	1943.07	高中	父传	1957年	民联乡太和村
第四代	张龙	男	1955.03	高中	师传	1970年	民联乡太和村
第五代	张新永	男	1978.05	大学	师传	1998年	民联乡太和村
	刘登	男	1981.05	初中	师传	2005年	民联乡太和村

张成舜家中保存的河西宝卷（王育霞摄　张掖市文化馆提供）

6. 张龙①

张龙，男，汉族，甘肃民乐县民联乡太和村农民，出生于1955年3月，高中文化程度。1973年到1976年在三堡中学读初中，1976年到1979年在民乐中学读高中，1980年至今在家务农。早年他便跟着父亲学习、整理抄卷，目前在他家还有保存完好的20多部宝卷。最初他跟随父亲和大伯学习念唱宝卷，后来他又带着儿子们外出念唱。每到农闲和重大节日期间，张龙念唱宝卷，劝说群众积德行善、常行厚道，受到附近乡邻的尊敬。

张龙作为河西宝卷（民乐卷）的传承人，他在民乐宝卷的保护和

---

① 基本资料由张掖市文化馆提供。

传承中影响极大。兰州大学出版社1988年出版的《孟姜女哭长城——河西宝卷选》就是依据张龙老人提供的手抄本整理而成的。台湾印行的《精忠宝卷》在已经收集到的百余部人情世俗宝卷中，可称得上是思想、文采方面为数不多的佼佼者，也是从民乐地区收集到的。宝卷的主要形式是在讲唱过程中韵白结合，有说有唱，以"接佛声"为主要手段吸引听众积极参与演唱。

2014年6月在民联乡太和村，河西宝卷传承人张龙为村民念卷（王玉霞摄，张掖市文化馆提供）

张龙家中的《红灯宝卷》（王玉霞摄，张掖市文化馆提供）

宝卷具有很强的劝善惩恶的教化作用，群众把念卷看作积阴功、修福德，劝化人心、使人改恶从善的义举。每到农闲时节，张龙总会在家中召集村里的老人、小孩坐在热炕上念卷，把它当成立德立言的标准。去年念罢今年念，今年念完等明年，虽说是"热剩饭"，但念的人不厌其烦，听的人津津有味。在他的带领下，村里大多数老者都会念上几句，念卷在太和村也形成了一种良好的氛围。

（五）宋进林访谈录[①]

宋进林，笔名芳草，甘肃省甘州人，生于1964年8月，大专学历，甘肃省民间文艺家协会会员，甘州区文联会员，民间地方文化精英。从1984年起搜集甘州宝卷20多部，民间折子戏7折（篇），整理民间谚语1000余条，民间故事40多个，民间歌谣10余首，有12篇民间故事被选入《张掖民间故事集》，整理的折子戏《顶缸》《下四川》等5折被选入《中国曲艺志》《中国曲艺音乐集成》（甘肃卷张掖分卷）中，编辑出版了《甘州宝卷》，参与了《张掖市宣传志》的编纂工作，著有《父子文集》一书。

宋进林对宝卷的整理编辑工作可谓子承父业，宋进林的父亲宋文轩是传承河西宝卷的老前辈。宋文轩1925年出生，自小生活颠沛流离，他自学成才，成为当地有威望的民间艺人。"文化大革命"时不准念卷，很多宝卷被用来糊窗户。"文化大革命"后期境遇稍微宽松，一些村民又开始聚在一起听宝卷、听评书，评书主要听的是《岳飞传》《薛仁贵征东》《薛仁贵征西》《水浒传》，宝卷主要念的是《二度梅宝卷》《方四姐宝卷》等。当时的文化活动还有唱戏（主要唱样板戏）、念宝卷、唱小曲子、讲评书、唱秦腔。宋文轩家住在张掖市甘州区二十里堡10号村。20世纪70年代末，村子里的念卷活动十分活跃。其村有一个苇席加工场，有120多个工人。小小的村子有120多人一起编苇席，在当时来说场面也是比较壮观的。此外，该村有四个生产队，冬天办公室

[①] 2016年8月7日笔者和河西学院李慧芬老师在河西学院约见了宋进林。

里架着炉子，每当吃完饭，工人、当地村民会聚在村上的大办公室里，围在一起听卷。据宋进林回忆，宋文轩念卷和说书兼顾，过年过节几天回不了家，被本村和邻村的人请去念卷、说书。

宋进林回忆父亲宋文轩经常念卷、抄卷，还编写宝卷，宋进林亲眼见父亲对小说《二度梅宝卷》进行了改编。宋文轩生前怀着极大的热情，把收集到的宝卷精选一部分寄到了甘肃省民间艺术家协会。兰州大学的段平根据这条线索找了过来。但是，当他们来到宋家时，宋文轩已经去世了。宋文轩于1984年8月因脑溢血去世。1985年春天，段平教授来到宋家，在二十里堡及周边地区就宝卷传唱情况做了一个多月的田野调查。宋进林的回忆与段平1988年在兰州大学出版社出版的《孟姜女哭长城——河西宝卷选（一）》的"附"中所记信息相吻合。"附"中写到："1983年以来，我们多次深入河西地区的十多个县、市，先后有十几名毕业生参加，共搜集到当地农村现今流行的宝卷108种。"

宋进林和唐国增编辑的《甘州宝卷》由甘肃书画出版社于2009年出版，宋进林说，出书不但是自己的爱好也是父亲的遗愿，时隔25年，对父亲也算有了交代。宋进林谈到，在《甘州宝卷》出版后，他特意拿了一本来到父亲的坟头，一页一页烧给了父亲，还告诉父亲他一辈子对宝卷的钟爱终于有结果了，出了一本《甘州宝卷》。

宋进林提到，在念卷过程中接卷活动十分重要，接卷是念卷先生和听众间的互动行为，可以极大地活跃现场氛围。河西宝卷多以一位念卷先生从头至尾的念唱为主要表现方式，所以接卷也是为了让念卷先生换气，有利于宝卷念唱的持续进行。在对张掖市乌江镇的民间艺人高自兵的访谈中，他指出，接卷也需要有一定的技巧，最主要的是和念卷先生烘托的整体氛围保持一致。比如念卷先生念到悲痛之处，接卷人的音调也要下压低沉。张掖宝卷接卷主要接的是"阿弥陀（也）佛啊"。

宋进林还指出了宝卷的另外一些功能，安坟镇宅，在当地民俗之中有这样的习惯，修房子的时候在房梁上放几本宝卷，驱鬼辟邪、保家庭和睦、出入平安。在墓穴中靠近棺材大头的那一面挖一个洞，洞里藏几本宝卷，意在保佑子孙后代饱读诗书，广出秀才。

宋进林介绍我们认识了戴福洲和高自兵。张掖市安阳乡年过七旬的戴福洲依旧在进行宝卷创作，笔者走访期间，他正在创作《红军宝卷》，《西路红军在甘州》的编辑者准备把这部宝卷收入其中。

高自兵，男，汉族，张掖市甘州区敬依村六社村民，1964年出生。他兴趣爱好广泛，擅长甘州小调、甘州快板、甘州宝卷，而且是一名钓鱼爱好者。他自16岁开始跟随大伯学艺，20岁开始念卷，现在已成为一名民间艺人。二十多年来，他经常参加乌江镇的各类文艺演出，表演20余场次。1993年在乌江镇敬依村修建一鱼池，创办农家乐，高自兵主要忙于接待游客，经常应游客的要求表演甘州小调、念唱甘州宝卷，受到游客的广泛好评。高自兵为我们念唱了《方四姐宝卷》，听过二十余位宝卷念唱者的念卷表演，我们觉得高自兵的念唱是最具艺术表现力的。高自兵唱小曲、说快板、演地方戏的经历再加上他独特的艺术感受

1985年春天，兰州大学段平老师做河西宝卷田野调查时和宋进林家人合影。最后一排左一为兰州大学段平，左二为张掖师专校长杨林；第二排左二为宋进林（照片由宋进林提供）

能力，使其宝卷念唱技艺精湛。高自兵念唱宝卷时方言地道、"入戏"很快、艺术表现力强。

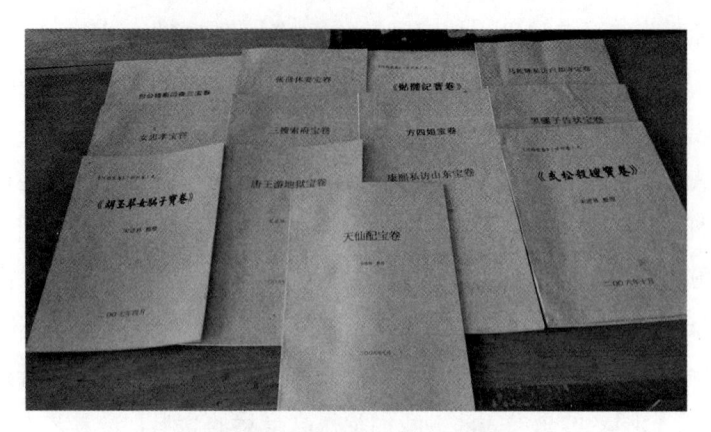

宋进林整理的宝卷资料（笔者摄）

正在念唱宝卷的高自兵（中间），接卷的宋进林（左）和戴福洲（右）（笔者摄）

三　金昌地区宝卷调查

（一）范积忠[①]

范积忠，男，1948年6月出生，小学文化程度。河西宝卷非物

---

① 根据笔者对范积忠的访谈音频视频资料总结整理。

文化遗产省级传承人，甘肃省永昌县新城子农民，15岁开始念卷，断断续续一直持续到现在。范积忠手上共有宝卷22本。1949年之前一本《鲁达骂灶宝卷》，20世纪60年代到80年代抄写了6本宝卷，《烙碗计宝卷》两本，其中一本为60年代范积忠抄写，还有《金凤宝卷》《蜜蜂计》《房四姐宝卷》《侯美英反朝宝卷》（标有确切抄卷时间：1980年3月19日），2000年后范积忠抄了15本宝卷。

范积忠为人朴实厚道，他谈到"文化大革命"开始后工作组挨家挨户搜查宝卷，那时人们在心理上还有些矛盾。一方面不敢违抗国家的政令，把宝卷当作封建残余上缴；另一方面，又觉得是老祖宗留下的东西，暂时没有销毁，搜查到的宝卷被集中在公社的一间房子里。记得20世纪70年代初，有一年夏天天气很热，正在拓土块的范积忠听说这间房子要拆，就大着胆子来看房子里的宝卷。他从小爱念卷，觉得宝卷是个好东西，劝人行善积德，对此很重视。到了那间房子里，他挑出了二十几本宝卷，但不敢拿出来。在情急之下，他脱下身上的白布衬衣将宝卷包裹好，光着膀子把宝卷抱回了家。回到家他吓得两腿都发软了。拿回家的宝卷没地方放，放到哪都不放心，最后藏在了炕洞里。"文化大革命"后，他时不时拿出来念给亲戚、邻居们听，得知他家有宝卷，很多人都来借宝卷，借去念卷、抄卷。有些还回来了，有些时间长了，也就忘了。再后来有了电视，吃完饭、农闲时大家都去看电视了，渐渐地很少念卷了。大概在2004年，县上、市上来了好几拨人观看他的宝卷，听他念唱。有一次还来了专车接他去兰州参加表演。（问及参加的什么活动，老人已说不清了。）这些事让他认识到了宝卷的重要性，他自己又抄了一些宝卷。

谈及当时冒险抱回宝卷的原因，范积忠谈到，既是喜欢宝卷又是信仰，觉得宝卷和神佛同在。他谈到，旧时谁家若过年时念卷，就能感应到神灵，确保这一年风调雨顺、平安幸福。这种观念在他的脑海中根深蒂固，到现在依旧如此。范积忠认为，他能被选为省级非物质文化遗产的传承人，每年得到政府5000元的奖励都是宝卷带给他的好运（在甘肃农村一年5000元能极大地改善农民的生活）。宝卷劝人行善、孝敬父母都是其好的方面,在请他念唱宝卷的过程中,他的爱人接卷,在唱词的结尾处重复演唱,类似歌曲中的二重唱,他为笔者唱了宝卷中最常见的几个调子,如[哭五更][莲花落][板船调]等。

他特意把《丁郎寻父宝卷》中丁郎离家时母亲嘱咐丁郎的那一段完整地唱了出来。唱完了他说道,你们要好好听听父母对儿女的这种挂念和放不下,在宝卷听众如此稀少的情况下他依旧不忘宝卷和念卷人的教化职责。范积忠说,现在每年正月里他还会念卷,因为有一些老年人爱听卷,他邀请笔者正月里去听他念卷。

正在念卷的范积忠(笔者摄于 2016 年 7 月 18 日)

范积忠夫妇,妻子在念卷中负责接卷(笔者摄于 2016 年 7 月 18 日)

范积忠收藏的宝卷（笔者摄于 2016 年 7 月 18 日）

（二）李富民[①]

李富民，男，汉族，永昌县农牧局办公室主任，1955年出生。1975年毕业于武威师范大学，在县教育局任干事3年，1980年在新城子镇任政府文书，1983年任红山窑乡党委秘书，1986年出任焦家庄乡副乡长兼财政所长，1991年任城关镇副镇长，2000年至今任县农牧局办公室主任。

李富民介绍说，"文化大革命"后期藏着宝卷的人家把宝卷偷偷拿了出来，村上的老人爱听卷，李富民的父母尤其爱听卷。当时的李富民小学毕业，常常被父母亲拉住，给他们念卷听。李富民说，念卷最起码的要求是小学毕业，要不然卷里的有些字不认识。他讲到，那个时候人人都爱听卷，听卷、念卷是重要的娱乐活动。生产队放假了，念卷活动就开始了。李富民认为，宝卷中有很强的佛教因素，每句念完了都要接佛声。宝卷、小曲子充满了悲调，因为永昌地区聚集了很多移民和充军的人，他们思念家乡、生活苦难，所以唱得很悲情。这里的人受儒家思想的影响，形成了一种十分顺从的观念，对待苦难逆来顺受。

四　武威地区宝卷调查

（一）李作柄[②]

李作柄，男，汉族，生于1930年6月，2006年8月被确定为河西宝卷省级代表性传承人。现居住在甘肃武威市凉州区张义镇。1938年到1945年在武威市张义镇私塾学校上学，1945年至今在家务农。1938年开始跟爷爷李在泾和父亲李忠培学念宝卷，1950年开始独立念宝卷，接替父母念唱宝卷，1973年开始培养念卷继承人并手抄宝卷三部。

[①] 根据笔者对李富民的访谈音频视频资料总结整理。
[②] 由凉州区图书馆提供的基本资料及笔者对李作柄儿子李卫善的访谈内容整理。

1975年抄《红罗宝卷》《房四姐宝卷》并传唱至今，1976年抄《白马宝卷》《包公宝卷》并传唱至今。1978年抄《二度梅宝卷》，1985年抄《和家论宝卷》并传唱，在当地颇有声望。

第三批国家级非物质文化遗产项目代表性传承人
李作柄（凉州区图书馆提供）

凉州区文化馆工作人员与李作柄老人及其家人合影（凉州区文化馆提供）

从1973年开始，李作柄从事民间宝卷的传唱活动，在春节和重要的传统节日在各村乡民家中传念宝卷，以念卷的形式教育和影响群众，具有很大的影响力。在中央电视台、广东卫视台、武威市电视台拍过念卷专题，终身喜好念卷，为当地村民义务念卷几十年，具有很大的影响力和较高的声望。在央视七台乡村大世界栏目念唱过宝卷，在武威市电视台、广东电视台拍摄过念卷专题。手抄《包公宝卷》《房四姐宝卷》《红罗宝卷》《二度梅宝卷》等，为当地村民义务演唱宝卷，颇受欢迎。

（二）赵旭峰

1. 赵旭峰凉州宝卷传承情况介绍[①]

赵旭峰，1964年11月生，现在甘肃省武威市凉州区张义镇灯山村居住，大专学历（兰州大学汉语言文学专业），工作单位是武威天梯山石窟管理处。

1972—1980年，在中路中学上学。

1980—1982年3月，在家务农。

1982年3月—1990年7月，在中路学区教书。

1990年8月—1992年7月，在上泉学区教书。

1992年8月—2003年7月，在中路学区教书。

2003年8月至今，在天梯山石窟管理处工作。

1992年，听当地人说天梯山石窟原来的经变文（民间俗称宝卷）流失到了民间，他便抽时间一边搜集一边学唱，学会了十余种宝卷唱调。2000年，为宝卷的传承与延续，他组织成立了天梯山民间宝卷演唱会，花了大量的心血，自发集资演唱，抄写，发展弟子。特别是在资金短缺，人们不愿意参加的情况下，赵旭峰做了大量的工作，吸收宝卷演唱会员近10人。2005年9月，接受广东卫视重走唐僧西行路团队的采访，并在广东卫视重走唐僧西行路大型文化节目中播放四集专题片，曾接受中央电视台七频道"乡村大世界"，十频道"探索与发现"栏目

[①] 赵旭峰自叙材料。

的采访,"乡村大世界"栏目已经播放该采访内容。甘肃文化影视频道、武威市电视台文化频道都进行过专题报道,曾接受兰州大学、西北师范大学、河西学院、厦门大学非物质文化遗产研究保护组织与一些知名作家、学者、宝卷爱好者的多次采访。

2007年度赵旭峰组织、举行了两次活动:

一是在天梯山石窟举行了《凉州宝卷》与《天梯山壁画画册》首发式,宝卷演唱会的成员演唱了宝卷与地方民歌小调。二是在灯山村举行了一次过端阳唱宝卷活动。

2008年度赵旭峰举行了三次活动:

一是在灯山村举行了一次过春节唱宝卷贺新春活动。

二是接待兰州大学非物质文化遗产多样性调研活动的大学生,为他们进行了宝卷演唱。

三是在赵旭峰家中为亲戚朋友演唱宝卷,让他们不要忘记宝卷。

2009年度赵旭峰组织、举行了三次活动:

一是接待兰州大学非物质文化遗产多样性调研活动的第二批大学生,为他们演唱了宝卷。

二是在灯山村举行了一次演唱宝卷过中秋联欢会。

三是在灯山村举行了一次唱民歌唱宝卷联唱活动。

2010年度赵旭峰组织、举行了四次活动:

一是接待了河西学院非物质文化遗产多样性调研的王文仁教授,为他们进行了宝卷演唱活动。

二是在灯山村举行了两次宝卷演唱自娱活动。

三是在赵旭峰家中为著名评论家雷达先生演唱了凉州民歌与凉州宝卷。雷达先生在《凉州词》一文中对宝卷给予了高度评价。

2011年,赵旭峰号召爱好宝卷的村民自发筹集资金6000多元作为活动经费,以亲戚关系、朋友关系发展会员,还吸收了一些喜好唱歌的人参会,会员达到20余人。请宝卷传承人李作柄先生教唱宝卷。2011年赵旭峰组织的大型活动有四次。元月接受了河西学员王文仁教授的采访,组织了一次大型演唱会。五月端阳节自发举行了一次汇演。八月中秋节又举行了一次。十月国庆节组织了一次。小型活动有十多次,共花费 5600 余元,都是会员们捐助的。赵旭峰还请人把宝卷演唱的几种曲调谱写成曲谱。

2012 年,赵旭峰组织、举行了四次演唱活动:

一是在 2 月举办了一次宝卷演唱联欢活动。

二是举行了一次唱宝卷慰问老人活动,具体对象是李春莲的母亲,其母已年近八十。

三是进行了元旦唱宝卷活动。

四是在春节期间,举办了迎新年念卷活动。

2013 年赵旭峰组织、举行了五次活动:

一是举办了清明节宝卷演唱活动,由天梯山石窟管理处主任、副主任及全体同志参加。在宝卷演唱会上为他们进行了宝卷演唱表演。

二是在灯山村举行了一次宝卷演唱自乐活动。

三是在灯山村家中举办了端阳节凉州宝卷汇演,武威市电视台拍摄制作纪录片《那山、那佛、那宝卷》。此片六月在武威公共频道热播。

四是赵旭峰组织、参加了第五届凉州民间艺术大赛,并获得了两个奖项。《凉州宝卷演唱》与《民歌新唱张义堡》均获三等奖。

五是举行了过中秋念宝卷活动。

2014 年赵旭峰组织举行了三次活动。

一是接待了西北民族大学进行非物质文化遗产宝卷调研的高人雄教授,由武威市文化局领导,天梯山石窟管理处主任、副主任及个别人员参加,为他们进行了宝卷演唱表演。表演前介绍了凉州宝卷的历史价值以及与天梯山石窟的关系,凉州宝卷的历史渊源、分布情况和表演形式。

二是在张义镇灯山村举行了两次宝卷演唱自乐活动。

三是在赵旭峰家中为甘肃导视和甘肃卫视频道的两位总监演唱了凉州民歌与凉州宝卷。

在举办活动的同时,对现存凉州宝卷的录音资料进行整理保存。

另外,2013 年由武威市电视台拍摄的《那山、那佛、那宝卷》获得了由中国电视艺术家协会颁发的第六届中国旅游电视周电视专题类好

2. 赵旭峰的其他情况①

赵旭峰是《凉州宝卷》（上、下）的编者，河西宝卷省级非物质文化遗产传承人。笔者在走访中了解到，赵旭峰手上有一本《新刻岳山宝卷》《湘子宝卷》合本，这本宝卷有羊皮子封皮，用毛笔抄写，宝卷中间有一行字，记载了宝卷的抄写时间及抄写人，这行字是："清康熙三十三年月魄氏"。还有一本20世纪80年代用钢笔字抄写的《观音宝卷》，此外还有一本光绪十八年铅印小字的小说本《忠孝节义二度梅》。近五年来，赵旭峰抄写了五本宝卷《盗灵芝宝卷》《刘全进瓜宝卷》《凉州包公宝卷》《和家论宝卷》《新刻岳山宝卷》。

赵旭峰组织了一个宝卷民间艺术团，其成员牛月兰、李卫善、李桂芳都是张义镇灯山村农民。赵旭峰组织的活动是对宝卷说唱艺术的重要传承。赵旭峰谈到，对宝卷念唱的实际需要已十分稀少，近三年来，只有一家村民邀请他们去念卷，因为家里出了很多事，希望通过念卷祈求平安。赵旭峰在离村不远的天梯山石窟管理处工作。天梯山石窟也建立了河西宝卷研究中心，他是主要负责人。赵旭峰认为，当年的很多宝卷就是从石窟里传出来的。石窟的很多佛教弟子会写字，会抄宝卷，同时宝卷还带有浓烈的佛教色彩，宣扬因果报应的佛教思想。

赵旭峰认为，宣扬宝卷的最佳方式是拍电影和电视剧，宝卷是种说唱艺术，可以把宝卷故事拍成《新白娘子传奇》那样的说唱结合的影视节目。此外，他认为，组团去全国演出，让人们近距离地感受这种原生态的艺术形式也是十分有效的宣扬和传承宝卷的方式。

如今赵旭峰工作之余主要画国画卖钱，他说，说唱做宝卷难以养家糊口，当年出书还是自己掏的钱，如今儿子女儿成家买房，最快的挣钱方式还是画画，他最擅长画雄鹰和牡丹，他的绘画作品往往供不应求。赵旭峰创作过小说《龙羊婚》，是一位极具艺术才华的作家。他说，当

---

① 依据笔者2016年7月在凉州区贤孝馆、凉州区图书馆了解的情况及笔者于2016年8月拜访赵旭峰的笔录材料整理。

年编辑宝卷时整理了十几部宝卷，他完全能自己创作宝卷，但是感觉创作没用，不挣钱。虽然忙于工作、画画，但赵旭峰还是抽空接待每一位对宝卷感兴趣的来访者。赵旭峰向笔者推荐了纪录片《那山、那佛、那宝卷》，这部纪录片向我们展示了凉州历史的底蕴和河西宝卷的魅力。作品中的念卷人——河西宝卷非物质文化遗产传承人李作柄饱经沧桑的声音传递了河西宝卷悠久的历史。

　　赵旭峰称得上凉州宝卷的全才，他会念唱宝卷，搜集编辑过《凉州宝卷》，有一定的写作能力，有能力创作新的宝卷；又能以文字形式对宝卷传承工作做出汇报总结，而且组织当地农民念唱宝卷，他对宝卷艺术有着深刻的理解。赵旭峰谈到，同村的李作柄等人宝卷念唱得很娴熟，但是每次上报的材料，接受采访的材料都是他写的，这也是宝卷传承中存在的实际问题。很多念卷人都是农民，文化程度较低。很多研究者文化程度较高，但是不会念唱宝卷。赵旭峰兼具宝卷念唱和艺术领悟等多方面的能力。笔者在走访过程中发现，张义镇的宝卷传承通过在天梯山石窟成立研究中心、出版书籍、拍摄纪录片、参加各级各类宝卷念唱表演，接受专家、学者、宝卷爱好者的访谈等形式进行宣传的力度较大，这在很大程度上有赖于赵旭峰全面的宝卷传承能力。在走访凉州区图书馆和贤孝馆时工作人员指出，赵旭峰的努力推迟了宝卷传唱消亡的

赵旭峰家中的念卷乐器：响木子和臧儿（图中臧儿是铜制的，早年是用银制的。笔者摄）

脚步，他自发组织的宝卷民间艺术团对宝卷的传承贡献了很大的力量。

赵旭峰收藏的宝卷（笔者2016年8月摄于赵旭峰家中）

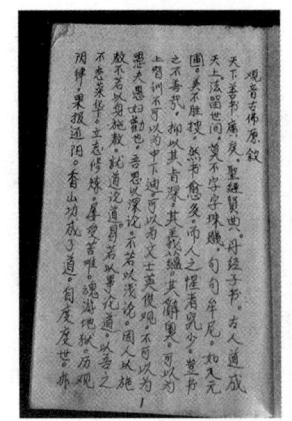

赵旭峰收藏的宝卷（笔者2016年8月摄于赵旭峰家中）

赵旭峰念卷团队获得的奖牌（笔者2016年8月摄于赵旭峰画室）

（三）武威地区其他民间宝卷念唱艺人

1. 王吉忠

男，汉族，1946年出生，高中文化程度，现居住在古浪县永丰滩乡瘫门村磙子沟村民小组，用古浪方言演唱河西宝卷，擅长演唱《对趾卷》《红罗卷》《白马卷》《鹦哥卷》《唐王游地狱宝卷》《金龙卷》《湘子宝卷》《牧羊卷》《仙姑宝卷》《包公宝卷》《老鼠宝卷》《四姐宝卷》《康熙宝卷》《白玉楼挂画》《观音宝卷》，整理出一本古浪宝卷曲调，收集宝卷音乐曲调16个。

宝卷音乐曲牌的演唱表演，全都夹在念卷过程之中，因为念卷本身就是一个唱白相间的吟唱过程。念卷人每唱完一小段，听卷人都要接声，或叫"和佛"，也就是大家齐唱这一小段的最后一句，古浪宝卷音乐曲牌有一些取材于古浪民歌小调，因而具有苍凉、古远、高亢、质朴的特点，如泣如诉、如怨如慕、绵绵如丝、悠长不绝、回味无穷。主要曲调有：女贤良调、弥陀佛五字调、七字调、十字调、降香调、哭五更调、蓝桥担水调、寡妇上坟调、淋淋落调、五点点红调、过江调、太平年调、五更调、梁山伯调、莲花落调。所用乐器有三弦、二胡、板胡、笛子、小碟。在婚丧嫁娶、年头节下、农闲时节，爱好者相聚念唱宝卷。民间艺人常将古浪老调和古浪民歌一同演唱。县政协副主席王吉孝搜集整理了16种宝卷曲调，编辑成一本宝卷曲调集。

2. 钟长海

钟长海，男，汉族，1958年10月生，高中毕业，同为古浪县永丰滩乡瘫门村磙子沟村民小组村民，所唱宝卷的大致情况和王吉忠相似。

3. 李宝善

李宝善，男，汉族，农民，1949年10月出生，初中文化程度，1956—1963年在中路中学读书，1963年至今在家务农。1956年开始听父母唱卷并学习念卷技巧，1967年开始独立学唱宝卷，1970年接替父母为村里人念卷，1980年开始帮助父亲抄写宝卷。参加抄写的宝卷有《红罗宝卷》《方四姐宝卷》《包公宝卷》《白马宝卷》等。从1970年开始，他和父亲一起从事民间宝卷传唱活动，在重要节假日特别是春节期间为乡民念卷，掌握了宝卷念唱的四种基本调子。和父亲一起为当地村民义务念卷几十年，近年来，在赵旭峰的组织下，他和父亲李卫善等人为电视台、学者宝卷爱好者义务念卷多次，有《包公宝卷》《方四姐宝卷》《红罗宝卷》《二度梅宝卷》手抄本。

4. 李鸿善

李鸿善，男，汉族，农民，1965年3月出生，1975年到1983年在中路中学读书，1985年到1989年在部队服役，1989年至今务农打工，2010年跟李作柄先生念卷，2013年拜李卫善先生为师念唱宝卷。2013年7月参加了第五届丝绸之路民间文艺大赛宝卷演唱会活动，荣获集体三等奖。2013年参加了《那山、那佛、那宝卷》纪录片的拍摄演唱工作。2015年元宵节参加了西北师范大学传媒学院宝卷念唱拍摄活动。喜好念卷，为当地村民义务念卷，受到欢迎。

5. 杨慧芳

杨慧芳，女，汉族，农民，1966年出生，高中文化程度，1975年至1983年在中路中学就读，1983年至1986年在武威七中读高中，1986年至2000年被中路中学聘为英语代课教师，2000年至今在家务农。1990年跟李作柄先生念卷，2013年7月参加了第五届丝绸之路民间文艺大赛宝卷演唱活动。2013年参加了《那山、那佛、那宝卷》的拍摄演唱工作，2015年元宵节参加了西北师范大学传媒学院拍摄的念卷活动。熟练掌握了念、诵、唱、合、吟等念卷技巧。

6. 严兰庆

严兰庆，女，汉族，农民，小学二年级文化程度，1969年到1971年在中路小学读书，1971年至今务农。1989年开始跟李作柄先生念卷，2005年参加了武威市电视台拍摄的凉州宝卷表演。2007年7月参加了《凉州宝卷》一书首发式上的宝卷表演活动。2007年拜赵旭峰先生为师，学念小宝卷，2012年参加了天梯山石窟组织的凉州宝卷汇报表演。2013年参加了第五届丝绸之路民间文艺大赛宝卷表演活动，同年参加了纪录片《那山、那佛、那宝卷》的拍摄表演工作。2015年参加了央视纪录片《河西武威》凉州宝卷的拍摄表演工作。2016年6月11日参加了凉州区图书馆组织的世界非遗保护日宝卷演唱活动。

7. 李荣善

李荣善，男，汉族，1966年出生，初中文化程度，农民，1975年到1983年在灯山小学读书，1980年到1983年在中路中学读书。1984年至今在家务农。李荣善是传承人李作柄的小儿子，从小听着宝卷长大，对念唱宝卷的各种曲调印象深刻，1974年在家听爷爷和父亲念唱宝卷。从2009年开始随父亲从事民间宝卷传唱活动。李荣善认为，每部宝卷里的故事都有一个共同点，就是通过念、诵、唱、合的表演艺术劝说和感化人们在日常生活中要尊老爱幼、助人为乐、孝敬父母。李荣善参加了广东电视台拍摄的念卷专题片的表演工作，热情接待了重走唐僧西行路活动中的大师和行者，让他们观看了家中所保存的宝卷，并和年近九旬的父母一起为他们举行了念唱宝卷的活动。

（四）凉州区图书馆的保护传承工作

武威地区的宝卷保护传承工作主要由凉州区图书馆承担，从笔者了解到的情况来看，武威地区的宝卷保护传承。经过了几十年的努力，因工作人员更新换代而不能提供系统的资料，这里仅就笔者所见总结如下：

1. 做了大量的田野调查，保留了很多田野调查时的老照片，只是新的工作人员已不能对老照片做出详细说明。

2. 在非遗文化宣传日举办念卷活动。

3. 搜集保护民间原始卷本。

4. 录制了许多宝卷念唱的影像资料。

5. 内部编辑发行了《凉州宝卷》。

6. 搜集整理了宝卷传承人的基本资料。

附　录

凉州区图书馆收集的原始宝卷（笔者摄）

凉州区图书馆收藏的宝卷视频资料（笔者摄）

▶ 河西宝卷原型研究

搜集到的宝卷脚本（凉州区图书馆提供）

工作人员整理宝卷（凉州区图书馆提供）

附　录

民间艺人念唱宝卷（凉州区图书馆提供）

石刻版《红灯记宝卷》（凉州区文化馆提供）

河西宝卷原型研究

石刻版《红灯记宝卷》（凉州区文化馆提供）

文化遗产日宝卷念唱活动（凉州区图书馆提供）

附　录

深入农村进行宝卷艺人调查工作（凉州区图书馆提供）

国家级非物质文化遗产·河西宝卷证书（笔者摄于凉州区文化馆）

凉州区内部发行的《宝卷选集》（笔者摄于凉州区图书馆）

五 河西宝卷其他方面的调查

（一）河西宝卷最早卷本新发现

河西宝卷是流传于甘肃省河西走廊（包括武威、金昌、张掖和酒泉四地）的一种民间说唱艺术，是中国宝卷的重要组成部分，既和全国宝卷同源共生，又形成了浓郁的地域风格，本地的方言和民俗事象让河西宝卷独具特色。河西宝卷传承了自唐以来的变文，宋元时期的说唱，明清时期小说、戏曲的精华，将儒、释、道三教文化及民间秘密宗教思想熔为一炉，集信仰、教化、娱乐功能于一身，形成了河西地区一种说唱结合、群众喜闻乐见且最广大范围参与其中的民间艺术，一位先生念唱，男女老少一大群人围在一旁倾听。念唱先生有唱有念，专注的听众有哭有笑。宝卷内容十分庞杂，包括世情百态、神话传说、历史人物传奇、寓言童话、佛教的因果报应、道家的得道成仙等。河西宝卷的命运几经沉浮，在"文化大革命"中宝卷惨遭破坏，在新时期受到了电子传播媒介的冲击，濒临灭绝。2006年5月20日，河西宝卷经国务院批准被列入第一批国家非物质文化遗产名录，国家政策的大力支持让河西宝卷的保护传承及研究工作进入了新的阶段。

笔者于2016年暑假在甘肃省河西地区进行了为期24天的田野调查，目验了各级文化馆、非遗文化传承人、宝卷作者及一些村民家中收藏的河西宝卷原始卷宗50余部。在走访过程中笔者来到了甘肃省武威凉州区张义镇。张义镇是国家级贫困地区，四面环山，在交通不发达的时代几乎与世隔绝。张义镇毗邻武威天梯山石窟，当地村民认为，当年宝卷就是由石窟里的僧人传出来的。笔者拜访了当地村民赵旭峰，赵旭峰如今在天梯山石窟工作。他在天梯山石窟创立了"河西宝卷工作室"，整理编辑了两部《凉州宝卷》，且自发在当地村民中组织了宝卷念唱小团体。笔者在他家见到了一部《新刻岳山宝卷》《湘子宝卷》合本，这本宝卷封皮是用羊皮做的，用毛笔抄写，宝卷中间有一行字记载了宝卷的抄写时间及抄写人，这行字是这样的："清康熙三十三年月魄氏"。这个卷本的抄写时间比宝卷研究专家车锡伦已发现的河西地区最早的《敕封平天仙姑宝卷》（清康熙三十七年）早了四年。

据车锡伦在《中国宝卷研究》中记载，《敕封平天仙姑宝卷》原为已故马隅卿（廉）先生收藏，现存于北京大学图书馆。这版宝卷的末尾刻有"题识"：

康熙三十七年五月吉旦板桥仙姑庙住持经守卷板
太子少保振武将军孙　　施刊
吏部候诠同知金城谢塵　　编辑
将军府橡书张掖陈清　　书写
刻字　凉州　罗有义　王璋
福建　颇顺贵
甘州　韩文

车锡伦认为，《敕封平天仙姑宝卷》是目前所见时代最早的由甘肃人编写、讲述甘肃故事并在甘肃刻印的宝卷，据此他认为，这部宝卷说明了早期甘肃宝卷流传的情况。笔者在查阅的资料中发现，与《敕封平天仙姑宝卷》同版的另一卷本由甘肃省张掖市临泽县板桥镇板桥村退休教师褚兴业收藏。也就是说，现有的调查发现康熙三十七年刻印的《敕封平天仙姑宝卷》有两本遗世，一本保存在北京大学图书馆，一本由甘肃省张掖市临泽县板桥镇板桥村褚兴业收藏。宝卷中的故事发生在黑水河畔，合黎山下板桥村，与褚兴业的生活环境完全吻合。宝卷中提到的仙姑庙在板桥当地得到了印证。如今在临泽县板桥镇东柳村一隅的大漠绿洲中，深藏着一座历史悠久、气势恢宏、香火鼎盛的道家古刹仙姑庙。

这些卷本的发现进一步印证了早在清康熙年间宝卷的讲唱、传抄在河西地区已十分普遍。《敕封平天仙姑宝卷》《湘子宝卷》中的平天仙姑、韩湘子都是道教神仙；《新刻岳山宝卷》主要讲述了李熬地狱度母的佛教故事。这些卷本是清朝时期佛道教在河西基本情况的重要研究资料。《敕封平天仙姑宝卷》是河西地区的土特产,说明河西宝卷并非对全国宝卷的简单复制,也有其独特的创造。这个刻印本一部留在当地,一部传向外省,最终落户北京。这个卷本的保存与流传表明了河西宝卷并非仅仅受到外来宝卷的影响,河西宝卷在向外流传过程中也影响了其他地区的宝卷,河西宝卷与全国宝卷有着一种双向互动的影响效果。《敕封平天仙姑宝卷》中所讲到的仙姑黑河建桥、镇守合黎山、民众自发修建仙姑庙、仙姑庙数次显灵的故事,赋予当地的黑河、合黎山、仙姑庙浓郁的人文色彩和历史韵味,这部宝卷是研究和弘扬河西地区文化的重要卷本。

(二)河西宝卷的地域分布

河西宝卷分布于河西走廊的武威市、金昌市、张掖市、酒泉市、嘉峪关市等大部分地区。武威市现辖凉州区、民勤县、古浪县和天祝藏族自治县。宝卷在凉州庙山、中路、上泉、张义等乡镇流行。[①] 在"古浪县的古丰乡、大靖镇、土门镇、干城乡、黄羊川乡,天祝的朵什乡、西大滩乡"[②] 也十分流行。金昌市现辖一个市辖区和永昌县。金昌市是一个新型工业城市,宝卷主要集中在历史悠久的古城永昌县,"《宝卷》主要流行于永昌县城及四周农村,红山窑、新城子尤多,宁远、双湾、东河地区较少,清河地区未收集到"[③]。

张掖市现辖甘州区、临泽县、高台县、山丹县、民乐县、肃南裕固族自治县。已有资料显示,宝卷分布在除肃南裕固自治县之外的其他所有区县,包括"甘州区的碱滩镇、三闸镇、安阳乡、花寨乡、大满镇、小满乡、龙渠乡,山丹县的霍城镇、老军乡、陈户乡、李桥乡、民乐县、临泽县、高台县等地"[④]。其中《临泽宝卷调查研究》对在临泽县

---

① 赵旭峰编:《凉州宝卷·序》,甘肃人民美术出版社2014年版,第1页。
② 吴玉堂:《河西宝卷调查研究》,硕士学位论文,西北师范大学,2010年,第31页。
③ 何登焕编:《永昌宝卷·前言》,永昌县文化局(内部发行),2003年,第2页。
④ 吴玉堂:《河西宝卷调查研究》,硕士学位论文,西北师范大学,2010年,第1页。

收集到的30部宝卷的分布情况做了详细描述："30部宝卷主要分布在以下乡（镇）、村：蓼泉镇10部，其中唐湾村6部，湾子村3部，双一村1部；沙河镇6部，其中东寨村3部，城关村2部，前进村1部；平川镇6部，其中贾家墩村3部，芦弯村2部，黄二村1部；鸭暖乡野沟弯村4部，板桥镇板桥村1部……"

（三）各地宝卷的展演仪式

和全国其他地区的宝卷相比较，河西地区处于祖国的西北地区，经济文化落后，商业不发达，民风淳朴，河西宝卷表演过程仪式简单。"念卷先生在念卷开始前要洗手漱口，点上三炷香，向西（或佛像）跪拜，待静心后，才开始念卷。"[①]"演唱方式为一人唱，一人（或众人）和，以烘托气氛。和者称为接卷，就是等念卷人念完一段韵文或吟完一首诗后，即接唱。接词一般是固定的如'数落莲花，莲花落'、'南无阿弥陀佛'等，就如同歌曲中的衬词衬腔。"[②] 河西宝卷最流行的念卷没有伴奏、没有道具，主要由念卷先生一人完成，他一个人既念又唱，另外加入了接词（应声），唱到某处，全体听众和念卷先生相互应和。河西宝卷和全国宝卷同根同源，我们可以在各地宝卷念唱的仪式中还原河西宝卷念唱的仪式原貌。

吴方言区的民间宝卷表演形式多样，有木鱼宣卷、丝弦宣卷、书派宣卷、化装宣卷和插花表演等形式。这些宣卷受到了弹词、滩簧、戏剧等艺术形式的影响，在表演中加入了多种乐器伴奏，表演拟声不同的角色、简单化装分配角色，在表演中插入一些即兴噱头。[③] 从表面上看形式丰富多样，其实是宝卷和其他艺术相互影响、相互渗透的结果，最终让宝卷失去了最初的本色，甚至被其他艺术形式所同化。比如，"20世纪20年代初，杭州市下城区的机纺织绸工人中的业余宣卷人，也开始

[①] 张旭：《河西民间说唱文学——念宝卷》，张旭主编：《山丹宝卷》，甘肃文化出版社2007年版，第1页。

[②] 张旭主编：《山丹宝卷·前言》，甘肃文化出版社2007年版，第2页。

[③] 尚新丽、车锡伦：《北方民间宝卷研究》，商务印书馆2015年版，第192—194页。

改革传统木鱼宣卷的演出形式。机纺工人裘逢春等人组织了一个宣卷班'民乐社'。当时'维扬大班'(扬剧的前身)到杭州演出,深受欢迎。他们吸收维扬大班的唱腔并定名为[扬州调],丰富了木鱼宣卷的唱腔,增加胡琴、小锣、鼓板伴奏,并分配角色,简单化装演出。开始还是演堂会,1924年1月首次在杭州大世界游乐场挂出'武林班'牌子公演,被称为'化装宣卷'。继由傅智芳等人组织'同乐社',学习京剧身段和音乐,公开演出,也称'武林班'。后来这种舞台演出化的化装宣卷被称为'高台武林班';杭州地区的一些民间宣卷艺人接受武林班的改革,仍以说唱形式演出,被称作'平台武林班'。它们最终都脱离了在民间信仰活动中演出宣卷的传统,并坚持下来。到了50年代,分别被定名为'杭剧'和'杭曲',成为地方性的戏曲和曲艺品种。"①

	靖江宝卷②	山西宝卷③	甘肃临潭宝卷④	河西宝卷
调查时间	1987年	2003—2009年	21世纪初	2016年8月
宗教组织	无组织	佛教徒	四季龙华会,民间宗教组织	绝大多数无组织,酒泉地区的部分念卷者属于民间秘密宗教组织,如玉花堂
念卷人	佛头,"非僧非道"的民间艺人,做会日夜进行,因此必须有两个或两个以上佛头轮流讲经	尼姑2—3人,内穿一件长至脚踝的蓝色长袍,外罩马褂,戴缎子做的帽子	四季龙华会会员,八到十人,男性,穿青色长袍	念卷先生,一人,男性居多,也有女性
时间	一般的会要做一天一夜。《三茅卷》最长,旧时三茅会可进行三天三夜	六七个小时	"大经"三天三夜 "小经"两天两夜	六七个小时

---

① 车锡伦:《中国宝卷研究》,广西师范大学出版社2009年版,第215页。
② 车锡伦:《中国宝卷研究》,广西师范大学出版社2009年版,第280—299页。
③ 李豫等:《山西介休宝卷说唱文学调查报告》,社会科学文献出版社2010年版,第102—105页。
④ 刘永红:《西北宝卷研究》,民族出版社2013年版。

续表

	靖江宝卷	山西宝卷	甘肃临潭宝卷	河西宝卷
挂图	"马子"（或称"马纸"，即菩萨像），马子排列方式，一般是"佛"（释迦佛）居中，左边是"天神"，右边是"地神"	木头神龛里摆放"一佛二菩萨"和"龙牌"	"三界十方全神图"	无
供桌	菩萨台亦做供桌	100厘米见宽见高的大供桌	供桌上供本地城隍，两侧是金童玉女	炕桌，有时上香
供品	"对烛"、香炉、供品（果品）等。三代宗亲牌位和"星斗牌位"，一盏油灯代表太阳，一面镜子表示月亮，一杆秤上挂一黑头巾，秤上有"星"，分别表示满天星斗和乌云	五个面供，五个果供，称为一堂供	五样水果，象征着五戒，白砂糖和水果糖（或红糖）及大馍馍象征三皈	茶水，当地的面食
乐器	佛尺、木鱼、铃鱼	钟、磬、木鱼	手鼓一个，碰铃一对，木鱼一个，铜磬一个，海螺一个	酒泉地区有时用碰铃和简版击节①，武威地区用响木子和臧儿，其他地区不用乐器
互动	众人和佛，和佛有六人或八人，在堂会中也随声附和	宣卷采用一问一答的形式，师父宣卷，徒弟答卷	求卦人扳经，师傅解经（算卦的一种）	众人接卷，在场会接卷的人都可以参加，至少一人。因为很多地方没有乐器，接卷很重要，至少让念卷人有机会换气，接着往下念唱

---

① 郭仪、高振刚等选编整理：《酒泉宝卷》，甘肃人民出版社1991年版，第336页。

南方宝卷虽然表演形式多样，但南方民间艺术丰富，彼此间相互渗透、相互影响。宝卷和滩簧、弹词、戏剧等民间艺术共同承担着娱乐、信仰、教化的作用。北方的河西宝卷在地域偏远、文化落后的河西地区反而独占鳌头，成为民间文化的魁首，所以展演方式简单的河西宝卷一方面保存了宝卷简约质朴的说唱本色，另一方面宝卷是河西特定时期最流行的民间艺术，集中体现了河西民间生活的百态。

"宝卷的宣唱源自变文和讲经文。敦煌文献中记载的《温室经》《维摩经》等俗讲仪式，据现存讲经文本经过归纳，大体有以下一些过程：1. 鸣钟集众；2. 讲师上堂升座；3. 唱梵（念偈）；4. 焚香；5. 念菩萨名；6. 说押座文；7. 唱试经题；8. 念佛名；9. 开赞（开经）；10. 开经发愿；11. 念佛名；12. 说经文；13. 结束赞呗；14. 回向发愿；15. 念佛名；16. 取散；17. 布施。"[①]

从文献中归纳出来的俗讲仪式在许多地方的宝卷宣唱中依然可见踪迹。在介休地区，宣卷由尼姑承担，宣卷前一天就要做好准备工作，包括制作贡品素斋，主人家还需在宣卷的前一天沐浴、更衣，以表示对佛的崇敬和信仰。在尼姑宣唱宝卷前，贡品的摆放十分讲究，主要是在"一佛二菩萨"和"龙牌"之前放五个面供、五个果供，称为"一堂供"。在正式宣卷开始之前，主家与尼姑要"盥手"，吃素斋、漱口之后进入"神堂"准备宣卷。接着主家、师傅要敬三炷香，徒弟念"举香赞"，主家与尼姑同念"请佛偈"，焚香请佛。最后，对着"一佛二菩萨"磕头，落座，师傅单独敬过三炷香后开始宣卷，在宣卷过程中主家要不断续香，一直到宣卷结束。宣卷结束后还要吃斋、布施。[②] 整个过程严肃而庄重。

靖江讲经是与"做会"结合在一起的，整个讲经（宣卷）过程带有鲜明的宗教性和仪式性。做会名目繁多，车锡伦20世纪90年代现场调研的家会都是信众自己组织的，办会人家被称为斋主。斋主家在做会

---

① 李豫：《元代的宝卷》，《殷都学刊》2002年第4期，第61页。
② 李豫等：《山西介休宝卷说唱文学调查报告》，社会科学文献出版社2010年版，第102—105页。

前十几天就开始做准备工作,在菩萨台上排列好马子,马子的排列方式十分讲究,中间供的是"佛"(释迦佛),左边是"天神",右边是"地神"。菩萨台亦做供桌,供桌上的贡品及摆放位置极其讲究且具有象征意义。亲友及在外地工作的子女都要按期赶回家中。做会当天,佛头上午八点便来到斋主家中,佛头扎"宝库"(用芦苇做骨架,扎成宫殿状,糊上色纸和花样剪纸),写"疏表"(用红、黄纸写做会的名目、乞求和斋主及亲属的姓名、生辰等,供在菩萨台前)和做会用的各种牌位、文牒等。会众(斋主家的亲属或邻居,多是老年妇女)也要早早赶到,用彩色纸做与会用品,在供"醮殿"仪式和"破血湖"仪式时烧化。做会一般在上午九点开始,先是点香烛,在整个做会过程中香火不断,接着佛头升座,做"早功课",念《大悲咒》《十小咒》《心经》等;接着是"拜愿""请佛",有时加上"报祖",之后佛头开始讲经。中午吃饭前要"供饭",饭后继续讲经,根据斋主的要求可以加入下列仪式:"拜寿",为父母做;"度关",为婴、幼儿做;"安宅",是祈求家宅平安的仪式。到午夜停下来吃夜宵,之后为父母做"醮殿""破血湖"仪式。"醮殿",又称"醮十殿",是儿女为父母做的免罪延寿仪式;"破血湖",由儿女为母亲做。其间儿女要为母亲喝"血水"。做完"破血湖",接下来佛头"收卷",即把没有讲完的圣卷束好。收完卷进行"上茶""解结""念疏表""送佛"仪式。①

靖江的"明路会"全称是"延生明路会",这个会要进行两天一夜,或两天两夜。第一天的仪式是:上午"请佛""报愿",开唱"观音卷";下午做"拜寿"仪式,晚饭后讲"小卷",后半夜做"醮殿""破血湖"仪式。第二天的仪式是:1. 请佛,2. 铺堂,3. 延寿,4. 传香,5. 开关,6. 做合同,7. 上茶,8. 念疏表,9. 解结,10. 送佛。

甘肃临潭的四季龙华会的度亡分为大小法事,大的法事一般需三天

---

① 车锡伦:《中国宝卷研究》,广西师范大学出版社2009年版,第285—291页。

三夜的时间。在这个过程中需诵唱《佛说八十一劫法华宝忏》《佛说大乘通玄法华真经》两部宝卷，即"十经十忏"。"十经十忏"有五六万字。中间再加上"十忏""过金桥"、破城、放食、放焰口等仪式，参加的成员一般需要十人以上。这样的法事被称为"大经"。"小经"需要两天两夜的时间。整个过程大致如下：第一是做准备工作，在做"经"前三天，施主全家及四季会成员要净口，既不能吃荤及葱、韭、蒜等"五荤"；还要挂上"三界十方全神图"。在全神图挂上后要上香，全家集体叩拜，然后十分讲究地摆放供品、供桌，整个摆放空间成为一个代表民间宗教思想中世界图式的完整象征。第二是做"十忏"，忏悔在阳间的诸多恶业，"十忏"和十殿阎君相对应。对十种罪孽的消解是由宝卷《佛说八十一劫法华宝忏》十忏的念卷来完成的。第三是在"过金桥"十忏做完后，施主在大门外用一条五六米长、一尺五宽的油纸布从低到高铺成"金桥"，低的一端搁在地上，高的一端搭在供桌上。"金桥"象征着沟通了生死相隔的阴阳两界，施主家逝去的亡灵可以通过金桥返回阳世。第四是施食，包括给亡灵和孤魂野鬼施食两部分。第五是"扳经"，"扳经"是一种算卦的形式。求卦人把《伏魔经》从中间扳开，师傅根据那一页的经文内容进行解经。第六是分供品，在法事结束后，施主们要给师傅端上辛苦钱表示感谢。[①]

新近的研究成果认为，"在有关宝卷与变文的关系问题上，说宝卷是变文的嫡系子孙，或者否认其关系者，都是可以商榷的。宝卷与变文之间确实存在着亲密的关系，但这种关系并不说明宝卷一定是从变文直接发展而来的。宝卷浓厚的宗教信仰属性，它的仪式性，以及早期独特的韵文格式，都说明它与佛教中以科仪、忏仪为主的法事活动存在继承关系。所以，作为主要流行于民间的一种说唱形式，宝卷的产生并不是某一种活动所导致的，它应该是吸取、综合了多方面的有利因素融合、演化而成的。这种渊源上的多元性兼具各家所长，正是宝卷得以流行的

---

① 刘永红：《西北宝卷研究》，民族出版社2013年版，第189—196页。

重要原因，也是学术界围绕着宝卷的产生问题聚讼纷纭的原因所在。"①宝卷受科仪、忏仪的影响是不争的事实，但这一情况因地而异，河西宝卷有以其他地区宝卷仪式为参照的成分，应尽可能全面地认识河西宝卷念唱仪式的全貌。

---

① 陆永峰、车锡伦：《吴方言区宝卷研究》，社会科学文献出版社2012年版，第32—33页。

参考文献

一 宝卷类

车锡伦：《中国宝卷总目》，北京燕山出版社2000年版。

车锡伦总主编，钱铁民分卷主编：《中国民间宝卷文献集成·江苏无锡卷》（共15册），商务印书馆2014年版。

程耀禄、韩起祥主编：《临泽宝卷》，临泽县政协内部印行，2006年。

段平编著：《河西宝卷的调查研究》，兰州大学出版社1992年版。

段平编著：《河西宝卷续编》，台北：台北新文丰出版公司1992年版。

段平编著：《河西宝卷选》，兰州大学出版社1988年版。

方步和编著：《河西宝卷真本校注研究》，兰州大学出版社1992年版。

高德祥整理：《敦煌民歌·宝卷·曲子戏》，中国图书出版社2009年版。

郭仪、谭禅雪等编：《酒泉宝卷》（上编），兰州大学出版社1992年版。

何登焕编：《永昌宝卷》（上、下册），永昌文化局内部印行，2003年。

胡士莹：《弹词宝卷书目》，古典文学出版社1957年版。

李世瑜：《宝卷综录》，中华书局1961年版。

梁一波主编：《中国·河阳宝卷集》，上海文化出版社2007年版。

马西沙主编：《中华珍本宝卷》，社会科学文献出版社2014年版。

濮文起主编：《中国宗教历史文献集成·民间宝卷》，黄山书社2005年版。

王奎、赵旭峰主编：《凉州宝卷》（一），武威天梯山石崖管理处内部印行，2007年。

王学斌编著：《河西宝卷集萃》（上、下两卷），中国人民大学出版社

2010年版。

徐永成主编：《金张掖民间宝卷》（全三卷），甘肃文化出版社2007年版。

尤红主编：《中国靖江宝卷》，江苏文艺出版社2007年版。

张旭主编：《山丹宝卷》，甘肃人民出版社2007年版。

赵虎、方继荣主编：《敦煌曲子戏》，甘肃人民出版社2010年版。

赵旭峰编：《凉州宝卷》，甘肃人民美术出版社2014年版。

二　其他作品

曹雪芹、高鹗：《红楼梦》，上海古籍出版社2009年版。

吴承恩：《西游记》，人民文学出版社2010年版。

[俄] 陀思妥耶夫斯基：《罪与罚》，朱海关、王汶译，人民文学出版社2003年版。

[法] 米兰·昆德拉：《不能承受的生命之轻》，许钧译，上海译文出版社2010年版。

[意] 但丁：《神曲》，田德旺译，人民文学出版社2004年版。

三　研究专著

常若松：《人类心灵的神话——荣格的分析心理学》，湖北教育出版社1999年版。

车锡伦：《中国宝卷研究》，广西师范大学出版社2009年版。

程金城：《文艺人类学的理论与实践》，民族出版社2007年版。

程金城：《西方原型美学问题研究》，黑龙江人民出版社2006年版。

程金城：《原型批评与重释》，甘肃人民美术出版社2007年版。

程金城：《中国文学原型论》，甘肃人民美术出版社2008年版。

代云红：《中国文学人类学问题研究》，云南大学出版社2012年版。

樊光春：《西北道教史》，商务印书馆2010年版。

方步和：《河西文化——敦煌学的摇篮》，中国文史出版社2004年版。

方立天：《中国佛教简史》，宗教文化出版社2001年版。

冯友兰：《中国哲学简史》，涂又光、赵复三译，北京大学出版社2005年版。

傅道彬：《晚唐钟声：中国文化的原型批评（修订本）》，北京大学出版社2007年版。

傅道彬：《中国生殖崇拜文化论》，湖北人民出版社1990年版。

胡彬彬、龙敏：《长江中下游写经宝卷》，湖南大学出版社2011年版。

黄涛：《中国民间文学概论》，中国人民大学出版社2004年版。

李广仓：《结构主义文学批评方法研究》，湖南大学出版社2006年版。

李玉平：《互文性：文学理论研究的新视野》，商务印书馆2014年版。

林慧祥：《文化人类学》，商务印书馆1991年版。

刘魁立等编著：《神话新论》，上海文艺出版社1987年版。

刘俐俐：《文学"如何"：理论与方法》，北京大学出版社2009年版。

刘守华、黄永林主编：《民间叙事文学研究》，华中师范大学出版社2005年版。

刘守华：《民间故事的艺术世界——刘守华自选集》，华中师范大学出版社2009年版。

刘守华：《中国民间故事类型研究》，华中师范大学出版社2006年版。

刘守华：《中国民间故事史》，商务印书馆2012年版。

刘尧汉：《中国文明探源》，云南人民出版社1985年版。

刘永红：《青海宝卷研究》，中国社会科学出版社2013年版。

刘永红：《西北宝卷研究》，民族出版社2013年版。

陆永峰、车锡伦：《靖江宝卷研究》，社会科学文献出版社2008年版。

陆永峰、车锡伦：《吴方言宝卷研究》，社会科学文献出版社2012年版。

陆永峰、车锡伦：《吴方言区宝卷研究》，社会科学文献出版社2012年版。

孟凡人：《丝绸之路史话》，社会科学文献出版社2011年版。

南怀瑾：《中国佛教发展史略》，复旦大学出版社2016年版。

潘希贤：《金昌文史资料》，金昌市文史资料委员会内部发行，1991年。

潘知常：《众妙之门——中国美感的深层结构》，黄河文艺出版社1989

年版。

濮文起：《中国宗教历史文献集成之五——民间宝卷》，黄山书社2005年版。

庆振轩：《河西宝卷与敦煌文学研究》，人民出版社2012年版。

司马承祯：《坐忘论》（见《道藏》第22册），文物出版社1988年版。

孙绍先：《英雄之死与美人迟暮》，社会科学文献出版社2000年版。

闻一多：《神话与诗·伏羲考》，华东师范大学出版社1997年版。

乌丙安：《中国民间信仰》，上海人民出版社1993年版。

萧兵：《楚辞与神话》，江苏古籍出版社1986年版。

徐葆耕：《叩问生命的神性：俄罗斯文学启示录》，广西师范大学出版社2009年版。

杨义：《中国叙事学》，人民出版社1997年版。

叶舒宪、彭兆荣、纳日碧力戈：《人类学关键词》，广西师范大学出版社2006年版。

叶舒宪：《文学人类学教程》，中国社会科学出版社2010年版。

叶舒宪选编：《神话——原型批评》，陕西师范大学出版社1987年版。

叶兆信：《中国传统艺术·民间诸神》，中国轻工业出版社2000年版。

袁珂：《中国古代神话》，华夏出版社2013年版。

詹石窗：《道教文化十五讲》，北京大学出版社2003年版。

张立仁：《文化交流与空间整合——河西走廊文化地理研究》，科学出版社2006年版。

张志纯、何成才：《金张掖史话》，甘肃文化出版社2004年版。

赵国华：《生殖崇拜文化论》，中国社会科学出版社1990年版。

赵林：《基督教与西方文化》，商务印书馆2013年版。

赵旭峰编辑：《凉州小宝卷》，中国文联出版社2010年版。

郑阿才：《敦煌佛教文学》，甘肃教育出版社2010年版。

郑振铎：《中国俗文学史》，作家出版社1954年版。

钟敬文主编：《民间文学概论》，高等教育出版社2010年版。

周绍良、颜廷亮：《敦煌文学》，甘肃人民出版社1989年版。

［德］尼采：《查拉图斯特拉如是说》，黄明嘉译，漓江出版社2000年版。

［加］弗莱：《批评的解剖》，陈慧等译，百花文艺出版社2006年版。

［美］阿兰·邓迪斯：《西方神话学读本》，朝戈金等译，广西师范大学出版社2006年版。

［美］韦勒克、沃伦：《文学理论》，刘向愚等译，生活·读书·新知三联书店1984年版。

［美］希利斯·米勒：《解读叙事》，申丹译，北京大学出版社2002年版。

［日］安居香山、中村璋八辑：《纬书集成》（中册），河北人民出版社1994年版。

［瑞］卡尔·古斯塔夫·荣格：《心理学与文学》，冯川、苏克译，译林出版社2011年版。

［苏］巴赫金：《巴赫金全集》，河北教育出版社1998年版。

［苏］莫·卡冈：《艺术形态学》，凌继尧、金亚娜译，生活·读书·新知三联书店1986年版。

［英］麦奎尔：《大众传播模式论》，祝建华译，上海译文出版社1987年版。

［英］特伦斯·霍克斯：《结构主义和符号学》，瞿铁鹏译，上海译文出版社1987年版。

［英］约翰·斯特洛克编：《结构主义以来》，渠东、李康、李猛译，辽宁教育出版社1998年版。

四　期刊论文

蔡勤禹：《明清时期民间宗教的社会心理分析》，《东方论坛》2002年第2期。

车锡伦：《明末、清及近现代北方的民间念卷和宝卷》，《文学遗产》2007年第1期。

车锡伦：《明清民间宗教与甘肃的念卷与宝卷》，《敦煌研究》1999年第

4期。

车锡伦：《形成期之宝卷与佛教之忏法、俗讲和"变文"》，《民族文学研究》2011年第4期。

车锡伦：《中国宝卷的形成及其演唱形态》，《敦煌研究》2003年第2期。

车锡伦：《中国宝卷的渊源》，《扬州大学学报》2000年第5期。

车锡伦：《中国宝卷文献的几个问题》，《岱宗学刊》1997年第1期。

车锡伦：《中国宝卷新论》，《东亚人文》2008年第1期。

车锡伦：《中国宝卷研究的世纪回顾》，《东南大学学报》2001年第3期。

陈金刚、刘文良：《文学生态批评理论研究的困境与超越》，《北方论丛》2007年第5期。

程国君：《论丝路河西宝卷的文化形态、文体特征与文化价值》，《甘肃社会科学》2016年第2期。

程海艳：《宝卷音乐美学思想探微——以〈临泽宝卷〉为例》，《音乐天地》2007年第8期。

程锡麟：《互文性理论概述》，《外国文学》1996年第1期。

丁国强：《包公的现代意义》，《思想空间》2001年第1期。

段宝林：《俗文学的活化石》，《靖江宝卷》1991年第3期。

方立天：《论佛教文化体系的结构与核心》，《佛教文化》1990年第7期。

傅道彬：《文学人类学：一门学科，还是一种方法?》，《文艺研究》1997年第1期。

傅修延：《为什么麦克卢汉说中国人是"听觉人"——中国文化的听觉传统及其对叙事的影响》，《文学评论》2016年第1期。

郭仪：《珍贵的"河西宝卷"》，《丝绸之路》2001年第11期。

韩秉方：《〈香山宝卷〉与中国俗文学研究》，《北京科技大学学报》2007年第9期。

韩伟：《〈格萨尔〉史诗的文学意义》，《民族文学研究》2008年第

2 期。

韩伟：《原型与〈格萨尔〉文本》，《青海社会科学》2011 年第 2 期。

郇芳：《河西宝卷研究回顾》，《档案》2010 年第 1 期。

郇芳：《来自白山黑水间的歌》，《民族音乐》2008 年第 2 期。

黄向春：《自由交流与学科重建：文学人类学的提出》，《辽宁大学学报》1998 年第 4 期。

孔庆茂：《中国民间宗教艺术初探》，《江西社会科学》2008 年第 2 期。

蓝鸿恩：《壮族神话简论》，《三月三》1983 年第 1 期。

李海林：《洞天福地形成新考》，《道教研究》2014 年第 4 期。

李世瑜：《宝卷新研——兼与郑振铎先生商榷》，《文学遗产增刊》1957 年第 4 期。

李世瑜：《民间秘密宗教与宝卷》，《曲艺讲坛》1998 年第 5 期。

李妍：《河西宝卷最早卷本新发现》，《中国社会科学报》2016 年 12 月 12 日。

李自浩：《被娱乐的河西宝卷》，《文化月刊》2014 年第 3 期。

刘守华：《道教和神仙》，《文史知识》1987 年第 5 期。

刘守华：《道教信仰与民间叙事的交融》，《文化遗产》2012 年第 4 期。

刘守华：《中国民间故事结构形态论析》，《广西民族学院学报》2002 年第 5 期。

刘彦文：《"四清"工作队员研究——以甘肃省为中心的考察》，《中共党史研究》2010 年第 10 期。

陆火琰：《试论地方民间艺术文化的发展与出路》，《南方论刊》2008 年第 5 期。

陆永峰：《论宝卷的劝善功能》，《世界宗教研究》2011 年第 3 期。

马西沙：《宝卷与道教》，《北京联合大学学报》2003 年第 2 期。

彭兆荣：《仪式中的暴力与牺牲》，《中南民族大学学报》2006 年第 3 期。

濮文起：《宝卷学发凡》，《天津社会科学》1999 年第 2 期。

濮文起：《宝卷研究的历史价值与现代启示》，《中国文化研究》2000 年第 4 期。

庆振轩：《图文并茂，借图述事——河西宝卷与敦煌变文源流谈论之一》，《敦煌学辑刊》2011 年第 3 期。

尚丽新：《北方宝卷宣卷人探析》，《文化遗产》2014 年第 2 期。

宋丽娟：《民间文化瑰宝——甘肃宝卷》，《丝绸之路》2009 年第 4 期。

谭婵雪：《河西宝卷概述》，《曲艺讲坛》1998 年第 5 期。

田富军：《中国古代文学中"女强男弱"现象的文化读解》，《宁夏社会科学》2001 年第 5 期。

王均霞：《讲述人、讲述视角与巧女故事中女性形象再认识——兼及巧女故事研究范式的反思》，《民族文学研究》2015 年第 6 期。

王萌：《神女原型与中国男性的依附心态》，《中州学刊》2001 年第 3 期。

王文仁、柴森林：《河西宝卷的分类、结构及基本曲调的初步考察》，《星海音乐学院学报》2009 年第 3 期。

王文仁：《河西宝卷的传承方式探析》，《人民音乐》2011 年第 9 期。

王文仁：《河西宝卷的曲牌曲调特点》，《人民音乐》2012 年第 9 期。

王文仁、石芳：《河西宝卷学科属性之辨》，《武汉音乐学院学报》2011 年第 1 期。

吴光正：《何仙姑宝卷的宗教内涵》，《宗教学研究》2004 年第 1 期。

吴清：《敦煌〈五更转〉与河西宝卷〈哭五更〉之关系研究》，《青海民族大学学报》2011 年第 2 期。

谢生保：《河西宝卷与敦煌变文的比较》，《敦煌研究》1987 年第 4 期。

谢忠岳：《现存中华宝卷的收藏分布和研究》，《图书馆工作与研究》1997 年第 3 期。

徐俊：《荣格理论对伊甸园神话的阐释》，《圣经文学研究》2013 年第 3 期。

闫德亮：《女娲神话的生命密码》，《河南师范大学学报》2011 年第 1 期。

闫秋霞：《宝物形象和拯救无意识》，《山西教育学院学报》2011 年第

4期。

杨华、欧阳静：《信仰基础：理解农民宗教信仰区域差异的一个框架》，《民俗研究》2016年第1期。

杨丽媪：《民间艺术的困境与出路》，《中外文化交流》2008年第1期。

叶舒宪：《比较文学：从本土话语到世界话语》，《文艺学研究》1997年第1期。

叶舒宪：《神话与民间文学的理论建构》，《海南师院学报》1998年第1期。

翟建红：《对河西宝卷中民间精神的认识》，《河西学院学报》2008年第4期。

张爱民：《河西宝卷——我国民间曲艺艺术瑰宝》，《甘肃社会科学》2008年第2期。

张灵：《宝卷对小说的改编及其民间文学特征的彰显》，《文学评论》2012年第2期。

张素华：《60年代社会主义教育运动》，《当代中国史研究》2001年第1期。

张馨心：《河西宝卷与河西讲唱文学关系——以〈方四姐宝卷〉为例》，《敦煌学辑刊》2013年第1期。

赵敏俐：《叩击心灵的回响——读傅道彬新著〈晚唐钟声〉》，《北方论丛》1997年第5期。

五　硕博学位论文

郇芳：《河西宝卷音乐历史形态与现状》，硕士学位论文，西北师范大学，2009年。

李晓禹：《中国文学人类学发展轨迹研究》，硕士学位论文，兰州大学，2007年。

申娟：《酒泉宝卷的调查研究》，硕士学位论文，西北师范大学，2011年。

王大桥：《中国语境中文学研究的人类学视野及其限度》，博士学位论文，华东师范大学，2008年。

王欢：《中国民间的财神信仰与财神宝卷研究》，硕士学位论文，扬州大学，2010年。

吴玉堂：《河西宝卷的调查研究》，硕士论文，西北师范大学，2010年。

薛改辉：《〈礼记〉家庭伦理思想研究》，硕士学位论文，河南大学，2013年。

张灵：《民间宝卷与中国古代小说》，博士学位论文，上海师范大学，2012年。

周兴婧：《永昌"宝卷"的三重历史与文化抉择》，硕士学位论文，厦门大学，2014年。

致 谢

　　我和女儿一起毕业了，我们做了三年的校友，人生中一段多么美好的时光。这三年她上幼儿园，我攻读博士学位。在很多个早晨把她送进幼儿园后，我就去办公室读书、写论文，下午匆匆关掉电脑，满怀喜悦地接女儿。生活就这么简单而充实。入学之初和女儿一起毕业的决定帮助我克服了许多焦躁和困难，三年的行动是我想给她的启迪：人生最有意义的事情就是在坚持不懈地努力中探寻生命的奥秘，寻找自己的价值。相比之下，女儿给我的更多，她的天真快乐让我的生活满满的全是幸福。在整理田野调查的照片时，我发现一张民间艺人念唱宝卷的照片中留下了她的身影，她坐在炕旮旯里听念卷，看着她的小样子我忍俊不禁。忘不了她稚嫩的声音："妈妈，你在改论文吗？我帮你。"然后拿着铅笔认真地又点又圈，从开题报告到论文终稿，每一稿都有女儿的圈圈点点。大手拉小手我们一起向前走，感谢生活，感谢命运！

　　感谢田野调查中遇到的河西老乡！2016年夏天坐着动车，我辗转于河西走廊。第一站武威，四面环山的张义镇如世外桃源一般，天梯山伸开温柔的臂膀将其环抱。山的曲线和色彩自有一段柔情，轻轻抵达了我的心房。在这里听到的宝卷念唱印证了一个比喻："河西宝卷是丝路古道上的一根白发"。途经金昌、张掖，一路来到酒泉，泉湖公园荷叶田田似江南。那一刻心中莫名地感动，脚踏故乡的热土，放下了很多的烦恼，时光太匆匆，感动不了别人，先来陶醉自己。宝卷之旅不仅完成了一篇论文，也是一段心路历程，行走在宝卷之间寻找自我。

　　因为宝卷有了那么多有趣的相聚，在此诚挚感谢赵旭峰、范积忠、代继生、戴福洲、高自兵等民间艺人，每次拜访只是捎来一些微薄的礼品，他们却热情地为我念唱。感谢杨平、张乐、陶稷辉、王东学、杨宝勇、王昱璇等文化馆工作人员，他们为我提供了大量珍贵的宝卷资料，我的博士论文附录部分凝结了大家的辛勤劳动。感谢宋进林、李惠芬，满怀对宝卷的热忱，我们一起讨论、一起拜访民间艺人，他们二位在宝卷的语境方面为我提供了很多的资料和创作灵感。还有我的亲朋好友王永财、王永安、李清堂、王富天、张永虎、陈洁亮、李海玉、张春芳等都在搜集资料、提供信息、拜访艺人方面给予我热诚的帮助。河西是生我养我的地方，我的亲朋好友、我的父老乡亲，走到哪里还能得到这样的礼遇，享受这样一份淳朴与豪情。

感谢我的工作单位西北师范大学知行学院，八年前我硕士毕业，穷困潦倒，知行学院接纳了我，我的生活逐渐有了保障。这八年结婚、买房、生子、深造，知行学院是我坚强的后盾。感谢孙建安院长和王喜存书记大力支持年轻教师深造学习，让我和很多老师有机会进一步提高自己。

感谢文学院的诸位老师，韩高年院长在我的选题方面给予了宝贵和富有远见的建议；感谢郭国昌老师为我们上课，教授我们知识；感谢李晓禹从理论应用、论文思路和具体创作方面给予我的很多有益的建议；感谢我的导师韩伟老师，在几年的学习生活中，耐心细致地教导我们，在生活中无微不至地关怀我们，容忍我们的愚钝，宽容我们的缺点，今天我们得以顺利毕业，老师辛苦了！

感谢同门王金元、贾永平、刘利平、李力，我们相互帮助，取得了进步。孙璐璐仔细阅读了我20万字的极不成熟的论文初稿，提出了很多宝贵意见。在博士论文读者稀缺的情况下，她的劳动令我感激。感谢李楠从学习到生活给予我的很多帮助和宝贵的建议。同事何艳萍、杨茂文、师晴，学生万红、董海霞等在我的英文摘要、校稿方面做了很多实际工作，在此表示诚挚感谢。

感谢我的家人，我忠厚老实的父母多年来随叫随到，帮忙照顾孩子，照顾我们的餐食。我年近七十的老爸陪着30岁怕黑的女儿上自习。

感谢老公刘跟奎所做的奉献、支持、鼓励、校稿、排版，我的论文是我俩共同的收获。感谢大哥、大嫂对我和家人无私的帮助和支持，大哥勤奋、沉默、宽厚、严谨，咫尺天涯，传递给我感受生命向上的精神力量。

李妍

2017年6月